血色采访本

调查记者重案追凶手记

白鸥 著

金城出版社 GOLD WALL PRESS
西苑出版社 XIYUAN PUBLISHING HOUSE
中国·北京

图书在版编目（CIP）数据

血色采访本 ： 调查记者重案追凶手记 / 白鸥著. 北京 ： 西苑出版社有限公司, 2025. 9. -- ISBN 978-7-5151-0908-4

Ⅰ. I25

中国国家版本馆CIP数据核字第2025Y0B301号

血色采访本：调查记者重案追凶手记

作　　者	白　鸥
责任编辑	王博涵
责任校对	高　虹
责任印制	李仕杰
开　　本	880毫米×1230毫米　1/32
印　　张	11
字　　数	240千字
版　　次	2025年9月第1版
印　　次	2025年9月第1次印刷
印　　刷	小森印刷（北京）有限公司
书　　号	ISBN 978-7-5151-0908-4
定　　价	56.00元

出版发行	金城出版社有限公司　西苑出版社有限公司
	北京市朝阳区利泽东二路3号　邮编：100102
发 行 部	（010）84254364
编 辑 部	（010）84250838
总 编 室	（010）88636419
电子邮箱	xiyuanpub@163.com
法律顾问	北京同清律师事务所 13001187977

目录
CONTENTS

血　色　采　访　本

01
沉默的女人们

我叫白鸥，是一家电视台的法治记者。

我最喜欢往案发现场跑，热心群众和警方都是我的爆料人。三水哥，真名张淼——一个“闷骚”的单眼皮小哥，是我的固定摄像搭档。

今天接到爆料：有人死在了丽蓝湾小区。

丽蓝湾是本市一个比较高档的小区，交付的都是精装房。到的时候，警察正在疏散看热闹的人群。我们使出记者的基本功——闪转腾挪大法，好不容易才挤到单元楼门口，刚好看到了出现场的罗青田警官。罗警官是市公安局刑事侦查大队队长，我之前采访过他多次，和他关系很好，很多选题都是从他这儿来的灵感。

他看到我后，不等我说话，一把将我拉了进去。

关上单元楼大门后，他简要说明了情况。

死者是一名女性，案发地就在一层 101 室。技术中队的人已经进入现场进行勘验了，我们先在门口等着。

说话间，我隐隐约约地闻到恶臭，忙不迭地捂住鼻子。

“你这鼻子够灵的啊！”罗警官看了我一眼，“这栋楼的住户要是有你这样的嗅觉，也不至于拖到现在才报警。”

原来，这样的状况持续快一周了，大家都没当回事，直到今天才有人报警。

“这 101 室住的是什么人啊？”我问。

“房子是出租的，房主在外地，死者的身份暂时还没确定。”罗警官话音刚落，101 室大门被打开了，勘查人员走了出来，同时伴随着一股更强烈的恶臭味。我强忍住恶心，往门里看了一眼，立刻被里面的场景惊到了：屋里遍地都是垃圾，还有几床破被子被随意地丢在地上。

“肯定是他杀。”勘查员走到罗警官身边，放低了音量，“但是比较奇怪的是，死者浑身都是伤，而且这屋子里至少有十几人生活过的痕迹。”

罗警官皱紧了眉头。三水哥拿出摄像机，简单地拍了一些镜头，问我接下来怎么办？我想，一时半会儿也得不出进一步的结论，在这儿等也没什么用，还不如趁现在看热闹的人多，侧面了解点信息。

我跟罗警官打了个招呼，拜托他一旦确定了死者身份，一定要第一时间告诉我。他点了点头，我和三水哥就先行离开了。

刚一出来，我们立刻被潮水般涌过来的人群围住了，吓得三水哥赶紧护住摄像机。

我们把嗓子都喊哑了，好不容易才让大家腾出一个相对宽敞的地方，三水哥勉强支开架子。热情的群众压根没给我任何提问的机会，就你一言我一语地说起来了。

虽然大家都在热心地提供线索，但其实压根就没人了解 101 室的租客。在大家七嘴八舌的议论中，我飞快地在脑海里梳理了一下听到的有用信息。

“这户人大白天都拉着窗帘！”一个烫着波浪卷的大姐凑到我的身边，“我们基本上都没见过 101 室里的人，但是有时候屋里面会发出很大的声音。”

“声音？”

“没错，噼里啪啦，乒乒乓乓。”大姐嘴里迸出一连串的拟声词。

我被大姐的演说家气质逗笑了，想了想，又问她：“101 室的租户平时买菜做饭吗？是怎么交水电费的呢？”

“说到这个，就更奇怪了。”大姐还没来得及回答，就被一个戴着黑框眼镜、夹着公文包的男子抢话了。他自称是物业的工作人员。“小区的水费、电费都要到物业缴费，101 室每次来缴费的都是一个女人，她非常没有礼貌。”

“没有礼貌？”

“是啊，她每次都是把卡和钱往桌上一扔，就叉着腰站到一边，问什么也不说。”

这缴费的女子是不是死者呢？这里面真的住了十几个人吗？

我有点困惑。

我正想着，罗队长他们走出来了，原本围在我身边的人顷刻间朝罗队长他们围了过去。

三水哥在一旁收拾设备，我凑到他身边小声说："这 101 室里的人不会是在搞歪门邪道吧？难道是他们在里面举行某种神秘仪式，死者被献祭了？"

三水哥手上的动作没有停，说道："二十好几的人了，能不能成熟点，你白当记者了？"

我撇了撇嘴，说道："那你说这是怎么回事？"

"嗯……有可能是搞传销的。"

他这么一说，我觉得倒真有点像。一些传销团伙会把据点安排在高档小区，营造一种公司很有钱的假象。

来不及多想，三水哥已经背着设备往前走了，我赶紧追上去。

下午，罗警官发微信告诉我死者的身份已经确定，是一个外省的残障人士，叫王沐晴。

残障人士、王沐晴，这两个关键信息迅速把我的记忆拉回到半个多月前。

当时，王沐晴拿着一张写着求助字样的小纸条来到电视台门口，要往里闯。保安拦住她，问她有什么事，她不能说话，就一通比画。

保安不敢放她进去，就上报给了保安队长。保安队长又把情况反映给了喵哥，喵哥是我们栏目的主编，我的顶头上司。

当天我正好在台里剪片子，喵哥就让我下去把她带进来，详细了解一下情况。

我见到她时，她正和保安僵持着，情绪有点激动。她穿着一件褪色的牛仔外套，头发也已经打绺。

我走过去拍了拍她的手，示意她跟我走。我把她带到会客厅，给她倒了杯水，告诉她不要着急，把情况写给我。

她写了很多错别字，而且字迹像蚂蚁爬的，难以辨认，我费了很大力气才弄明白她的意思。

和她住在一起的朋友刘蓉吃饭吃到一半，说要去外面买点水果，出门后就再没回来。她担心刘蓉走丢了，想在电视台发布寻人启事。

上一次，我因为一个求助人临时变卦，被喵哥狠狠地训了一顿。这次我长了个心眼儿，先核实信息的可信度。

我问她刘蓉多大了，智力是否正常？她说刘蓉二十一岁，智力正常。我很奇怪，光天化日，一个智力正常的成年人怎么会走失呢？

我问她们住在哪里，刘蓉会不会先回家了？

她一愣，眼神有些闪躲，也不回答，只是指着纸条上的寻人启事几个字，发出咿咿呀呀的声音。

她的反应加深了我的怀疑。我很严肃地告诉她，台里必须确认事情的真实性，才能对外发布信息。

她一下子傻眼了，愣了几秒，起身离开了。我追上她，她也不再理会我，自顾自地往前走了。我忙着回去剪片子，也没再多问。

没想到半个多月后，她死在了丽蓝湾小区。我想起那天她垂头丧气离开的背影，心里很不是滋味。

我本想给罗警官打电话把这件事说一下，可电话号码还没输完，就收到了他的信息。他说王沐晴的父亲明天赶来本市，问我要不要采访？

我犹豫了一下，万一她父亲知道我曾经拒绝过她，怪罪于我，到时候我就是有一百张嘴也解释不清了。

我把到嘴边的话又咽了回去，想等见到王沐晴的父亲后再说。

第二天一大早，我就约上了三水哥赶到公安局。

没想到，王沐晴的父亲来得更早，我们到的时候，警方正在给他做笔录。

王沐晴的父亲是一个装修工人，有三个孩子，王沐晴是最小的一个。王沐晴的父母和另外两个孩子都是正常人，只有她是残障人士。

王沐晴的父亲做完笔录走出来，我赶紧迎了上去，简单做了自我介绍，问他可不可以聊聊？他显得很不耐烦，摆摆手就继续往前走。

这样的反应在我的预料之中，这个时候采访被害人家属，难免会招人厌烦。我正盘算着该怎么说服他接受采访，一旁的罗警官突然冒出一句："你接受完记者采访，我们开警车送你过去，肯定比你坐公交快。"

我还没明白怎么回事，王沐晴的父亲就同意接受采访了。

我们重新回到会议室，三水哥已经布置好了机器。王沐晴的父亲告诉我们，一年前，王沐晴和朋友一起去外地打工，这一年基本上没和家人联系过。

“那她直接来的本市吗？她有没有说她做什么工作？”我追问。

“不知道。”王沐晴的父亲冷冰冰地说出三个字，语气淡漠得就像说别人的事情。

我还想再问点什么，他已经站了起来，摆摆手说：“就说这些吧，我只请了半天假，还得赶回去上班呢。”

我才明白过来，他的不耐烦不是因为我触碰了他的伤疤，而是因为他急着回去工作。

我有些生气地说：“你有点不负责任了吧？”

他冷笑道：“你工资高，当然看不上半天工钱。”

我忿忿地还想说点什么，被罗警官打断了：“今天的采访就到这吧。”罗警官扭头看向王沐晴的父亲，“您先回去，到时候如果有需要，我们再联系您。”

“我什么都不知道，破案是你们警察应该做的事情。”王沐晴的父亲说完，推门而出。

我和三水哥面面相觑，罗警官也很无奈。我叹了口气，将王沐晴那天来台里的情况告诉了罗警官。罗警官听完，皱紧了眉头，没有说话。

回到台里，我心神不宁，静不下心来整理素材。王沐晴垂头丧气离开的背影和她父亲推门而出的画面，在我脑海里交替闪现。

我决定找喵哥聊聊。

喵哥说最近一段时间，台里陆陆续续收到过一些热心观众的举报电话，是有关残障人士乞讨的事情。有人爆料，这些残障人士在乞讨成功后，排队把钱交给一个瘦高个男子。这些残障人士无法与人顺畅交流，而且经常换地方，想帮助他们也很难。

“其实我一直想做关于残障人士的专题。”喵哥摸着自己青色的胡茬，这是他思考时的标志动作，“这个命案正好是一个由头，结合收到的举报内容，可以深入探讨一下残障人士在择偶、求职等方面的困境。”我点了点头，当务之急是尽快找到这些乞讨的残障人士。

看了一眼手表，此时已经晚上八点多了。

我叫上三水哥，准备去附近的商业街、地铁口这些常见的乞讨地点找找人。开着车找了一个多小时，看到不少乞讨的人，但残障人士一个没见着。

我们决定再去春华路步行街找找，那是唯一还没去过的商业街了。

三水哥把我放在路口，他去找停车位。我刚走两步，隐隐感觉有人在扯我的衣袖。

回头一看，是一个七八岁的小女孩，又瘦又小，脸脏兮兮的。她把一张纸递到我面前，我接过来一看，纸上有一个爱心捐款表格，表格上面已经密密麻麻地写了很多人的姓名和电话。小女孩把残疾证递到我面前，发出“啊啊”的声音。

我递给她五十元钱。她一边鞠躬一边伸手，接钱时露出半截手臂，我才注意到她手臂上都是伤痕。

我拉住她，问她胳膊是怎么回事？小女孩挣扎着要跑。这时，周围几名成年的乞丐围拢过来。我不敢和他们纠缠，放开小女孩，快步离开了。

回到家，我惊魂未定，赶紧打电话告诉罗警官这件事。他犹豫了一下，告诉我警方已经在调查这件事情了，他们怀疑这些乞讨者被人控制了，但是还没有摸清楚背后的老大是谁。

挂了电话以后，我把最近这些线索都想了一遍：王沐晴来台里是不是在求救？她的朋友刘蓉跟这件事情有关吗？这些乞讨的残障人士和王沐晴有关系吗？

我越想越烦，索性瘫倒在床，用被子蒙上头。黑暗中，一个细节在我脑海里一闪而过。我一激灵，翻身下床，打开电脑。

我今天看到的那张爱心捐款表格上，有一个圆形 logo（标识），底下还有三个小字——新世界！

三水哥是个计算机高手，我立即联系他，给他描述了今天看到的 logo。他想了想，又加了两个限制条件：本市、残障人士。

过了一会儿，他回复我，说搜到了一个 QQ 群，QQ 群的名字叫新世界残障人士互助群，群地点正好是本市。入群的条件是提供自己的残疾证。

他 PS 了一张残疾证图片发给我，我尝试用这张图片申请入群。很快我就被获准入群了，不过群里并没有什么特别的秘密，都是闲聊。

我觉得索然无味，再加上困意袭来，我打了个哈欠，躺回床上睡觉了。

第二天一大早，我被群里“滴滴”的提示音吵醒了。入群的时候我设置了屏蔽群消息，现在群消息的提示音响了，肯定是有人 @ 我了。

我揉了揉脸，强打起精神，看了一眼电脑，原来是 @ 所有人的消息——一条招聘启事。

招聘启事的条件非常诱人，月薪上万，包吃住，工作轻松，而且对学历、工作经验都没有要求，具体做什么也没说清楚。

我将招聘启事拉到最后，看到面试地点在金港华府，那也是本市一个比较高档的小区。

发布这条信息的人叫月芽，我尝试跟她聊了聊。她告诉我这份工作就是一起创业，但是具体项目因涉及商业机密，要见面详谈。

结合那天看到的爱心捐款表格，我怀疑所谓的招聘就是诱骗这些人去乞讨。想到这儿，我立刻给三水哥打电话商量怎么办。

三水哥说既然知道了面试地点，不如过去看看。我们一拍即合，赶去金港华府。

金港华府的房子都是一梯两户。面试的地点是 5 单元 102 室。我们敲了半天门，但没有人回应。我在 QQ 上联系了月芽，她也没有理我。

“去隔壁问问吧。”三水哥提醒我道。我按了 101 室的门铃，很快一个大姐把门开了一条小缝，警惕地看着我。

“请问 102 室有人吗？”我问。

“102？”大姐的眼神变得更犀利了，“你来干什么？”

“我来找朋友。”我随便编了一个借口。

“不知道！”大姐狠狠地说完，关上了门。

我碰了一鼻子灰，转身问三水哥：“你有没有感觉，这里和王沐晴死的那个小区很像啊？”

“有点。”三水哥皱紧了眉头，“要不我们还是先找罗青田吧。”

我想了想，这件事情可能比我们想象的要复杂得多，交给警方是最好的解决方式。我给罗警官打了电话。

他们很快赶到，联系房东打开了门。屋内遍地都是垃圾，客厅中间躺着一个女性，已经没有了生命体征，死亡现场几乎一模一样。

警方立即封锁了现场，带我们去派出所做了笔录。

短短几天，两起命案，让罗警官看起来愁眉不展。他问我：“那个月芽你还能联系上吗？”

我摇了摇头，我给她发了很多条消息，但是她一条也没回复。

罗警官叹了口气，我趁机问他：“死者身份确定了吗？”他点了点头，说：“很快就查到了死者身份，叫王雪薇，也是残障人士。”

我心里一沉，这两起案件果然有关联。这伙人竟然在警方眼皮底下连续作案，太猖狂了。

罗警官让我们先回去，有情况再通知我。

我们提着设备走到车旁，我帮三水哥把架子放到后备厢，余光瞥到一个穿粉色夹克的女人一直盯着我们看。

车窗前贴着台里的标志，我拿的话筒上也有台标。我看女人欲言又止，就走过去问她是不是有什么事。

女人的五官非常清秀，但眼神很怯弱，她犹豫了半天，递给我一张纸条，上面写着“我叫刘蓉，帮帮我”。

她就是王沐晴要寻找的人！我赶紧把她带到车里，让她把详细的情况写给我。

她的字迹很工整，句子也很连贯。她说自己被王沐晴骗到本市打工，结果被骗入乞讨团伙，每天每人要完成五百元任务，完不成就要挨打。她趁着和王沐晴吃饭的时候跑了出来，不敢报警，东躲西藏，在新闻里看到说王沐晴死了，很害怕。

她一边写，一边哭，眼泪把纸都浸湿了。我拍了拍她的肩膀，告诉她不要怕。她接着写“这件事一定是那伙人干的，老大叫李伟，我知道他们在哪里”。

她的手在发抖，我安慰她说没关系，旁边就是公安局，我们去报警，让警察去抓他们，我们也会全程陪着你，不会有危险的。

刘蓉点了点头，抓紧了我的手。

我带着她去找罗警官，把情况说明。原来头目李伟的据点在铁头村一间平房里。此前，警方一直把排查的重点放在本市的中高档小区里，没想到，李伟反其道而行之，把据点选在那么偏的村里。

罗警官在给刘蓉做笔录的时候，三水哥小声跟我说：“这事也太巧了吧，警方一直都没找到李伟，现在这线索倒自己送上门来了？”

我心里也有些嘀咕，刘蓉早就跑出来了，又怎么会知道李伟现在在哪里呢？

但不管怎样，现在最重要的是抓住李伟，万一他们离开本市，抓捕起来更是大海捞针了。罗警官可能也是出于这种考虑，做完笔录后，他让我们在公安局里等，自己带队去抓捕李伟。

罗警官走后，刘蓉的情绪也平静了很多，我趁机问她月芽是谁，那个新世界残障人士互助群是怎么回事。

刘蓉告诉我，所谓的互助群就是一个打着爱心互助旗号的诈骗群，群里的人都是残障人士，李伟等人以招工的名义，诱骗他们来本市乞讨。

在这个乞讨团体里有严格的等级制度，表现优异的男人可以成为李伟的打手，对那些不服从管教或者完不成任务的人进行殴打，表现优异的女性可以成为李伟的情人。月芽就是李伟的情人，帮助李伟处理一些事情。

我听得背脊一阵发凉。

刘蓉说，那个王雪薇是她的朋友，最近一段时间和李伟走得很近。她也劝过王雪薇，万一这种事让月芽知道了，后果不堪设想，但是王雪薇却一意孤行。

天快黑的时候，罗警官他们把李伟一行人抓回来了。我数了数，至少有几十人。刘蓉看到他们，吓得瑟瑟发抖，慌忙躲到最里面的一间办公室里，不敢出来。

罗警官说这伙人非常顽固，有的人不愿意说，有的人不敢说，都装作不认识字，拒绝沟通，警方因此联系了附近聋哑学校的老师来配合审讯。

我把刘蓉告诉我的事情和罗警官沟通了一下，他拜托我帮忙安顿刘蓉。

事情解决完，民警陪我和三水哥把刘蓉送回出租屋。刘蓉暂住在城郊接合部的一个准备拆迁的小区里，那里都是群租房，人员密集，过道杂乱。

她的房间只有三十几平方米，几乎没有像样的家具。我有点心酸，跟她说我们可以帮助她联系家人，尽快把她接回去。

她低着头不说话，过了一会儿在纸上写“我没有家”。

我猜测她父母可能已经去世了，也不好多问。三水哥默默在鞋柜上放了五百元钱，我们就离开了。

回到台里，我把素材都剪好，等警方最终的调查结果出来，节目就可以播出了。

过了几天，罗警官突然给我发了个微信定位，说要请我吃饭。

定位是一家日料店。罗警官已经到了，我走过去坐在他对面，故意逗他：“咱们平时不都是烧烤摊的档次吗，这怎么都升级吃日料了？‘无事献殷勤’的后半句是啥来着？”

罗警官哈哈大笑："果然还是你了解我，这次还真有事要拜托你。"

我没理他，从他手里抢过菜单，先点了一桌子菜，又要了两壶清酒。

罗青田坐直了身子："我先跟你说说王沐晴和王雪薇这两起案子的情况吧。"

"王沐晴是被李伟打死的，因为她和刘蓉偷了李伟的钱，她们本来要一起逃跑的，结果王沐晴被李伟抓回来了。"

"一起逃跑？刘蓉不是被王沐晴骗来的吗？"

"不是啊，她们是一起来的本市。"

我心里疑惑：刘蓉没说实话。

"至于王雪薇嘛，"罗警官叹了口气，"月芽收到一个包裹，里面是几张李伟签字的购物小票，都是首饰之类的。月芽搜查了那些人的衣物，在王雪薇那里发现了首饰。月芽早就怀疑李伟和其他人有暧昧关系，怕自己的位置不保，就因妒生恨把她打死了。"

"那包裹是谁寄的呢？"

"包裹的事情我们在查，但是眼下有个更棘手的事情，需要咱们的大记者帮忙。"

说话间，菜已经端上来了，罗警官顺势给我倒了一杯酒，接着说："除了李伟、月芽和几个打手以外，其他人都是受害人。这些受害人大都是外地的，按照道理来说，应该由家人接回去。"

"但是现在的问题是，我们给他们家人打电话，家人不愿意来接，这些人也不太愿意回去。他们留在本地，我们也没法安置。”

“不愿意回去？”我不解，他们在这里挨打挨骂，每天吃清水煮白菜，竟然不愿意回去？

“据我们了解，这些被骗的人有个共同点，就是他们的父母亲戚都是正常人。相较于那种一家子都是残障人士的家庭来说，他们无法融入自己正常的家庭。这么多年，他们即便和家人生活在一起，也像活在两个世界的人。”

我想起刘蓉在纸上写的“我没有家”，好像理解了。

我答应罗警官，会协助警方帮助这些受害人和家人沟通，争取早点让他们回家。罗警官说会安排他们的家人来本市，至于能不能成功把他们接回去，还得看双方的意愿。

之后，我又和三水哥去了一趟看守所。去看守所的主要目的是见一见李伟。喵哥总说媒体不能只传递一方面的声音，所以嫌疑人的采访对片子的完整性至关重要。

我们赶到看守所的时候，三水哥和罗警官安排的手语老师都已经到了。

罗警官让人把李伟提了出来，他摇头晃脑地坐到审讯凳上，表情似笑非笑的。

他说，他不是做坏事，他是在帮助那些人，带他们到一个新世界。在这个新世界里，只要你好好干，你就能住单间，吃饱饭，穿好衣服，难道不比在家里被冷落被忽视好吗？

我说：“那杀了王沐晴也是帮她吗？”

“哼！”他目光变得狠毒，“王沐晴是找死，她竟敢串通刘蓉偷我的钱，还想一走了之，幸好我在房间里发现了刘蓉的火车票，才在火车站把王沐晴抓回来。”

“那你的钱拿回来了吗，为什么一定要杀了她？”

“王沐晴死鸭子嘴硬，既不肯说出刘蓉的下落，也不肯交出钱。”

我想起王沐晴来台里求我找刘蓉，她应该是真的不知道刘蓉去了哪里。可那笔钱呢？难道被刘蓉拿走了吗？

“王沐晴怎么知道你的钱放在哪里呢？”

“钱肯定是刘蓉偷出来的。”李伟想了想，“钱，我放在铁头村那间平房里了。那个地方我没带人去过，要不是我看刘蓉漂亮，一时鬼迷心窍，带她去过几次，钱也丢不了。”

我明白了，和李伟有暧昧关系的人是刘蓉。李伟一定以为刘蓉早就拿着钱跑了，他肯定做梦也没想到，刘蓉还敢留在本市，甚至揭发了他。

采访完李伟后，我们离开看守所，回到了公安局。罗警官说被害人和他们的家属都到了，但是气氛比较紧张。

我有点心烦，忍不住问罗警官：“以他们和家人的关系来看，送他们回去，对他们真的是好事吗？”

罗警官耸耸肩，凑到我身边小声说：“对他们是不是好事我不知道，我就知道他们如果留在本市，对我们绝对是件坏事，这伙人万一再出点啥事，我们就麻烦了。”

我叹了口气，罗警官拍了拍我的肩膀，“走吧，他们已经在会议室里等着了。”

公安局会议室有一百二十平方米，正中间是个大长桌，受害人坐在长桌的一边，家属坐在另一边，中间隔得很远，像有一堵无形的墙。

罗警官指了指角落里一个黑瘦黑瘦、面色铁青的叔叔小声跟我说：“那就是刘蓉的父亲。”

我带着手语老师坐到刘蓉身边，问她：“为什么不愿意回家？”

她的表情很冷漠，拿出一张纸，写下四个字——“我没有家”。她写的时候很用力，把纸都刺破了。

“那你留在本市做什么呢？”我接着问。

她笑了笑，“当然是继续乞讨啊。”

那天的调解持续了很久，最后的结果是，这伙人中有几个未成年人，被家人接了回去。至于成年人，我们只能尊重他们的意愿。

调解完了以后，大家陆续走出会议室，罗警官把刘蓉和手语老师留了下来。

罗警官问她：“我们查出来了，月芽收到的那个快递是你寄的，为什么要这么做？”

刘蓉又笑了，“警官，寄快递犯法吗？”

罗警官表情很严肃：“你不想说，我替你回答。其实你和王雪薇根本不是朋友，有人告诉我们，她经常欺负你，还抢你的东西。所以你故意把票据保留下来，寄给月芽，引起她们的矛盾，对吗？”

刘蓉拒绝交流，起身离开了。我们无可奈何，就像她说的，寄快递并不犯法。

我猛然想到什么，拦住她问：“那张火车票也是你故意留下的，对不对？你趁着吃饭的时候，拿着钱跑了。王沐晴身无分文，只能尽快离开本市，但是她没想到，你故意把你们的行踪泄露给李伟。她被抓回去，你就可以彻底摆脱她，独占那笔钱，对吗？”

她没有说话，直直地盯着我，倒看得我有些发毛。过了一会儿，她向手语老师比画了几下，然后就离开了。

手语老师转述她的意思：“你这么想，心里太阴暗了。我从来没有偷过钱。”

我不知道说什么，只想尽快结束这个选题。我匆匆赶回台里，把片子做好，交给了喵哥。

节目播出半个月后，有天晚上，罗警官带着我和三水哥去吃夜宵。我们在商场门口，看到了刘蓉和当时解救的几名受害人正在乞讨。

罗警官说他们一直在做这个，虽然没有人控制他们了，但是刘蓉似乎成了这伙人的头儿。

我苦笑了一下，罗警官接着说：“再说一个你想不到的，我们查获了李伟的财产，他名下有三辆路虎、两套住房。”

我一时间不知说什么好。一直在旁边默不作声的三水哥幽幽地说：“我有点心疼放在刘蓉鞋柜上的那五百元钱。”

02
为结婚暴露的嫌疑人

十一月中旬，天气已经很冷了，天空一连几天都是灰蒙蒙的。我坐在春华路咖啡店里等着事主王阿姨。

王阿姨通过台里的热线电话联系上了我。她没让我去她家，而是坚持在外面见面。

我一杯咖啡喝完，王阿姨才到。她一进门，半个咖啡厅的人都在看她，因为她的打扮实在有些特别……特别不想被人认出。她穿着一件暗红色毛衣，拿着白色帆布包，用花围巾包着头，还戴着大墨镜和口罩。

我起身迎上去，还没来得及做自我介绍，她就拉着我，快步走到了最里面的一张桌子旁。

我们刚坐定，还没等我开口问具体情况，王阿姨就从帆布包里拿出一沓厚厚的材料。王阿姨今天找我，是因为她的女儿被一个男人骗了二十万元。

她指着最上面一张身份证复印件说："就是他，叫江晨，曝光他吧！"我拿过材料翻了翻，发现除了最上面一张身份证的照片比较清晰，其他的都是侧面照和背影照，应该是偷拍的。

材料最后一页是银行的转账记录。王阿姨看我翻到这一页，补充道："这都是我女儿转给他的，证据确凿，你快点曝光他吧！"

我无奈地放下了材料："王阿姨，您至少应该告诉我这个人和您女儿是什么关系，您女儿为什么要转钱给他吧？"

王阿姨撇撇嘴："什么关系？要我说什么关系也没有，他就是职业诈骗犯，先骗我女儿感情，再骗我女儿钱。"

王阿姨情绪很激动，连江晨的名字都不愿意提，只说是"诈骗犯"。听完她的叙述，我尽量过滤掉她主观评价的话，梳理了一下大概情况。

江晨和王阿姨的女儿晓芸交往了很久，迟迟不肯结婚。王阿姨对江晨心生疑虑，暗中调查他，但王阿姨毕竟不是特工，除了拍到几张模糊的照片以外，一无所获。

最近，王阿姨发现晓芸偷了她的存折，给江晨转了二十万元，而江晨拿到钱后，却消失了。

"如果您怀疑他是诈骗的话，为什么不报警呢？"我有点困惑。

"他不知道给我女儿下了什么药，"王阿姨叹了口气，"晓芸说我要是报警的话，她就要自杀。"

听王阿姨这么说，我警觉起来，晓芸和江晨之间可能没那么简单。我必须见到晓芸，一是确认事情的真伪，二是很多细节只有当事人才知道。

可当我提出采访晓芸的请求以后，王阿姨一口回绝了："我和你见面的事情都没和她说，我怕她知道了以后跟我闹。"

我摇了摇头，"那这样的话，恐怕我没法帮您了。我们要报道的话，肯定要了解清楚事情的全部情况。"

王阿姨不死心："那你们能不能发个寻人启事之类的，逼他赶紧现身。"

我拒绝了。"阿姨，我建议您还是先和女儿沟通一下吧，或许其中有什么误会。"

王阿姨无奈地叹了口气："好吧，我再做做她的工作。"说完，她将材料认真地收好，起身离开了。

和王阿姨见面后的第二天，我意外收到了她的电话，她说晓芸同意接受采访，我们随时可以过去。

我没想到王阿姨这么快就做通她女儿的工作，担心晓芸变卦，便赶紧约上了三水哥，赶往王阿姨家。

路上，我心里嘀咕，晓芸之前不愿意报警，怎么会突然愿意接受媒体的采访呢？一般人并不愿意在镜头前讲述自己的故事，再加上这件事本身比较私密，我不确定晓芸做好了面对镜头的准备。

我特意叮嘱三水哥，一会儿到了以后，不要立即拿出摄像机，先观察晓芸的态度。三水哥点头答应了。

王阿姨住在尚品小区 9 单元 301。我们到了以后，开门的是一个二十岁出头的女孩子，穿一件宽松的白毛衣，扎着马尾，眼睛又大又亮。我猜想她应该就是晓芸。

她一见到我们，就热情地拉我们进了她的房间。王阿姨想跟进来，她啪的一声把门关上，转身兴奋地对我们说："拍吧，现在就拍吧。"

晓芸的态度让我捉摸不透。一般来说，被骗的人，就算不至于痛哭流涕，至少也不会如此兴高采烈吧？

趁着三水哥在一旁调试设备的工夫，我跟晓芸闲聊了几句："嗯……我还以为你会比较抵触……"

"怎么会啊？"晓芸耸了耸肩，"我非常欢迎你们来，正好让他知道我有多爱他。"

"他是？"

"我男朋友啊！"晓芸噌的一下拉开了袖子，展示她胳膊上的文身——"江晨"。

我吓了一跳，三水哥默默移开了镜头。我们有规定，除了嫌疑人，不能展示文身。

三水哥意味深长地看了我一眼。我知道他在想什么，我们之前曾经讨论过，恋爱时文身是世界上最傻的行为，没有之一。

文个隐晦的图案或者首字母缩写也就算了，如果换了对象，随便编个理由没准还能搪塞过去，像晓芸这种直接把异性名字文在身上的行为，真是很傻很天真。

我想岔开这个话题，晓芸却非常陶醉，她说文这个的时候，全程没有打麻药，就是为了记住那个刻骨铭心的感觉。

我尴尬地笑了笑，也不想违心地称赞她，目光看向三水哥求助，三水哥回给我一个了然的眼神，赶紧替我解围："这个文身……挺特别的。"

我不想吐槽三水哥的词汇匮乏，离开了镜头，他只会说"特别"。晓芸倒是很高兴，非要给我们展示她的收藏——男朋友擦汗时用过的纸巾、用完墨水的笔芯，以及听歌时用的耳机等。

她一件接一件地展示，每个物件都能讲得滔滔不绝。我估计再任由她说下去，我们这期节目就甭录了，只好打断她："咱们还是先说说那二十万元吧。"

"那有什么好说的？"晓芸皱着眉，"那是我主动借给他的。"

"你为什么要借钱给他呢？"

"这都赖我妈，"晓芸有些不耐烦，"非逼着我们结婚。"

"你不想结婚吗？"

"我倒无所谓，可江晨是个孤儿，经济条件不好，也没钱买房，所以不想结婚。"晓芸叹了口气，话锋一转，又开始夸她的男朋友，"但是他很有本事，我借给他二十万元，他去做生意，很快就能挣到钱。"

"据我所知，你给了他钱以后，他就失踪了。"我一边说一边观察晓芸的反应。

她把手环抱到胸前，显得有些防备："都说了他去做生意了，暂时联系不上能叫失踪吗？"

我笑着摇摇头，你永远无法叫醒一个装睡的人。

“其实我叫你们来，主要是想在媒体上跟他说两句话。”晓芸的脸上流露出一丝羞涩，“我想告诉他，我很爱他，相信他一定会成功的。希望他赶紧联系我，我愿意陪着他一起努力。”

“砰！”房间门被踹开了，王阿姨怒气冲冲地冲进来，“你到底在想什么？你是被人卖了还要帮着数钱吗？”

晓芸从床上跳起来：“是你不了解江晨！”

王阿姨冲过来就要打她，我和三水哥赶紧拦在她们中间，费了不少唇舌才把王阿姨劝住。我看气氛有点尴尬，提出我们先离开，王阿姨坚持要把我们送下楼。

在楼下，她又拉着我们大吐苦水：江晨就是个十恶不赦的大坏蛋，她女儿就是单纯无知受了蒙骗的小白兔。

“他俩谈个恋爱都偷偷摸摸的，我让晓芸把他带家里看看，他百般推脱。”说到这里，王阿姨就气不打一处来，“更夸张的是，我说让他发张照片，他都推三阻四的。你说他有什么见不得人的？”

王阿姨说到激动处，气得肩膀一抖一抖的，大口地喘气，我赶紧扶她坐在石凳上。

“晓芸她爸死得早，我一个人把她拉扯大。我每个月工资只有一千多元，攒二十万元不容易，那是留给她的嫁妆，现在她随随便便给了别人，以后可怎么办啊？”

说着，王阿姨从兜里摸出一张叠得整整齐齐的纸递给我。我接过来，是一张心脏检查的病历单。王阿姨说：“我心脏出了点问题，医生建议我尽快手术。我一直拖着没做，一个是担心钱的问题，再一个就是担心我住院了，晓芸没人照顾。”

我不知道怎么安慰她，想起那个沉迷恋爱、行为处世都很像初中生的女孩子，觉得王阿姨头上的白发有些刺眼。

我们回台整理好了王阿姨和晓芸的采访素材，但是一个完整的新闻报道，光有女方的说法肯定是远远不够的，我必须给另一个当事人说话的机会。我按照王阿姨给我的电话号码，尝试联系江晨。

电话通了，但很快就被挂断。我又打了几次，都是同样的情况。

我想了想，给江晨发了一条短信，说我是记者，接到了王阿姨的委托，想了解情况，问他愿不愿意出面接受采访。

江晨没有回复。我也不能干等着，毕竟这个月绩效还没达标，如果这个片子拖太久的话，又要领教主编喵哥的独门绝技“河东狮吼”了。

一般我们了解一个人，会按照亲近程度，优先采访他的父母、亲戚、朋友。但这件事比较特殊，据说江晨是个孤儿，亲戚也不在本地，社会关系极为简单。

那现在想了解他，只能从他的同事入手。江晨之前在电脑城里经营一个小摊位，负责修手机，我和三水哥来到了电脑城。

电脑城一共有三层，地上两层，地下一层。我一路打听，才问出江晨的摊位在地下一层靠南的角落里。

到了一看，准确地说，那不是一个摊位，就是一个卖手机的小店，分了一张桌子给他。因为是工作日上午，店里没有什么人，老板正在打消消乐。我走过去向老板确认，江晨是不是在这里工作。

“江晨？”老板放下了手机，“你找他有事吗？”

“是这样的，我的小米手机前几天拿给他换配件了。”我胡诌了一个理由。

“哦，这样啊，他有段时间没来了，走之前说去外地做点生意。”老板一边说一边起身在江晨的桌子抽屉里翻了翻，“他的东西都在这了，没有小米手机。”

我说：“要不您给他打个电话问问吧。”

老板无奈地摇了摇头，“这几天他电话都不接。”

我装作不高兴的样子，小声嘟囔道：“他该不会坑了我的手机吧。”

“他不会！”老板提高了音量，“他在我这干了快三年了，人特别老实，没有花花肠子，这次肯定是有什么事耽误了。”

我心念一动，决定问得再直接点：“我也是听别人说，他拿了女朋友的二十万元，就失踪了，所以才过来问问。”

“这个……”老板有点迟疑，“之前晓芸她妈妈来闹过，我知道江晨拿了人家二十万元。可我觉得这里面肯定是有什么误会，他俩之前很恩爱的。”

我暗自琢磨，很恩爱却不结婚，人很老实却不声不响地带走了女朋友的二十万元，这些信息完全是相反的。

正想着，电话突然响了，是王阿姨打来的。我跟老板作别，快步离开了摊位，出去接电话。电话里王阿姨语气很急切，说晓芸要自杀，吵着要见我。

我一头雾水，但是人命关天，还是和三水哥立刻赶了过去。

我们赶到的时候，晓芸正坐在窗台上，脚耷拉在外面，哭喊着要跳下去。虽然王阿姨家楼层并不高，但掉下去至少也得摔断条腿，王阿姨在一旁都急疯了。

我赶紧冲过去劝晓芸，她见到我，哭得更厉害了，还说都怨我。

我感到莫名其妙，王阿姨把晓芸的手机拿给我看，说江晨突然把二十万元转了回来，还发了条短信说“你竟然联系媒体，既然你把我当骗子，那么钱还给你，我们以后不要再联系了”。

我赶紧给江晨打了个电话，电话里传来冰冷的机器语音——您所拨打的电话是空号。我只能跟王阿姨实话实说，我也联系不上江晨了。

晓芸听到这个，作势要跳下去。

“等等！”三水哥突然大喝一声，“人，白鸥能给你找到！”

我吃惊地看着三水哥，我去哪给她找人去？

三水哥没理我，接着说：“白鸥是台里的王牌记者，神通广大，三教九流没有她不认识的。市公安局局长陈局是她表哥，保准把人给你带回来！”

我心想三水哥真是坑得一手好队友，我和陈局只有采访的时候见过几次面，哪儿来的亲戚关系？但晓芸听到这个，立刻擦干眼泪从窗台上下来了。

她走到我面前，瞪着我说：“人是你给我弄丢的，你得负责给我找着。”

我的表情变得像“黑人问号”表情包，我刚想反驳她，三水哥冲过来掐住我的胳膊。我只能摆出一张标准的假笑脸，冲晓芸点了点头。三水哥赶紧跟王阿姨说：“您好好照顾晓芸，我们先回去了。”

走出单元门，我一把甩开了三水哥，冷冷地盯着他：“陈局是我表哥这事，我怎么不知道？”

三水哥嘿嘿一笑，“你怎么这么死脑筋，你让罗队给你查查江晨的户籍信息，不就得了吗？”

对于警察来说，查个户籍信息应该并不难吧？但是我不想去麻烦罗警官，一是警队有规定，不能随便查别人的户籍信息。二是我感觉晓芸这个人有点偏执，她真要知道了江晨的地址，还不一定会做出什么过激的事情。

我一拳打在三水哥背上，告诉他以后别给我揽事。三水哥笑笑，说今天他请客吃羊蝎子，我只好原谅他了。

之后，晓芸给我打过几次电话，我都以各种理由搪塞了过去。我想她意识到我并不热心之后，总会知难而退的，但我还是低估了恋爱脑的战斗力。

晓芸没事就来台里堵我，见着谁都说，让我赔她男朋友，以至于同事见到我都打趣我，你把人家男朋友拐哪儿去了？

我真是长十张嘴都说不清。为了躲着她，我下班都从后门走，心想她见不到我，总该放弃了吧。没想到，我手机开始几秒钟响一次，而且不显示来电号码，也没法回拨。我上网一查，发现是一种叫“呼死你”的软件。

因为工作需要，我每天要打很多电话，现在完全无法正常联系，只能关机。这下我真的非常生气，“老虎不发威，以为我是Hello Kitty”！

我立即打车去王阿姨家找晓芸，本想跟她们放点狠话，但到了一看，晓芸憔悴得不行，眼睛也是肿的。

我有点不忍心，只能放缓了语气说：“你让我帮忙找人，至少也提供给我一些信息吧，比如他有亲戚吗，老家是哪的？”

晓芸摇了摇头，眼泪唰唰地往下流。她说跟江晨是两年前认识的，从来没见过他家人，听口音应该不是本地人，但具体老家在哪里，并不知道。

我有点无奈，谈恋爱谈得这么不明不白，估计全天下也找不出第二个人了。

“那你从哪儿认识这么一个神秘人呢？”

晓芸小声说：“在一个动漫论坛上。江晨非常喜欢逛那个动漫论坛，一天刷很多遍。”

我眼前一亮，让她把想跟江晨说的话都写下来。她愣了一下，还是乖乖打开电脑，不一会儿就写好了给我。我接过来，文章很长，回顾了无数他们的甜蜜时光，以及江晨消失后她都是如何度过每一天的，末尾署名是“丢了大雄的哆啦A梦。”

我觉得有点好笑，有点幼稚，又有点心酸。

我拍拍晓芸的肩膀，说我一定会让江晨看到这个帖子，但是他会不会联系你，就要看他是不是对你还有感情了。

晓芸点了点头，没再说什么。

后来我托同行，辗转联系上了那个论坛的管理者，把晓芸的帖子置顶几天。晓芸也消停了，没有再找过我。

这之后一连几天，我都在公安局跟拍另一起盗窃电缆的案件。案件是由罗警官负责的，我采访到一半，罗警官接到了派出所转接过来的报案。

报警人是王阿姨，她说晓芸被绑架了。

江晨将钱转回来以后，王阿姨就换了银行卡密码。今天，她出去买菜的时候，收到了一条女儿手机发来的短信——“你女儿在我手上，要想让她活命，拿二十万元，不许报警。”短信后面附有银行账号。

王阿姨打电话过去没人接，跑回家一看，晓芸真的不在家。王阿姨哪儿见过这架势，立刻打 110 报警。

罗警官赶回警队，按照流程给王阿姨做了笔录，并查询江晨的户籍信息，但出来的结果却让所有人都傻眼了。

户籍信息中的江晨和王阿姨认识的江晨根本不是同一个人。也就是说，晓芸的男朋友冒用了别人的身份，而会这么做的，只有一种人——逃犯！

罗警官立即发了内部的协查通告，调查这个假江晨的身份。

很快警方的调查结果就出来了。江晨的真名是范默轩，十二年前涉嫌故意杀人，是被通缉的逃犯。

我们都暗暗为晓芸捏一把汗，罗警官接着安排人去查晓芸近期的行踪和通话记录。

因为涉及未破案情，媒体跟拍需要向上级申请，我们只能先回去。

我上网查了一下当年范默轩的案子，媒体的报道非常简短，只说在罗泽市（化名），十七岁的高中生范默轩杀死同班同学江瑶，并没有透露太多细节。

消息少并不奇怪。一是年代太久远了，二是因为案件涉及未成年人，所以媒体报道的时候都会格外谨慎。

要想了解更多细节，最好的方式是能找到当年采访的记者。我查了一下罗泽市电视台十年前的节目，将有可能会报道刑事案件的节目重点标注出来，整理成一张表格。

我们台平时跟其他电视台都有交流合作，我将表格发给喵哥，拜托他帮忙联系这些栏目，问是否有人曾报道过这起案件，同时申请继续跟进这起案件。喵哥同意了，说会和陈局联系，尽快给我回复。

做完这一切，我长舒了一口气，瘫在椅子上。我重新梳理了这几天的采访，对江晨产生了很大的好奇，这个十七岁就犯下了杀人重罪、十多年来隐姓埋名的人，到底是个什么样的人，这些年又过着怎样的生活呢？

我想了想，登录了晓芸提过的动漫论坛，认真看了一下她写的帖子，心头浮现了一连串疑问。如果说江晨要钱的话，为什么当初要把那二十万元退回来呢？光天化日之下，他又是如何把晓芸带走的呢？绑架晓芸的，真的是江晨吗？

晚上，喵哥给我打电话，说陈局出于保护晓芸安全的考虑，暂时不同意跟拍，等案件有了进展以后，会让罗警官跟我联系。同时，他联系上了罗泽市电视台某法治栏目的记者周凯，当年他采访过被害人和嫌疑人家属，而且这些年一直在持续关注这起案件。

喵哥嘱咐我说，他跟周凯联系的时候，只说了我们栏目要做未成年人犯罪的专题，并未提及江晨的事情。

按照喵哥给的联系方式，我顺利联系上了周凯。

电话接通了，还没等我开口，周凯就率先问我："为什么要打听这件事情，是不是案件有了新进展？"这是一个老牌记者的新闻敏感度，他显然没有完全相信喵哥说的话。

但我要和喵哥统一口径，没有向他透露任何案件信息。他叹了口气，说希望能将凶手尽快捉拿归案。

周凯告诉我，范默轩当年和江瑶是男女朋友关系，两人从小一起长大，感情很好。高二那年寒假，范默轩在一个废弃农房里持刀杀害了江瑶，而后逃之夭夭。

范默轩的表哥说，起因可能是因为江瑶提出了分手，范默轩不同意。

这么多年来，江瑶的父母一直在上访，希望能尽快抓到凶手。前年，江瑶的母亲去世，临终前还一直念叨着要将范默轩找回来，不然没脸去地下见自己的女儿。

说到这儿，周凯有些感怀："两个老人就这么一个女儿，江瑶去世后，他们经常去出事的地方看看，一坐就是大半天，眼泪都哭干了。"

其实这么多年来，警方也一直没放弃。一个已经退休的老民警，逢年过节都会去范默轩家附近蹲守。重案中队只要收到线索，都会去找，辗转了云南、贵州、湖南、广东多地，但每次都扑了空。

范默轩就像人间蒸发了。

听到这儿，我有些不寒而栗。这样说来，范默轩有很强的反侦查意识，而且心狠手辣，连从小一起长大的恋人都能残忍杀害。这次是机缘巧合确定了他的身份，才把他拎出来，我不禁为晓芸担心。

挂了电话，周凯发给我一些江瑶父亲的近照，照片里，老人呆呆地坐在路边，双目失神，神情悲戚。隔着屏幕，我都能感受到那种巨大的无力感。

大概半个月后，罗警官给我打电话，说范默轩抓到了！

我立刻约上三水哥，赶了过去。到了以后，罗警官简单介绍了情况：确定江晨就是范默轩，他们摸排了很长时间，在一个不需要实名登记的小宾馆里将范默轩抓获。晓芸也在，没有被绑架挟持的痕迹，是自愿跟范默轩在一起的。

“那条短信是晓芸发的，她本来打算拿了钱和范默轩一起离开本市，但不知道为什么，迟迟没有走。”罗警官说。

“我能见范默轩吗？”我问。

“他在审讯室。”罗警官一边说一边往那边走，我一把拉住了他，“我想知道，范默轩见到你们后的反应，越详细越好。”

“我们冲进去以后，叫了一声范默轩，他的眼泪哗地流下来了，说你们终于来了，我不想逃了。”

我若有所思地点了点头，跟着罗警官走进了审讯室。

范默轩真人比照片上要黑，但是剑眉星目，英气逼人，并没有一般杀人犯脸上那种狠戾之气。他安静地看着我，一脸人畜无害的表情。

我略作思考，问出了第一个问题：“你见到警察后，说你们终于来了，为什么这样说？”

我知道一般逃犯对曾经的案子，多少都有些抵触的心理。我想用较为委婉的方式切入，了解他的过去。

他低下头，小声地说：“我给你说说那件事吧。”他的声音深厚而平缓，就像在讲一个老故事。

范默轩从小和江瑶一起长大，上同一所小学，初中高中也在一块儿。提到过去，范默轩脸上带着一丝笑意。

范默轩家境不好，饭量又大，常常吃不饱。江瑶每天中午就把自己的饭分一点给他。江瑶数学不好，总被老师批评，范默轩每天放了学给她补习。

似乎也没有正式的表白，两人就顺其自然地在一起了。

“那时候以为日子会一直这样下去，结婚生子，白头偕老，直到高二那一年。”范默轩低下头，眼眶有些发红。

高二那年，他们所在的学校分了文理科。范默轩去了理科班，江瑶去了文科班，还学了艺术。从那之后，江瑶每天下午第二节课后都要去学音乐，便不再和范默轩一起回家了。

“那个时候，我从教室的窗户里看到她背着书包离开学校，觉得她离我越来越远。”范默轩的神色变得悲戚，“果然，很快她跟我说，她爱上了一个学画画的男生。”

“所以你就杀了她？”我的声音有些颤。

“不是的！”范默轩猛然抬起头，额角青筋暴起，“我只是不想分手，安排了英雄救美的戏码，让表哥绑架她，我再去救她。没承想，我到了以后，发现她已经死了，流了很多血。”

“人不是我杀的，是表哥范宇杀的。他说江瑶反抗很激烈，而且差点扯掉他的头套。表哥便失手杀了她。”

“人不是你杀的，你为什么要跑呢？”

“是我让表哥去绑架他的，事情因我而起，我就应该负责，而且江瑶死了，我活着也没什么意思了，干脆一走了之。”

罗警官的眼睛眯了起来，“那之后呢，你去了哪里？”

“我发疯地逃，不敢住旅馆，不敢搭车，不敢和亲人联系，在每个地方打工都不敢待太久。我觉得我活得像行尸走肉一般，直到两年前遇到晓芸。”范默轩叹了口气，“我本来以为这是命运给我的一次机会，但当我发现我没有办法领结婚证的时候，我才发现这是命运给我开的玩笑。”

范默轩深吸了一口气，接着说：“晓芸给了我二十万元，我本来想拿着钱带她逃出境，但是犹豫了很久，我还是放弃了，我怕她吃不了那个苦。后来我看到那个帖子，心疼她，又主动联系了她。”

范默轩说，他迟迟下不了决心带晓芸一起走。就在这个时候，民警找到了他，对于他来说，也算是一种解脱。

“我现在决定把一切都说出来，和晓芸重新开始，我想和她结婚。”

我无法判断他说的是真是假，结束了采访。

罗警官说，会尽快将范默轩移交给当地警方。至于他的口供是否属实，还需要联合办案。

范默轩被移交之后不久，王阿姨给我打电话，说晓芸在超市里砸人家东西，被警方带走了。

我匆匆赶到公安局，看到晓芸情绪很激动，叫嚣着想陪江晨一起坐牢。

罗警官大声呵斥她：“你如果真的爱他，你就好好生活，劝他也老实交代。”

晓芸根本听不进去，大声哭喊着：“我要陪他一起坐牢，不然他不知道我有多爱他。”

罗警官走过去，递给她一张纸巾，目光灼灼地看着她：“所以让他知道你爱他，比你爱他更重要，对吗？”

晓芸愣住了，这句话有点绕。我猛然意识到，晓芸和范默轩其实是一类人，为了所谓的爱情不顾一切，却其实根本不懂什么是爱。

就像晓芸文在手臂上的假名字一样，只是一厢情愿的错觉。

我摇摇头，离开了公安局。

后来我打听到，虽然当年范默轩和范宇清理了案发现场，但还是留下了一些痕迹物证。以当时的技术水平，无法从这些物证中提取到DNA，但使用现在的技术，完全可以佐证范默轩的证言是真实的。

警方将范宇捉拿归案，他对自己的犯罪事实供认不讳，不过还没等到范宇宣判，江瑶的父亲就去世了。

03 网购运毒

六月中旬，空气里热浪翻滚，我在空调房里，一边吃西瓜，一边看电视。昏昏欲睡的时候，收到了刘一饼的微信：“那个胶布男又出现了。”

我一激灵，立即放下手中的西瓜，简单洗漱了一下，出门找刘一饼。

刘一饼真名叫刘冰，因为一顿饭能吃一整张饼，所以我们都叫他“刘一饼”。他之前是我的同事，后来辞职单干，成立了工作室，也一直没断联系。我偶尔会从他那里接点私活，帮忙拍拍宣传片之类的，挣点外快。

半个月前，刘一饼给我发信息，让我去他的新办公室。我以为他要结算前一年拖欠的片酬，就兴高采烈地去了。

他的新办公室位于华泰写字楼 904 室。那是本市一个老写字楼，因为位置不好，再加上近年来周围新建了很多写字楼，所以入住率并不高。刘一饼觉得那里租金便宜，就搬过去了。

那天，我刚走进他的办公室，还没来得及恭祝他乔迁之喜，就闻到了一股腐烂的臭味。我多嘴问了一句，他趁机向我求助，说这样的情况有几天了，物业不管，让我帮他曝光。

我给物业打了电话，接电话的是一个男人，态度很不好，粗声粗气地说："有臭味是他们自己不讲卫生，跟我们没关系。"

刘一饼很委屈，他们刚搬来不久，已经做过大扫除了，臭味源头根本不在这里，但物业不管，他只能自己找出臭味源头，他今天找我来，就是想让我帮忙的。

我在心里翻了一个白眼，但想着没到手的片酬，决定忍辱负重。

我建议以九层为中心，他向上找，我向下找。刘一饼疯狂摇头："不行，我有强迫症，必须从一层找起。"我环抱双手白了他一眼，他又补充道："而且不能分开找，这大楼这么冷清，万一看到什么不干净的东西怎么办？我得保护你啊。"

我无力吐槽，陪他从一层找起，爬了一个多小时的楼梯，满头大汗地到达十一层时，闻到 1103 的气味格外强烈，应该就是臭味源头。那间办公室帘子都是拉下来的，只能从上锁的玻璃门里看到前台的位置，上面写着依依服贸公司。

证据确凿，我们再次拨打了物业电话。过了好一会儿，一个穿着白色猛男背心的光头大汉不情不愿地来了。我们让他帮忙联系这家服贸公司负责人，大汉懒洋洋地掏出手机查出老板的电话号码，让我们去联系，自己立马扭头走了。

刘一饼气得够呛，拨通了电话，对面是个低沉的男性声音，刘一饼没好气地骂了他一顿。没想到，对方态度非常好，一个劲地说对不起，是里面放的食物腐坏了，会尽快派人来处理。

这倒让刘一饼有点不好意思了，忙说没关系，处理了就好。

挂了电话，我瞪了刘一饼一眼，“下次这么简单的事，自己解决，别啥事都想麻烦媒体。”

刘一饼点头如捣蒜。我趁机问他片酬的事情，他不情不愿地给我结了一小部分。

没想到，几天后他又给我打电话，说压根没有解决，气味反而更强烈了。刘一饼上去一看，发现那家公司玻璃门被贴了好几层黑色胶布，气味暂时被压制住了，但是没有解决根本问题，现在变得更臭了。

刘一饼去保安室调了监控，发现是一个戴金丝边眼镜的瘦高个男子贴了胶布，但是并没有进去清理。他再次拨打了老板的电话，老板依然承诺会尽快解决。

我让刘一饼盯着点，跑得了和尚跑不了庙，如果那个男子再去的话，第一时间通知我。我给主编喵哥报了这个选题，喵哥说可以跟进报道。除了采访相关当事人以外，还要采访律师，明确物业和公司负责人的法律责任，同时整合物业和业主发生矛盾的相关案例，做一个专题。

按照喵哥的指示，这几天我搜集了不少资料，还请教了律师。剩下的，就是等“胶布男”再次出现了。这不，刘一饼给我回信说，胶布男又出现了，并且被他逮了个正着。

我和摄像师三水哥赶到的时候，那个胶布男正被物业工作人员和刘一饼围在中间，他一个劲地给大家道歉。胶布男穿着白色衬衫，戴着金丝眼镜，皮肤白皙，看起来文质彬彬的。

我走过去，按住激动的刘一饼，挡在唾沫横飞的光头大汉面前，温柔地跟胶布男说：“既然您来了，还是先把门打开，我们一起进去把东西清理了吧。”

胶布男不情不愿地答应了。我们一起撕掉层层胶布，一边撕刘一饼还不忘吐槽：“你们家要是不做服装，改做这么结实的胶布，也不至于关门。”

胶布男没有回话，撕完胶布，他拿出钥匙打开了玻璃门。我们走进去，屋子非常凌乱，到处都是纸箱子，但并没有发现腐烂的食物。胶布男说具体情况他也不清楚，是老板李富凯让他来的。

刘一饼东闻西嗅，发现最里面还有一间小屋子，门口被摞起来的纸箱子挡住，上面写着总裁室。他挪开纸箱子，我推了推门，发现门是上锁的。

我扭头让胶布男打开这个门，看看里面的情况。胶布男眼神闪过一丝慌乱，结结巴巴地说，他没有总裁室的钥匙，要联系老板。说完，就一边打电话一边往外走，走到门口时拔腿就跑，刘一饼第一个反应过来，赶紧追了出去。

我们在屋子里等，没一会儿，刘一饼气喘吁吁地回来了，喘着粗气说：“没追上，这小子跑得比兔子还快。”

三水哥打趣他：“哥们儿，是你不行吧！”刘一饼气得眉毛缩成一团，“你行，你行你怎么不去追？”

我知道他俩向来不对付，赶紧出来打圆场：“追上他，人家不开门也没办法，还是和他们公司负责人再沟通一下。”

刘一饼焦躁地在房间里走来走去，盯着总裁室的门看，突然间像下定了什么决心一样，快步走向那扇门，一用力，抬脚把门踹开了。

我还没来得及开口责怪他太鲁莽，就感觉一股强烈的臭味扑面而来，我慌忙掩住口鼻，倒退了几步。刘一饼硬拉起三水哥进去看，几分钟后，办公室响彻刘一饼凄厉的惨叫。

我和光头大汉对视了一眼，也赶紧进去。房间里的景象，让我倒吸一口凉气——办公桌脚下赫然躺着一具半腐烂的男尸。

光头大汉估计是第一次见到这种景象，张嘴就要吐。三水哥和刘一饼硬架着他，一起离开了这间屋子。

做了这么久的法治记者，保护案发现场的意识还是有的。等他们把大汉扶到外面的走廊里，我赶紧报了警。

刘一饼在一旁唉声叹气，他之前辞职就是不想再看见血腥的案发现场，没想到又让他给碰上了。

我从楼梯口的自动售货机买了瓶水递给他，他接过来还不忘抱怨：“真不该让你们来，法治记者都自带柯南属性，走到哪儿哪死人。”

我踢了他一脚，不再理会。没一会儿，警方就赶到了，带头的正是刑事侦查大队队长罗青田，他给我们做笔录，我趁机拜托他，有了消息第一时间告诉我们。

回去的路上，我暗自分析了一下，这事最大的嫌疑人就是那个胶布男。他虽然跑了，但是大楼监控早就拍到了他的正面照。现在刑侦手段这么先进，抓到他应该不是个难事。

警方的效率比我想象的还快，第二天，罗警官就给我打电话，说抓住胶布男了。我赶紧和三水哥赶往公安局。

到的时候，罗警官正在给他做笔录。胶布男有个好听的名字，叫席沐风。面对罗警官的质询，他显得很委屈，一口咬定自己什么都不知道，是老板李富凯让他来的。

罗警官不说话，叉着手上下打量他，显然并不相信他说的话。席沐风有点着急了，拿出手机给罗警官看他和李富凯的聊天记录。我凑过去瞟了一眼，确实是李富凯让他来的，而且上面明确地说，不用进去清理，贴上胶布防止臭味散发就行了。

没承想，罗警官看到这个聊天记录，啪地把手机扣在桌上，吓得席沐风一哆嗦。

“在这跟我们演戏呢？里面死的人就是李富凯，他怎么跟你发微信？”

席沐风顿时抖得跟筛子一样，结结巴巴地说：“我……我真不知道……是他让我来的。”

听他这么说，我突然想到，当时刘一饼联系老板的时候，电话里的声音明显不是席沐风。虽然电话可能会让人的声音发生改变，但差别应该不会这么大。

我小声给罗警官说了，罗警官让人先把席沐风带到单独的审讯室关押。不管席沐风是不是凶手，至少目前看来，他跟这事脱不了关系。罗警官决定等进一步的勘察报告出来再进行审讯。

我们在局里等了一会儿，法医送来了勘察报告，李富凯是窒息死亡，脖子上有勒痕。死亡时间至少是一个月前，但那个时候席沐风人在外地，根本没有作案时间。

罗警官摇了摇头，拿了瓶可乐去找席沐风，我们也赶紧跟上去。罗警官进到审讯室，把可乐递给他，“你说你没杀人，为啥要跑呢？”

席沐风接过可乐，“我是真的没有总裁室的钥匙。看他们来势汹汹的，就有点害怕……”

说了半天，席沐风也没说出个所以然。但罗警官这边没有确实证据证明他和这起刑事案件有关，留置时间一过只能放人。

回去的路上，我在想，真正的凶手为什么要用李富凯的手机联系席沐风？随机作案的可能性不大，因为如果是随机作案，凶手不会知道席沐风是李富凯的员工，那就很可能是熟人作案。

警方肯定会重点排查李富凯的社会关系，这我倒不用操心。按照我们的工作流程，我也要采访被害人家属，全面了解死者的相关信息。

我决定明天先去采访李富凯的妻子。丈夫失踪了一个多月，她都没有报警，这不合常理。

李富凯的妻子叫廖依依，在建华大街有一家门店。那家店不大，只有三四十平方米，屋内很杂乱，卖的衣服也较为廉价。

我们一进去，廖依依以为我们是来买衣服的，立即起身热情地招呼我们。她穿了一件黑色的蕾丝衫、一条牛仔短裤，留着利落的短发，看起来非常干练。

我简单介绍了来意，她立刻变得非常不耐烦，让我们赶紧离开，不要影响她做生意。我又解释了两句，她硬把我们推出了门。

我站在门外，恳切地说："您不要激动，我们没有恶意。我们在车上等您，如果您得空了，希望我们能简单聊两句，可以吗？"廖依依没有回答，黑着脸走进了屋里。

看她这样的态度，我没有再继续追问。我决定在车上等一会儿，等她情绪平静一点，再找合适的采访时机。

主编喵哥常说，想要了解一个人，并不一定要听她亲口说了什么，很多时候，观察也是采访中很重要的一部分。

我们在车上等了一上午，偶尔几个人进过店里，她的生意并不好。但是廖依依对每个人都很热情，即使对方不停讨价还价，她也表现出了极大的耐心。

中午，廖依依拿出了一盒泡面，蹲在小凳子旁边几口就吃完了。我正准备下车去跟她聊聊，却见一辆别克商务车停在了店门口，席沐风从车上走下来，他跟廖依依简单交谈了两句，就把车上的货往店里搬。

我等他运完货，准备离开的时候，迎了过去。他看到我们神情有点不自然，我赶紧对那天的误会表示歉意，他也终于露出了笑容，连说没关系，语气非常温柔。

我决定从席沐风这里侧面了解李富凯，“能跟我说说你们的老板吗？”

席沐风思考了一下：“踏实肯干，为人很好，发生这样的事情真是没想到。”

他的语调里听不出任何情绪，像是例行公事的回答。我还想再问点什么，却被廖依依冲出来打断了：“你们怎么还不走？”

“老板娘，您别生气，他们也只是完成工作。”席沐风很贴心地为我们解释。廖依依态度缓和下来：“不是我不想跟你们说，是对于李富凯这个人，我真没什么好说的。”

她叹了一口气：“他很少回家，也不知道在外面做些什么。他对我态度冷淡也就算了，儿子给他打电话，他都不接。儿子上初二了，周围朋友还以为他是单亲家庭的孩子。”

廖依依摇了摇头：“养一个儿子，吃穿用度都要花钱。我自己开着这么个店，生意不好，挣不到什么钱，忙得焦头烂额。他除了让沐风帮忙送货，还管过什么？这么多年他没管过我们娘俩，现在他是死是活，我也管不着。”

我和她聊了很多，除了知道他们夫妻关系冷淡外，没得到其他有用信息。

回到电视台后，我又电话联系了李富凯的父母。没想到，他们的态度比廖依依更决绝，都说没有这个儿子。

我的采访陷入了僵局。一个中年男人意外死亡后，竟然没有人愿意谈起他。我只能先暂停手头的采访工作，等待警方进一步的调查结果。

两天后的晚上，罗警官突然约我去“撸串”，电话里他的语气很轻松，我知道应该是案子有进展了。

我们约在了王胖子烧烤。这家店离公安局只有一条街，烧烤味道很好。老板王哥是个退役军人，干活利索麻利，为人也很豪爽，一般结账的时候，都会抹个零头，我俩经常光顾。

我到的时候，罗警官已经等了有一会儿，他看我走过来，赶紧把菜单递给我，直呼饿死了。我接过来直接转手给了王哥：“看着上吧，两瓶啤酒。”

罗警官想要开口，我大手一挥：“你先别说，看我猜得对不对！”

罗警官把手放在耳朵上，摆出一副洗耳恭听的样子。

我清了清嗓子说：“我觉得这起案子应该是廖依依和席沐风联合作案。”

“哦？”

“廖依依因为不满丈夫对自己的冷淡，心生怨恨，和经常来送货的小帅哥席沐风日久生情，便杀了自己的丈夫，并让席沐风配合来拖延时间，掩盖证据。”

我一口气说完，抬眼观察罗警官的反应。他显得很惊讶，直夸我聪明，我更得意了：“我要是去做刑侦，估计早当局长了。”

罗警官噗嗤笑出声来，打了一个大大的响指：“小白，你是不是电视剧看多了，还是那种最烂俗的剧？”

“我猜得不对？”

“当然不对。”他胡乱地撸了一把我的头发。

原来，警方在李富凯的办公桌上发现一个笔记本，才知道他有把密码记在本上的习惯，便重点排查了他名下的银行卡。调查发现，李富凯死后，仍有人从他的卡里取钱，而且取款的地点经常变化。

警方调取了银行的视频监控，发现是一个微胖的中年男子取的钱。警方将照片打印出来，拿给被害人家属和朋友指认，确认这个人是李富凯的发小——华子。

再结合案发现场的痕迹物证，可以确定凶手就是华子。他因为经济纠纷，上门找李富凯理论，而李富凯不知道怎么激怒了他，华子就趁李富凯不备，顺手拿起办公桌上的一个跳绳，勒死了他。

杀人后，为了拖延时间，并转移李富凯的资产，华子一直以李富凯的名义和席沐风联系。

“这样说，席沐风和廖依依是清白的？”我问。

“当然。”罗警官白了我一眼。正好这个时候，串也都上来了，他不再理我，开始大快朵颐。

我想到廖依依一个人带着孩子，多少有些心酸。罗警官看我没吃，似乎知道我在担心什么，嚼着东西含混不清地说：“你别替人家操心了，人家上千万的身家，放心吧。”

“千万的身家？”我有点惊讶。

“对啊，李富凯名下有几十张银行卡，光本市的住房就好几套。”

“李富凯这么有钱，他老婆竟然不知道？”我想到那天廖依依给我说服装店生意不好，挣不到什么钱。

“他老婆怎么可能不知道？”罗警官给我倒了杯酒，“李富凯的收入来源，就是他的服装公司。人家那是不露富而已。”

我叹了口气，将杯中的酒一饮而尽，有钱人装穷也装得太像了吧。

之后，我把片子做出来并顺利播出了。事情算是告一段落，但是没想到之后发生的事，完全超出了我的想象。

片子做完后不久，我跟三水哥和刘一饼吃饭。谈到这个案子，我跟他们说起李富凯身家千万的事情。刘一饼惊得下巴都快掉了，他说没想到，同在一个写字楼里，他穷得连租金都快交不起了，人家却坐拥好几套房。

刘一饼不服气：“那家公司看起来都快倒闭了，怎么可能挣这么多钱？”

三水哥呵呵两声：“我看是你那家公司快倒闭了吧？”

刘一饼不高兴了，他打了一圈电话，打听李富凯的生意为什么这么挣钱？刘一饼之前做了几年记者，现在又自己办公司，人脉非常广，电话打了一个多小时都没打完。

我小声跟三水哥说：“刘一饼应该去做娱乐记者，这么八卦。”

“他那哪是八卦啊？”三水哥故意提高了音量，“他那是看不得别人有钱。现在的工作最适合他，奸商。”

刘一饼装没听见，打完电话跟我们说：“一个卖衣服的朋友跟我说，那么小的店面要能那么挣钱，要么是卖利润极高的高仿货，要么是走私违禁品。”

我和三水哥对视了一眼，没有说话。

刘一饼继续说：“我们调查这事吧！”

“这跟我们有什么关系？”三水哥态度很冷淡。

刘一饼知道三水哥油盐不进，不是好说话的人，便转身凑到我身边：“小白，你想想，如果他们公司真的有问题，你拍个大调查回来，今年的制片人奖金不就是你的吗？”

他这么说，我还真有几分心动。制片人奖金倒是次要的，关键是像我这样的新人，想要做出成绩，做出几个有分量的片子至关重要。

不过仅仅因为人家有钱，就怀疑背后有问题，是不是太武断了点？我有点拿不定主意，在内心进行激烈的思想斗争的时候，三水哥干脆替我拒绝了：“她不去。”

我知道三水哥为什么不让我掺和这事。刘一饼这人吧，虽然本质不坏，但是十分“鸡贼”，什么歪门邪道挣钱的事，他都想试试，做事容易踩线，这动机实在让人反感。

更何况，廖依依刚死了老公，就追查人家公司的问题，实在有点不厚道。我想了想，还是拒绝了。刘一饼撇了撇嘴，没再说什么。

那天吃完饭后，我们就各自回家了。三水哥晚上给我发微信：“好奇心害死猫，不要总想搞个大新闻”，后面跟了五个感叹号。

我回他“啰唆”，后面跟了六个感叹号。

过了两天，刘一饼直接把我堵在了家门口，告诉我他有了重大发现。原来他一直没死心，这两天他都在暗中调查这事。

“你知道吗？”他摇头晃脑地说，“廖依依很可能真的不知道李富凯这么有钱。”

“我托好几个朋友装成顾客，去她店里问有没有A货，她都说没有，看来确实是做正经生意的。我又从她周围人口中打听廖依依，你猜怎么着？”

我没有理他，他卖关子不成，只好继续说：“这么多年来，廖依依过得确实很清苦，一直和儿子住在老破小的旧房子里。去年她儿子生病住院，还是管邻居借了两万元钱救急。”

我想了想说：“也就是说，钱是李富凯挣的，那他现在死了，财产他老婆继承了吧。之前的事也死无对证了。”

“李富凯人是死了，可他身边还有一个人，继续帮他做事。”

“席沐风？”我试探性地问。

刘一饼打了个响指：“我打听到，依依服贸公司的货是运到远郊区一个大仓库，每次都是席沐风亲自去取。”

我暗中盘算，这样看来真的很可疑，做生意的都图个方便，谁会舍近求远呢？

刘一饼看我有些动摇，又接着说，“据可靠消息，那个仓库的管理人每次收到货以后，都会让老婆看着，自己跑去酒吧喝个酩酊大醉。第二天席沐风就会去取货。”

“我朋友告诉我昨天那个人又去喝酒了，也就是说今天席沐风就会去取一批货，我们跟着看看吧。”

我不置可否，刘一饼继续怂恿我：“我跟你说这个，主要是因为还没给你结清片酬，内心愧疚，希望你能拿上制片人奖金。”

我白了他一眼：“你跟我说这个，是怕你自己去万一被发现了，师出无名，被抓起来吧！”

刘一饼嘿嘿一笑，期盼地看着我。我想了想，最近的选题出奇地少，喵哥说节目都快没得播了，不如去看看，万一真能拍个大调查回来，也能在新人里面脱颖而出。

于是我同意跟他去。因为我俩都不怎么会开车，只能叫上三水哥。

三水哥一个劲地骂我俩想一出是一出，但怕我们有危险，还是跟着去了。

我们开了一个多小时的车才到仓库。说是仓库，其实就是远郊的一处平房。我们不敢靠得太近，只能将车停得远远的，暗中观察。

我们等了五六个小时，连个人影都没见着。三水哥心疼开着空调，浪费汽油，连连质问刘一饼，是不是情报不准？

刘一饼信心满满地拍着胸脯说，席沐风今天一定会来。我剥开一个棒棒糖，趁三水哥不注意，塞到他嘴里。他终于不再说话了，气鼓鼓地盯着仓库的位置。

我们一直等到下午六点多，天色渐渐暗了下去，席沐风才出现。这次他开了一辆小型卡车，装了满满一车的货。三水哥开着车在后面跟着他，他开进了一个大型商场地下停车库，我们怕被发现，没有跟进去。

我和刘一饼下车进到商场里，看了一下商场的索引牌，没有发现依依服贸公司的名字。

刘一饼小声跟我说："我说对了吧，他们家就是卖套牌货，没准装成耐克阿迪什么的。"

我没有理他，径直走到前台那里，说："您好，我们是依依服贸公司来送货的，第一次来，接货人电话联系不上，您能帮我查查几楼的店用我们的货吗？"

前台有点犹豫，刘一饼立刻凑上前，一口一个小姐姐把她叫得心花怒放，答应帮我们问问。前台打了几个电话后，很困惑地跟我们说："没有问到有人用你们的货啊，你们是不是走错商场了？"

我和刘一饼面面相觑，尴尬地说："可能是走错了吧，我们再确认一下。"说完，我们步行去了地下车库。奇怪的是，我们找了一圈，也没发现席沐风开的小型卡车。

我们没办法，只能去三水哥车上等。等了大概一小时，席沐风出来了，车上还是满满的一车纸箱子。他来这里不是卸货的吗？我们越来越觉得诡异，便继续跟着他。

这次他竟然直接开去了露天垃圾场，将纸箱子全部扔在了垃圾场里，扬长而去。等他走了，我们立即下车去翻他扔下的纸箱子。打开一看，纸箱子里装的都是松糕鞋，看样子还是全新的。

我拿起鞋仔细看了一下，发现有些鞋底有被刀子割过的痕迹。

我问刘一饼知不知道这是怎么回事，刘一饼也一脸茫然。我拍照发给罗警官，问他知不知道为什么要把新鞋割开？

没想到，罗警官刚收到图片，就给我打了电话。电话里，他语气很急切地问了我们的位置，说会立即赶过来。

挂了电话，不到二十分钟，罗警官就带着六七个人赶了过来。跟我打了个招呼，就开始翻席沐风扔下的纸箱子。刘一饼凑上去问东问西的，没人理他，他自知无趣，退到了一边。

过了一会儿，一名警官举着一只鞋喊道："找到了！找到了！"

我凑过去，看见鞋底断层处有白色粉末。罗警官神情严肃，指挥同事把这些鞋都搬到车上，便匆匆离开了。

我虽然不知道具体发生了什么，但是根据罗警官的神情，出警速度，大概能猜到这个事情的严重程度。

我立刻给喵哥打电话，把情况跟他汇报了。喵哥说会跟陈局联系，如果他同意的话，我们便跟进报道。

第二天，罗警官给我打电话，说经检验，鞋里的白色粉末是冰毒。他们已经将席沐风捉拿归案，我们可以过去拍摄审讯部分。

我立即约了三水哥，赶到公安局。

我们到的时候，罗警官已经开始审讯席沐风了。席沐风坐在椅子上，面如死灰，不停地发抖，嘴角抽搐却一句话也说不出来。

罗警官递了一支烟给他，他颤抖着伸手来接，却没接住，烟掉在地上。罗警官又拿出一支，塞到他嘴里，给他点着。

他深吸了一口烟，闭上眼睛，缓缓吐出烟圈，说："我什么都交代。”

席沐风说，他最初跟着李富凯干的时候，单纯地以为他只是做服装生意。后来李富凯设局让他染上了毒品，他才开始帮着李富凯贩毒。

“给你们供货的人是谁？”罗警官问。

“我只知道他外号叫‘刀疤’，他从不零售，每次毒品交易都在数千克以上。之前都是李富凯和他联系的。我只负责接了货以后运到一个大型商场地下车库，开进一个单独的封闭车位，那里有人接应。”

“那下次送货什么时候？”罗警官接着问。

“没有下次了。”席沐风摇摇头，“刀疤微信和我联系，说以后不再交易，让我把远郊的仓库退掉。在我的再三恳求下，才同意送最后一次货。我也本来打算做完这一次，就不干了。”

席沐风给罗警官看微信聊天记录，罗警官立刻派人去查了这个微信绑定的手机号，发现是街边手机店批量购买的号，不需要实名注册。席沐风说，刀疤每半个月就会更换一次手机号，根本无从查起。

而远郊管理仓库的夫妻，虽然猜到货物有问题，但是为了每次发货高额的佣金，睁一眼闭一只眼。他们完全没想到货物里有毒品，也不知道送货人的真实身份。

案件陷入了僵局。罗警官说，明明感觉刀疤的身份已经近在眼前了，但是却笼罩在一片迷雾中。

因为案情重大，刑侦大队和禁毒大队成立了联合专案组，专门处理这起案件，而喵哥也特批我不用同时操作其他选题，专心把这个拍好。

我们跟拍了几天，专案组抓获了数名吸毒和贩毒人员，但都是席沐风的下线，刀疤的身份依旧是个谜。

陈局要求专案组全体成员开会，重新梳理所有的线索，等找到关于刀疤的线索再散会。

会议一连开了六七个小时，大家都有些疲倦，警队一个外号叫“比目鱼”的年轻警官小声提出：“刀疤只和李富凯单线联系，现在李富凯死了，他们两个人之间的秘密永远没人知道了。”

我碰了碰他的胳臂，提醒他这话让罗警官听到又该骂人了。“比目鱼”伸了个懒腰说：“本来就是嘛，除非当时有个白记者，在他们联系的时候，把情况都拍下来。”

“你说什么？”罗警官猛然转过身来，吓得“比目鱼”一哆嗦。

罗警官思索片刻，突然站起来，走到会议桌的最前面说：“刚刚‘比目鱼’的话提醒了我，刀疤和李富凯只要联系，必定留下痕迹。所以他们到底如何联系呢？之前我们调取了华泰大厦的视频，所有进出大厦的人都不是刀疤。那他们只可能通过手机联系，如果用微信聊天的话，一定会留下记录。”

说完，罗警官立即派人去复原李富凯手机的聊天记录，看能不能找到新线索。大家听到这个，立即斗志昂扬地去开展工作了。

聊天记录被复原后，警方发现李富凯和一个人有频繁的聊天记录，甚至提到“带货”“出肉（冰毒）”“钻石（较好、较纯的货）”等行话。

虽然不知道对方是谁，但是得到两条信息，一个是李富凯管他叫亲爱的，另一个是提到 5 月 20 日要庆祝一下。

警方排查了李富凯的社会关系，发现他和妻子廖依依的结婚纪念日是 5 月 20 日。

警方将其列为重点怀疑对象，蹲守数天，最终掌握了廖依依的犯罪证据。之后，警方查封了李富凯名下的房产，发现其中有一处房子里藏有大量的黄金。

廖依依被捕后，我去采访她，才知道她之所以叫刀疤，是因为她是剖宫产生下的儿子，当时疼得死去活来，差点没了半条命，生完孩子后她的肚子上永远留下了一道疤痕，索性取名刀疤。

“为了儿子，一切都值得。”廖依依说，“我们夫妻为了避免被怀疑，长期分居，生活在黑暗里。我们穷怕了，但我们的儿子将来会过得很好。我们爱他。”

“他的父母都是毒贩，他将来会过得很好吗？”我问。

廖依依坚持说她儿子以后都会过得很好，我不懂他们的爱。

我没有再追问下去，结束了采访，回台去剪片子。

关于这个案子，我采访了缉毒大队的警察，后期制作的时候小心地给他们的脸打上厚厚的马赛克，音频又加上了变声特效。这是台里的规定，因为相较于一般的刑警，他们面对的是一条更艰险的路。

缉毒警察的牺牲比例是其他警种的 4.9 倍，受伤率更高达 10 倍。他们每一次出警，都面临着生死考验，而他们最大的希望就是平安回来。

破案后接受采访，本该是属于他们的光荣时刻，但是他们只能隐藏在马赛克后面，不能被人认出来。我采访的一个缉毒警察说，他给孩子叮嘱过千万次，在大街上不能随便喊他爸爸，不然以后可能就再也见不到爸爸了。

他们才更像生活在黑暗里的人。我们之所以看不见黑暗，是因为无数勇敢的人把黑暗挡在了我们看不见的地方。

04
粉色皮箱杀人案

我们栏目每个月都要做一期帮扶节目，老记者都不太愿意做，任务自然就落到了我这种新人头上。组里一个老员工跟我说，这种节目片酬低，没准还得自己往里贴钱。更重要的是，即便你非常努力，也不一定能帮到他们。

“有些人的不幸太深了。”

这个道理，直到遇到吴淑娜以后，我才明白。

吴淑娜是通过台里的热线电话联系上的我。她三岁的女儿豆丁身患白血病，急需大量的医药费救命，但是她却无力承担。

我们约在江北人民医院见面，她要去给女儿输血小板。

我和摄像三水哥早早就在医院门口等。上午九点，吴淑娜牵着女儿的手，准时出现在了医院门口。她留着短发，又黑又瘦，穿着一件发黄的白色T恤，T恤前面印着米奇的卡通图案，因为掉色严重，几乎快辨认不出来了。

她不好意思地冲我笑笑："这是我大女儿若楠的衣服，孩子上学不好穿太破的衣服，扔掉又怪可惜的，我就洗洗穿了。"

我把买好的矿泉水递给她，她摆摆手没有接："不好意思，应该是我买水给你们的。你看我……真的太不好意思了。"

我说没关系的，再次把水递给她，她连连推辞："不用了，我带豆丁来看病的时候，都不喝水的。排队的人多，检查的项目也多，喝水不方便……"

我把水硬塞到她手里，说："喝点吧，今天天热，容易中暑。一会儿我和三水哥都能帮忙排队，你放心吧。"

她点点头，小心地接过水，打开抿了一小口，就放进了包里："一会儿给孩子喝吧。"

吴淑娜的孩子叫豆丁，戴着口罩，头发光秃秃的，眉毛也很淡。豆丁又瘦又小，但是挺着大肚子，这是生病的症状之一。

我陪着吴淑娜去找了血液科的医生方墨海，方医生是我们栏目的常客，帮扶节目三分之一的选题都是他们科室提供的。方医生问了问豆丁近期的情况，建议还是尽快住院。吴淑娜忙不迭地应下来，说这两天肯定把钱凑到。

方医生摇了摇头，飞快地写了一个单子递给她，让她带着豆丁先去做血常规检查。吴淑娜接过单子，抱着豆丁离开了，三水哥也拿着摄像机跟了出去。

我趁机向方医生打听豆丁的情况。方医生说豆丁做了第一次化疗，住院二十天，花了十几万元，情况有所好转。但是吴淑娜拿不出余下的治疗费，所以只能先出院。

“其实这个孩子给我的印象挺深的，”方医生叹了口气，“检查的时候，别的孩子都哭成一团，她年纪最小，但很少哭。难受的时候也硬憋着，让人怪心疼的。”

豆丁做完最后一项检查，已经临近中午，方医生把我们送了出来。看到门口几个人拉着白色的条幅，上面写着某某医生杀人偿命，方医生挡在我面前，开玩笑说：“白记者不要趁机曝光我们医院呀！”

方医生给我解释，这些人是病人家属，他们每天上午十点多就来医院拉横幅，理由是六十多岁的老母亲开颅手术后不久去世了。

方医生无奈地说：“其实我们的手术很成功，但是术后每个人的恢复情况都不一样，不过……”方医生凑到我耳边，“其实血液科医患纠纷是最少的，大多数人都能想明白，这病十有八九是治不好的，血液病人的家庭都对死亡有所准备。”

我心里一颤，看着走在前面的吴淑娜和豆丁，心里很难过。

从医院出来，我跟着吴淑娜回了家。一是需要拍一些家里的空镜头，二是要见一见其他家庭成员。

他们住在城郊一个老破小的居民楼里，这里离医院一个多小时的车程，很不方便，但是相较于市区，房租便宜了将近一半。

吴淑娜家住四楼，是个两室一厅。她很小心地跟我解释：“我们家四口人，若楠平时都住校，我琢磨着想换个小房子。若楠偶尔回来的话，就让孩儿他爸去睡客厅。但我老公不同意，他说不能让若楠觉得这个家没有她的位置。”

她的表情非常惶恐，似乎住两室一厅太过奢侈，充满了负罪感。我轻轻拍拍她的肩膀，她哇的一声哭了出来：“白记者，我一辈子没求过人，要不是为了救孩子的命，我是真不愿意给别人添麻烦。”

我递给她一张纸巾：“这不是添麻烦，谁都有难的时候，会过去的。”

我环顾了一下四周，发现屋子非常凌乱，到处都是药盒子。客厅的角落摆着很多木制的工艺品，吴淑娜说，那都是高一平给孩子们做的，若楠喜欢的各种小动物，豆丁喜欢的玩具车。

我决定就以这个角落作为采访的背景。即便是帮扶类节目，我也不想一味渲染悲痛，人们在绝望的境遇里，努力拥抱生活的样子，更有打动人心的力量。

我拿了一个凳子摆在这个角落，吴淑娜坐下来，放松了一些：“你说得对，都会过去的，我经历了那么多事，不也都挺过来了吗？”

吴淑娜说，在遇到现在这个老公之前，她曾有过一段失败的婚姻。

“我家里穷，十六岁就嫁人了。对方是个瘸子，总觉得别人看不起他，就打我出气。我好不容易忍到若楠上了小学，就出去打工了。”

“其实当时在外面打工还是挺挣钱的，每个月都能拿四五千元，我花得很少，大部分都寄回家了。我努力挣钱，也是为了若楠过得好点，没想到……”吴淑娜的情绪突然变得很激动，“那个瘸子竟做出那种禽兽不如的事情！”

“什么事情？”

吴淑娜用力地捂着嘴，眼泪不停地往下掉。“没什么，”她避开了我的目光，“我……我发现若楠被他打。”

她硬挤出笑容：“不幸中的万幸，我遇到了现在的老公高一平，他是个知冷知热的人，我们还有了豆丁。谁想到幸福日子没过几年，豆丁就查出了这种病。”

我们正说着，高一平回来了，他穿着跨栏背心，趿拉着一双布鞋，手里拎着一袋水果：“来，请吃些水果。不好意思啊，知道你们来，我本来打算早点回来的，没想到最后一单送错了地方，耽误了时间，不好意思啊。”

高一平是个“黑车”司机，平时开着电动三轮车四处拉活。我本不想打扰他做生意的，跟吴淑娜说过我们可以等。没想到，他还是提前回来了。

他搓着手，欲言又止的样子：“白记者，电视播出了以后，真能凑够豆丁的医药费吗？”

医药费不是笔小费用，我不敢给他任何承诺。吴淑娜看我面露难色，抢在我前面说：“医药费哪那么容易凑够，能凑一点是一点。实在不行，让若楠周末去我朋友店里帮帮忙，总能渡过这个难关的。”

“你咋又说这个，”高一平有些不高兴，“若楠将来要当动物学家的，现在是关键时期，怎么好耽误她学习。”

吴淑娜低着头抹眼泪，我提出想采访若楠，吴淑娜掏出手机准备拨号，被高一平拦了下来。“白记者，”他脸上挂着讨好的笑容，“若楠这孩子敏感，自尊心又强，还是别让她说了。”

我不再勉强，虽然孩子的求助更能引发人们的同情心，但是我没资格强迫任何人在镜头面前展示苦难。

拍摄完，我和三水哥先告辞了。临走的时候，高一平硬把一袋子水果塞给我。我推辞不过，心里有点愧疚。出来后，三水哥拍拍我的肩膀，嘿嘿一笑：“不用愧疚，我帮你放了五百元钱在他家电视柜上，我也放了五百元。”

“帮我？”我迅速提取到了关键词。

“是的。”三水哥用力点点头，“记得还我。”说完，他拿起架子拔腿就跑。我无奈地笑笑，心里多少轻松了一些，也赶紧追了上去。

回到电视台后，我迅速把这个片子剪了出来，很快就播出了。

过了几天，我拎了一些零食和玩具去看豆丁，刚到楼道里就听见吴淑娜和高一平在争吵。

“……父母……会放弃……孩子……”断断续续地听到一些词，我猜想和豆丁有关，便凑到了门口。

吴淑娜呜呜咽咽地说干脆让若楠退学吧，随便找份工作也能挣个一两千元。接着里面就传来摔杯子的声音，高一平情绪很激动："你以为现在是你那个时候，未成年人哪个地方敢要？没学历以后生活处处碰壁。咱们不都吃了没文化的亏吗？"

吴淑娜不再辩驳，哭得很大声。

我正犹豫着要不要先离开，门猛地被拉开了，高一平看到我愣了一下，随即问我："白记者，咱们那个节目还能不能重播一遍？"

台里重播节目有严格的限制，这种收视率不高的帮扶节目，原则上是不可能重播的。我只能摇摇头，他眼里的光暗淡了下去，背过身开始一支接一支地抽烟。

吴淑娜小心翼翼地跟我解释，节目播出后他们陆续收到了五万元捐款，非常感谢栏目组，但是和需要的医疗费还差很远。

我被一种很深的无力感压得喘不过气，狼狈地离开了吴淑娜家。

那之后不久，有一天我突然接到了吴淑娜的电话，她一边哭一边含混不清地说："豆丁丢了，丢了，怎么办啊？！"

我心里一惊，顾不上问具体细节，赶紧拉上三水哥赶了过去。我们到的时候，吴淑娜家的大门敞开着，她一边狠命拍打着高一平，一边大骂他鬼迷心窍，为了挣钱，害了孩子。

高一平任由她拍打，一言不发，紧闭着嘴唇，神情悲戚。

吴淑娜说，她每周日都要去中医院给豆丁取药，让高一平看会儿孩子。但是这次高一平为了出去拉活多挣点钱，把孩子留在家里了。她取完药回到家，发现家里没人，赶紧给高一平打了电话，这才知道孩子丢了，然后报了警。

我查看了吴淑娜家的门，发现门锁是完好的，没有暴力破坏的痕迹。他们家的门只要一关就自动上锁，在外面只能拿钥匙开，但是在里面可以直接打开。

难道豆丁是自己偷跑出去的?

“家里还丢了其他东西吗？”我问。

“没有，警察都让清点过了，什么都没少。”吴淑娜摇摇头。

我稍稍松了口气，至少目前看来，不像有人刻意偷走了孩子。我立刻给我们栏目的新媒体编辑打了个电话，拜托她发布一条寻人启事。

吴淑娜也冷静下来，赶紧在朋友圈、微博上求助。因为话题本身比较吸引人，很快就有了大量的转发和评论。

之后我陪着她去问小区的门卫，是否看见过孩子？门卫是个六十多岁的大爷，热心地宽慰我们：“放心吧，这个小区就两个出口，都有监控，警察已经拷走了。”

吴淑娜仍然不放心，非要自己也看一遍。大爷理解她的心情，允许她在门卫室看，但不允许录音录像。

小区正门离吴淑娜家近，他们平时也都是从正门进出的。监控显示，下午两点半的时候，高一平开着电动三轮车出去。我们以四倍速一直看到吴淑娜五点半进入小区，都没有发现豆丁的身影。

之后我们又查看了侧门两点半到五点半之间的监控，也没有发现豆丁的身影。这下吴淑娜更慌了，拉着高一平到处找。

天色一点点暗下来，吴淑娜凄厉的呼喊格外刺耳。很多小区的居民及高一平平时一起工作的朋友，甚至网上的志愿者，都自发加入了寻找豆丁的队伍。

一个刚刚健身回来的大姐听到呼喊，凑过来问怎么回事？我跟她简单介绍了情况，问她有没有什么线索。大姐支支吾吾地问了很多细节，之后紧皱着眉头似乎在思考什么。我心念一动，直接问她是不是见过豆丁，她连连摆手，快步离开了。

我只好继续跟着大家漫无目的地寻找，没找到任何有用的线索。

第二天天刚亮，我就给刑事侦查大队的罗警官打了电话，询问案件进展。

罗警官说这个事情有很多疑点，首先是大门门锁完好，所以警方最先考虑的是技术开锁。如果是技术开锁的话，一般都是惯偷，大多都是为了财，不会带走生病的孩子。

而且，他们排查了当天所有进出小区的人，没有发现可疑人员，所以警方首先要确定这起案件的性质。

我心里一惊，罗警官说得很委婉，但是话里话外，都暗示了警方怀疑家庭内部成员。

挂了电话以后，我和三水哥在小区里边转边拍些空镜头。这件事情经过一晚上的发酵，已传得沸沸扬扬。小区里到处都是聚集的人群，大家议论纷纷，很多媒体同行也闻讯赶来，架起长枪短炮东拍西拍的。

三水哥问我要不要采访其他居民，我说不急，眼光一直在搜寻昨天见到的大姐。我绕着小区转了几圈，终于在楼后一个阴凉地方，看见了大姐。

我把大姐单独拉到一边，问她是不是有什么线索。大姐似乎很谨慎，上下打量着我，“你是什么人？”

我没有隐瞒，直接表明了身份。大姐咂了咂嘴，犹豫地说：“没有根据的话，咋也不好乱说的。”

我更加确定了大姐应该是知道什么，赶紧说：“您放心，您有什么信息告诉我，我不会跟别人说是您说的。”

大姐想了想，终于开口：“我也是做母亲的人，不是要故意隐瞒什么。只是不确定这个信息跟孩子失踪有没有关系。我怕乱说，反而干扰了你们。昨天我看到一个十六七岁的女孩，蹲在丢孩子那家单元楼前的灌木丛里，盯着那个楼看。”

“几点？”

“将近两点吧。”大姐想了想。

我心里琢磨，那个十六七岁的女孩子，会是若楠吗？我赶紧去门卫查看监控，门卫大爷有点不高兴，说最近来查监控的各路媒体太多了，都接待不过来。

我嘿嘿一笑，从包里掏出一盒烟递给大爷。大爷一口烟吸进去又吐出来，终于同意了我看监控。

我从两点半往前看，看得眼睛都花了，才在监控里发现了若楠的身影。当日她一点多进来，三点钟离开，拉着一个粉色的行李箱，进出走的是侧门。

我心里浮现出不好的预感，赶紧给吴淑娜打电话，她说自己和高一平都不知道若楠这个时间段回过家。

“白记者，你为什么要问这个？”吴淑娜有点困惑，“警察做笔录的时候，也一直在问若楠的事情，难道她跟这件事情有关联吗？”

我不知道如何回答她，只能安慰她警方应该只是例行公事，还是把重点放在找豆丁上。

挂了电话以后不久，我就看到网上有信息说，警方已经抓获一个未成年嫌疑人。我赶紧给罗警官打电话，罗警官说只是正常的问话而已。

我和三水哥赶回台，找主编喵哥商量。在这个过程中，网上关于这件事情的讨论持续升温。有媒体采访到了若楠的舍友，舍友说若楠前几天聊天中，提到“要干一件重要的事情”。

除此之外，学校论坛上，一个分析帖引发了很大的关注。发帖者说若楠和家人的关系一直不好，很少回家。但是事发当天，她回宿舍拿了粉色的行李箱离开了学校。更奇怪的是，若楠四点多回学校的时候，没有拎着行李箱。之后，就传出了豆丁丢失的新闻。

根据这些细节，很多网友大胆猜测，若楠杀害了妹妹豆丁，将妹妹的尸体藏在了行李箱里。

喵哥给陈局打了个电话，陈局很愤怒，怒斥网络媒体造谣。喵哥趁机提出了采访要求，再三保证我们会如实报道。

陈局想了想，同意拍摄，但是必须等结案以后，才能对外发布信息。喵哥爽快地答应了，派我和三水哥赶往市公安局。

我们赶到公安局的时候，警方正在审讯若楠。她非常纤瘦，穿着不合身的大号校服，眼窝深陷，表情冷漠。

罗警官一改往日的严厉，轻声细语地问她，事发当天回家做什么，为什么没有跟家人说？

若楠不说话，狠狠瞪着罗警官。

配合罗警官审讯的是年轻的“比目鱼”警官，他拿出一张短信截图举到若楠面前：“案发当天，你拿别人的手机给高一平发短信，让他到门卫处取快递。这是为什么？”

若楠垂下眼，依然没有说话。“比目鱼”有点着急了，俯下身子凑到她面前，吓得若楠使劲往后缩。“比目鱼”提高了声音：“你知道周日你妈妈会出门，再用拿快递的方式把继父引出去，然后带走妹妹，对不对？”

“比目鱼”越说越激动，罗警官把他推到一边，示意大家都不要说话，给若楠一点时间。

若楠低着头，眼泪大滴大滴地往外流，半晌，才开口：“没错，我就是讨厌她。我妈从小没管过我，凭什么对她那么好。”

“豆丁现在在哪？那个粉色行李箱里到底是什么？”“比目鱼”陡然提高了音量。

若楠不再说话，罗警官没有再追问，而是停止了审讯。出来后，“比目鱼”有点困惑地问罗警官，为什么不继续加大审讯力度？

罗警官白了他一眼：“你不觉得这事有点奇怪吗？高一平下楼发现没有快递以后，很快就会回去，这么短的时间，若楠能把豆丁带到哪去，而且她怎么知道，高一平拿快递的时候不带着豆丁？”

“比目鱼”一时语塞，想不出合理的解释，大大的眼睛写满了困惑。罗警官看他的样子又觉好气又觉好笑：“别跟她浪费时间了，当务之急是找到若楠的那个粉色行李箱。现在遍地都是监控，她一个孩子能把行李箱藏到哪儿去？”

“比目鱼”有时候行事鲁莽，但绝对是个行动派，他立刻着手展开调查。就在这个时候，高一平和吴淑娜来到了公安局，他们看到网上半真半假的信息，非常担心，所以想见见若楠，亲口问清楚怎么回事。

按照规定，这个时候警方是不会允许他们会面的，吴淑娜急得直抹眼泪。看到我走出来，立即拉住我说：“白记者，我们家若楠是个好孩子，她怎么也不会害自己的妹妹呀！”

我还没来得及回答，高一平凑到我耳边小声说：“白记者，现在舆论压力这么大，警方不会为了结案，就认定若楠是凶手吧！”

我说：“放心吧，现在证据不充分，警方不会冤枉人的。”

我建议他们先回去，相信警方很快就会侦破此案的。吴淑娜神情落寞，说自己就在公安局里等，哪也不去。

我叹了口气，转身去见了若楠，跟她说了吴淑娜和高一平来公安局的事情。

“其实他们都很关心你的。”我说。

她眼中闪过一丝不易察觉的温柔，但很快又暗淡了，别过头冷漠地说：“他们只关心豆丁。”

“你为什么会这么认为？”

若楠不理会，故意将腿抖来抖去，眼神却一直在回避。直觉告诉我，这个女孩在隐藏着什么秘密，但我现在掌握的线索太少，还不足以走入她的内心。我只能先暂停采访，等待警方进一步的调查结果。

我们在公安局等了很久，“比目鱼”终于传来了消息。他查看了沿途的监控，发现若楠最后消失的地点是植物园附近。监控拍摄到，若楠拿着行李箱自东向西走过去。半小时后，也就是她返回的时候，行李箱不见了。

“比目鱼”推测行李箱就藏在了植物园某个角落里。罗警官立即召集队里的人，带上警犬，前往植物园。我和三水哥也跟着上了最后一辆车进行拍摄。

植物园地域广阔，罗警官拉着警犬一路搜寻过去，在一棵松树下，警犬反应很激烈，不停地狂吠。罗警官表情严肃，立即动手挖，很快就挖出了粉色行李箱。

所有人都屏住呼吸，罗警官深吸一口气，将行李箱打开……

看了里面的东西后，我们长舒了一口气。

行李箱里没有发现尸体，只有一些小孩的衣物，一个葫芦和一个桃枝。所有人都一头雾水，罗警官拿起葫芦摆弄，小声嘟囔：“这个葫芦里到底卖的什么药啊？”

若楠拒绝解释将行李箱埋在树下的这一举动，但是她当天的行踪都有监控证明，可以排除她带走豆丁的可能。更何况她还是未成年人，不适宜用车轮战术审讯，过了留置期，罗警官只能将她释放。

若楠出来后，完全不理会一直等在局里的吴淑娜和高一平，她径直往前走。吴淑娜赶紧追上去，问东问西的，若楠也不回答，只冷冷地说：“我先回学校了。”

若楠在江北一中上学，我在官网上查了他们学校的电话，拨了过去。对方一听是媒体采访，立即挂断了电话。

我拉着三水哥赶到了学校门口，发现已经有媒体在我们之前到了。学校的保安严防死守，不允许拍摄。

三水哥问我怎么办，我想了想，让三水哥往前开了一个路口。这里离学校有一定距离，又是一部分走读生的必经之路。我决定在这里等一会儿，采访路过的学生。

中午，学生陆续下学，大家看到我们支起的架子，都绕着走。我让三水哥把架子收起来，好不容易拦住了一个学生。她告诉我，学校禁止任何人谈论这件事情。

我给主编喵哥打了电话，汇报了情况。喵哥想了想，觉得这件事情毕竟涉及未成年人，不好追得太紧，影响人家正常教学工作。我只能先暂停采访。

幸好我家里有亲戚在江北一中上学，我托他们帮我联系若楠的同学，看有没有人愿意接受采访。

回到家后，我累得四肢酸疼，顾不得换睡衣，倒在床上就睡着了。睡得正香的时候，我被一阵电话铃声吵醒了，迷迷糊糊地接起来，是三水哥。他语气焦急，让我赶紧看下微信。

微信里，三水哥发给我一个链接。有自媒体记者采访到了若楠的舍友，舍友说若楠性格孤僻，从不参加班级活动，对同学很冷漠，但其实生活放荡，小学的时候就不是处女了。

该链接有视频、图片和文字，说得绘声绘色，话题极具爆炸性，阅读量高得惊人。我看了视频，从拍摄角度看，拍摄者应该是偷溜进校园，在跟学生聊天的过程中拿手机偷录的。

我赶紧约上三水哥赶到吴淑娜的家。高一平给我开的门，他非常憔悴，头发乱糟糟的，脸上没有丝毫血色。

他把我们挡在门外，小声说："自从豆丁丢了，吴淑娜就没怎么吃过东西。现在又有这样的爆料，她啥都不说，就躲在屋子里哭。"

我试探性地问："若楠平时跟同学关系怎么样呀？"

高一平叹了口气："若楠是个好孩子，你说怎么有人那么坏啊？净乱造谣。"

我还想再问点什么，却被高一平打断了："抱歉，我们现在什么都不想说。"

我点头表示理解，高一平轻轻地关上了门。

从吴淑娜家离开后，我接到一个朋友的电话，朋友的姑妈在江北一中当宿管老师，说想为若楠说几句话，她不是无良报道中说的那样。

宿管老师告诉我，若楠生活很节俭，经常只在食堂买两个馒头拿回宿舍吃。宿管老师心疼她，隔三岔五塞两个苹果给她，如果周六若楠自己一个人在宿舍，宿管老师还会上去陪她说说话。

“她前一段时间还跟我说想退学打工，给妹妹挣医药费。我劝她千万不要这样，她才没跟班主任说。”宿管老师认真地说，“我相信若楠不会害自己的妹妹。”

宿管老师还帮忙联系上了一个叫莫可的姑娘，这个姑娘是若楠最好的朋友。按照提供的电话号码，我联系上了莫可，她不愿意接受采访，但是愿意把实际情况告诉我，希望我如实报道。

莫可告诉我，若楠当天拿着行李箱回家，只是想拿走一些妹妹的衣物而已。

“她在网上认识的大师告诉她，豆丁命里有一个劫数，破解劫数的方法就是将豆丁的衣物、葫芦和桃枝埋到树下。”

“那她为什么不跟警察解释清楚呢？”我一头雾水。

“这个……”莫可似乎也有些困惑，“自从她知道豆丁丢了以后，就心事重重的，什么也不愿意说。”

“她当天回家去拿东西，没跟家人说？”

“她跟家人的关系很微妙，其实她很关心他们，但却不敢回家。”莫可犹豫了一下，“可能跟那件事情有关吧。”

“那件事？”

莫可说，可能是因为小时候的经历，让她对家庭充满畏惧。那是若楠心底最深的秘密，她也是偶然知道的。之前一个周六晚上，宿舍几个人都没有回家，大家聚在一起玩真心话大冒险，轮到若楠的时候，她抽到的题目是：“你和异性做过最亲密的事情是什么？”

若楠顿时脸涨得通红，结结巴巴一句话都说不出来。这样的反应怎么能逃过大家的眼睛，舍友们瞬间兴奋起来，逼她快点回答。若楠狠命咬着嘴唇，脸色由红变白，终于情绪崩溃，哭着说了自己小学三年级的时候，被一个熟人性侵的事情。

“熟人？”我小心地问。

电话那头沉默了一会儿，莫可开口说：“后来若楠偷偷告诉我，那个熟人就是她的亲生父亲。”

我心里一震，瞬间明白了之前吴淑娜提到的“禽兽不如的事情”指的是什么。

莫可接着说，可能是这样的消息太具冲击力，秘密很快就被泄露了出去。之前，大家只是私下讨论，而现在，每个人都在添油加醋地分享着更多细节。

“现在若楠几乎一整天不说话，就是呆呆地坐着，我真的担心她出事。”

我心里很难受，不敢想象若楠需要鼓起多大的勇气，才愿意把沉重的过往说出来，但这份信任却被别人拿来当作谈资。

我答应她，会用合适的方式帮若楠澄清网上的谣言。之后我跟喵哥简单商量了一下，我们都认为，发布任何消息之前，都应该先征求吴淑娜和若楠的意见。

但是，我还没来得及联系她们，就接到了罗警官的电话，他告诉我案件已经侦破，豆丁的尸体在护城河里被发现了。

我和三水哥赶到公安局。警方对小区出口的视频反复分析，罗警官说：“就像书里说的，排除掉所有不可能后，再不可思议的结论，也一定是最终的答案。”

我屏住呼吸，罗警官接着说："豆丁的尸体是被装在高一平的电动三轮车里运出去的。"

虽然一开始，警局内部也有很多人不认同这样的猜测，但罗警官还是坚持调查了高一平事发当天的行动轨迹。

"他下午两点半出的小区门，一直都没有拉客。直到两点五十，他消失在建华大街某路段的视频监控里，三点十分出现在下一个路口的监控里。我们做了很多次侦查实验，正常通行的话，这段路最多五分钟，但是高一平却多停留了十五分钟。"

"我们实地走访后，发现高一平消失的监控盲区里有一条护城河。"罗警官顿了一下，"我们在河里发现了豆丁的尸体。"

我感到全身冰凉，很想知道高一平为什么要杀害自己的亲生女儿，他在河边停留的十五分钟又在想些什么？但是我的采访要求被高一平拒绝了，他只说了一句话："这一切都是我的错，我愿意接受惩罚。"

高一平拒绝说出杀害豆丁的动机，但这并不影响警方结案。现场的痕迹物证，足可以证明高一平涉嫌谋杀。

不过，对于法治记者来说，关注新闻背后的故事，是我们做节目的初衷。不管是出于节目完整性还是收视率的考虑，我都有必要继续调查。

要想弄清楚这一切，我首先要知道案发当天到底发生了什么。

我和三水哥去找吴淑娜，再次见到她的时候，她两只眼睛都肿起来了，精神有些恍惚。

我委婉地问她，事发当天，有没有发现高一平有任何异常？她噙着泪，轻轻地摇头："现在说这些都没有意义了。"

她不再看我，蹲下身，把散落在地上的豆丁的玩具一件一件地放到整理箱里。我不忍心在这个时候逼问一个悲伤的母亲，也蹲下身帮她整理。她絮絮叨叨地跟我说豆丁的趣事，我听得愈发心酸。

我听她说了很久，准备离开的时候，若楠回来了。她看到我有点吃惊，我向她点点头，她抿了抿嘴唇，提出想跟我单独聊聊。

我有点意外，但还是同意了。在卧室里，她支支吾吾地说："姐姐，我上网查了，杀害未成年人会加重处罚对吗？"

我心里一动，说："法官在判案的时候，也会综合考虑他的主观动机、认罪态度等因素。但是他现在什么都不肯说……"

若楠低下头想了一会儿，低声说："我知道他为什么杀了豆丁。是为了我。"

事发那天中午，吴淑娜给她打电话，告诉她钱的事情解决了，让她安心上学。若楠知道，家里的亲戚朋友都借遍了，根本没法再筹钱，再三追问，才知道吴淑娜准备去借高利贷。

"我知道那些人都是黑社会，高利贷一旦还不上，他们不会放过我们的。我让她不要去借高利贷，周一我就跟班主任说退学的事情。

"之前大师跟我说的化解劫数的方法，我也不太相信，但想着不如试试，万一真灵了，我也不用退学了。"

“所以那天你回家看到了什么？”

“我等了半个多小时，叔叔才下来，豆丁安静地趴在他的肩膀上，我当时还有点奇怪，豆丁睡着了，为什么还要带她出去呢？直到妈妈给我打电话，说豆丁丢了。我才猛然想起，叔叔之前不让我退学，说豆丁这个病治愈的概率极低，大不了就不治了。我以为他只是那么一说。”若楠把头深深地低下去，“我给叔叔打电话，告诉他我看到他把豆丁带出去了。叔叔沉默了一会儿，让我安心上学，其他的事情不要想。那时候，我就什么都明白了。”

若楠哭着摇头：“是我太自私了，我要是早点退学帮家里减轻负担，妹妹也不会死，叔叔也不会坐牢。这一切都怪我。”

我一时间不知道该说什么。面对一种难以被治愈的疾病，放弃比坚持更需要勇气。我试着站在高一平的角度去理解他，或许他是不忍心再看见豆丁在人间受苦，或许他是想给其他人一个重新生活的机会。

但是，在这个破碎的家庭里，有一个失去了女儿的母亲，一个亲手杀了自己孩子的父亲，还有一个将罪责都归咎于自己的女儿，他们想要好好活下去的愿望遥远又渺茫。

一年后，案件宣判，高一平被判有期徒刑八年。

05 空白信封里的死亡名单

夏天真是热啊，晚上八点多，我从健身房步行回家，短短十几分钟的路，就出了一身汗，浑身黏糊糊的。我心里暗自后悔，早知道刚刚就不在健身房洗澡了。

不过三分钟后，我就改变了这一想法。主编喵哥给我打电话，说某别墅区发生了命案，让我立即赶过去。

我心想，今年这是怎么了，案件一起接一起。想归想，脚下可没闲着，我快步跑回家拿上笔记本和硬盘，约上摄像三水哥，赶往案发现场。

我们到的时候，警方已经拉上了警戒线，正在勘查现场。我注意到一楼车库里有两辆车烧毁严重，只剩下残破的金属外壳。

围观的群众告诉我，当时先是楼下的车着

火，附近的居民都来帮忙灭火，火扑灭以后，就听说别墅里死了一个人。

正说着，人群里起了一阵骚动，我扭头看到几名警官走了出来，走在前面的是我的老熟人——罗警官。

我向他询问现场勘查的情况，罗警官整了整衣领说："被害人叫唐海，我们在现场发现了遗留的弹壳，初步怀疑嫌疑人有枪。在这里也提醒大家提高警惕，有线索第一时间向公安机关反映。"

采访完罗警官以后，我本想采访被害人唐海的妻子夏蓉，但是罗警官说要给她做笔录。跟陈局请示过以后，罗警官同意我们在一旁拍摄。

夏蓉惊魂未定，在罗警官极力安抚下，才开始断断续续地回忆案发前后的事情。"当时我和孩子在一楼看电视，我老公在二楼办公，七点钟左右，我发现楼下的车着火了，便跑下来看看怎么回事。一看两辆车都烧着了，赶紧报了警，并招呼邻居们帮忙救火。"

"唐海没有下来救火吗？"罗警官问。

"说到这个我也觉得很奇怪，"夏蓉眉头紧皱，"我叫他下来救火，他没有理我，一直在打电话。"

罗警官给"比目鱼"警官使了个眼色，"比目鱼"立即拿来了唐海的手机。

罗警官查看唐海的手机后发现，他打了两个电话，一个是110，另一个是叫崔其峰的人。

我心里暗想，一般人报火警肯定会打119，为什么唐海却打的是 110？

至于那个叫崔其峰的人，夏蓉也认识，他是唐海的好朋友，也住在这个别墅区。罗警官立即带人赶往崔其峰的住处。

崔其峰是一个四五十岁的中年男子，大腹便便，戴着金链子，看到警察深夜造访，似乎一点也不惊讶。

“唐海被杀的事你知道吧？”罗警官开门见山地问。

“知道知道，”崔其峰把沏好的茶推到罗警官面前，“小区都传遍了，人人自危呢。”

“案发前他给你打了个电话？电话里说什么？”

“让我帮他去救火。”

“救火？”罗警官皱起了剑眉，“他自己都没有去救火，为什么偏偏打给你？”

“可能平时关系好，又都住一个小区吧。”崔其峰不以为意地说。

“既然关系好，为什么没在案发现场看到你去救火呢？”罗警官明显不相信他的说辞。

崔其峰抿了抿嘴，斜靠在沙发背椅上，不慌不忙地说：“我想啊，大夏天的，车辆自燃是很正常的事情，何必大惊小怪呢？”

“那依你分析，唐海被杀，谁的嫌疑最大？”罗警官试探着问。

“这不好说，”崔其峰略作思索，“唐海这个人交友广泛，社会关系复杂，谁知道他得罪了什么人？”

“再复杂的社会关系，只要耐心梳理，也总能找出蛛丝马迹的。”罗警官笑笑，盯着崔其峰的眼睛。崔其峰没有丝毫闪躲，嘿嘿一笑，露出满口大黄牙：“那就辛苦你们了，警官。”

从崔其峰家离开后，“比目鱼”说：“这个崔其峰看起来很镇定啊，也不知道他是装的，还是真的问心无愧。”

罗警官咧嘴一笑：“跟他们打交道，多留点心吧。”

“比目鱼”点点头，打了个哈欠说：“今晚又得熬夜了。”

为了不打扰他们工作，我们先行离开了。罗警官说等案件有了进展，一定第一时间通知我。

第二天一早，我和三水哥来到了案发现场。这次来主要是采访唐海的邻居。

唐海的房子是联排别墅，和他相邻的女士正要出门，被我拦了下来。我向她打听唐海的情况。女士迟疑了一下，但还是简单说了两句。

“我感觉唐海算是比较热心的人，平时有个大事小情的，他都愿意帮把手。”

我还想再多问点，女士摆了摆手：“只是邻居而已，也说不出什么了。”

之后我又试图采访其他邻居，不过进展并不顺利。有的人看到我们是记者，直接就没开门。即便是愿意说的，也都是表达希望警方尽快破案的心情，对于唐海本人，他们并不了解。

我决定去周围的饭店和烟酒店问问，如果唐海经常去这些地方消费的话，没准他们的工作人员比邻居更了解唐海。

路过保安室的时候，我看到一个三十多岁的男子把保安服扔到桌子上，骂骂咧咧地往外走，说什么要去告他们。我赶紧追上去问男子什么情况，男子看到摄像机，像看到救命稻草似的，拉住我说保安公司要辞退他，他觉得很冤枉。

“就是让我背黑锅而已。”男子似乎很不服气。

“当天你有看到可疑的人进来吗？”我问。

男子摇了摇头：“有句话叫‘不怕贼偷，就怕贼惦记’。人家铁了心要害他，我一个小保安能拦住吗？上一次，保安队长值班，不也没发现异常吗？”

“上一次？”我一头雾水。

“是啊。”男子很肯定地说，“半年前吧，他们家车库就着过火。当时唐海把队长臭骂了一顿，后来不知道为什么，他也没报警。我觉得他就是自己做了亏心事，跟我们没关系。”

正说着，一辆警车开了进来，我一眼就认出是刑侦大队的车，队里常用的几辆车的车牌号我都记得。我给男子留了联系方式，告诉他如果保安公司没按法律规定给他补偿的话，可以随时联系我。男子点了点头。

我赶紧拉着三水哥跟上了警车，他们往右一拐，停在了崔其峰家门口，罗警官和“比目鱼”从车上下来了。我快步迎上去询问情况，罗警官吓了一跳：“小白，你这鼻子真灵啊，要是来警队上班，大黄都得失业。”

大黄是队里一只快退役的警犬，我没理会罗警官的调侃，说：“不是说好了有线索告诉我吗？怎么说话不算数。”

罗警官嘿嘿一笑，拍了拍我的头：“我们有一些私密话题要和崔其峰聊聊，不方便女记者在场，等有了结论再告诉你。”

我心里嘀咕，私密话题多半跟男女之事有关，我也不好多问。罗警官说晚上吃饭的时候再详聊，就转身上楼了。

晚上还是约在了公安局附近的王胖子烧烤。这次我等了一个多小时，罗警官才姗姗来迟，他口干舌燥，连喝三杯啤酒才有力气开口：“我们在唐海的手机里发现了他和崔其峰老婆的合影，举止亲密。”

“什么？”我也赶紧喝了一口啤酒压压惊，“也就是说，这是一个‘绿帽子’引发的血案？”

“别乱用词。”罗警官白了我一眼，“我们今天去找崔其峰就是问这个事的，崔其峰说他知道唐海和自己老婆的事，甚至爽快地承认他半年前放火烧过唐海的车，但是他说这次的事和他没关系。崔其峰给我们拿出了一份保证书，是唐海写的，发誓绝对不会再和崔其峰的老婆联系。”

我说：“这种事情一旦发生了，就算不会老死不相往来，也无法心无芥蒂地继续做朋友了吧？一份保证书无法证明崔其峰没有作案动机。”

罗警官把刚端上来的烤串推到我这边，换掉之前已经凉了的烤串，说：“用崔其峰的话说，兄弟如手足，女人如衣服，衣服被别人穿了当然不高兴，但也不至于因此就剁手剁脚吧。”

罗警官看我仍有疑虑，又补充道：“当天，崔其峰的家人和保姆都可以证明，案发时他在家里办公，没有出去过。”

我点了点头：“所以你们已经排除了崔其峰的嫌疑？”

“只能说基本排除他直接作案的可能，”罗警官一向很谨慎，“至于有没有雇凶杀人的可能，我们还在调查中。”

罗警官说案发现场有强烈的汽油味，还发现了一个烧焦的油漆桶，怀疑是用来装引火物的。他们准备明天去排查附近的超市等地方，找购买这些东西的人。我提出明天跟拍，罗警官同意了。

吃完饭后，罗警官把我送回了家，我们约定明天一早在局里汇合。

第二天，三水哥带了一个轻便的 Osmo（迷你手持云台摄像机），我们跟着警方进行走访。走到一个胡同里的五金店时，店主说有一个人曾经来他们店里买空油漆桶，店主直接拿了一个不用的桶给他，没有收钱。

“我对那个男的印象还挺深的，大夏天的，他戴着口罩帽子，包裹得严严实实。”

罗警官立即调取了当时店里的监控，果然就如老板说的，这个男士包裹得严严实实的，完全看不出面部特征。

“你再仔细回忆一下，当时这个男的还说了什么，做了什么？”

老板想了想说：“他就说了一声‘谢谢’，出去以后，站在路边那个垃圾桶旁边抽了几根烟。”

罗警官二话不说，立刻拉着“比目鱼”去翻垃圾桶。找了半天，罗警官翻出来一张揉成团的纸，展开看后，发现上面的字迹因为被污渍覆盖，已经模糊不清。罗警官和“比目鱼”仔细辨认，确认上面写了四个名字。

第一个是唐海，第二个是崔其峰，第三个是方宏，第四个是黄明。

罗警官立即招呼大家上车，直接赶往崔其峰家。这次，崔其峰看到警察的再次造访，明显不耐烦："你们警察都没事做是不是？你们不去抓凶手，老盯着我干吗？"

罗警官表情严肃，把纸条拿给他看。崔其峰一头雾水地接过来，辨认出上面的字迹后，顿时有几分慌乱。罗警官立即追问道："名单上其他两个人是谁？"

崔其峰咽了一下口水，结结巴巴地说："方宏是我的朋友，认识很多年了，黄明不认识。"

"我们怀疑这几个名字是犯罪嫌疑人写上去的。嫌疑人很可能是有计划地对你们实施报复，你有没有怀疑的对象。"罗警官问。

崔其峰摇摇头，额头上渗出了细密的汗珠。

"你需不需要警方的保护？""比目鱼"问。

崔其峰连连摆手，说自己光明磊落，不会惧怕任何人。罗警官没再说什么，我们离开了崔其峰家。

出来后，"比目鱼"有点忿忿："那个崔其峰摆明了心里有鬼呀，应该把他抓回去好好审讯一番。"

罗警官拍了拍"比目鱼"的肩膀，让他派几个人分别盯着名单上的人。其余的人把辖区内的监控都调回来看，务必尽快确认嫌疑人的行踪。

监控排查是个非常烦琐的过程，往往要一连看几小时。我们没有必要一直跟着拍，罗警官说一旦有了线索会通知我们的，我们就先回去了。

回到台里后，我去找主编喵哥汇报情况。喵哥分析，崔其峰应该多少和这件事情有牵连。

喵哥说："据我所知，崔其峰是奇缘公司老板，这家公司是婚介公司，但是我们却收到过热线电话，说这家公司骗钱。"

"是收了介绍费却没给人家介绍对象吗？"

喵哥摸着胡茬说："不太清楚，后来我们再试图联系那个爆料人，就联系不上了。你先了解一下，看看崔其峰的公司有没有问题。"

回到家后，我在企业信用信息网上查询了崔其峰的公司，这是我们常用的网站，可以查询到公司股东、注册资本及是否被列入过经营异常名录等基本信息。

在网上，我意外发现唐海也是这家公司的股东。不仅如此，那份可疑名单中出现的方宏也在这家公司任职。

我心里直打鼓，难道这家公司和那份死亡名单有关系吗？黄明又是谁呢？

我立即登录这家公司的网站，注册了账户。本以为需要支付高昂的注册费之类的才能使用，结果发现并不是，只需要回答几个简单的问题，比如年龄、收入、感情经历之类的就可以了。

我随手把性别选成了"男"，其他基本按照实际情况填写，但是注册以后两天都没人理我。无奈之下，我只能找三水哥帮忙支支招。三水哥嘿嘿一笑，说这种相亲网站都是狼多肉少，大老爷们儿不受欢迎。

三水哥帮我重新注册了账户，塑造了一个三十多岁、收入颇丰、家境殷实、迫切待嫁的女性形象。没想到，新账号刚刚注册好，就有人主动加我。

加我的男士叫张牧禾，自称是金融专业、海归硕士、有京户京房。他主动给我发了很多生活照，我们有一搭无一搭地闲聊起来。男人很幽默，跟他聊天很愉悦。

我们聊了几天，没有发现男子有任何异常。我去台里找喵哥商量，喵哥让我不要着急，如果别有企图的话，总会露出马脚。

“如果没有企图的话，人家这条件也不错，没准还能成就一段佳话呢。”说完喵哥看了看我，露出邪魅的笑容，“聊天而已，又不费事，你这不聊得挺开心的吗？面色红润有光泽，一副春心萌动的样子。”

我还想说点什么，喵哥岔开了话题：“杀害唐海的嫌疑人抓到了吗？”

我摇了摇头：“嫌疑人反侦查意识很强，对本市的监控也很熟悉，警方追了好几天，连个正脸都没拍到。”

“名单上的那几个人呢？嫌疑人没有再找过他们吗？”

我再次摇了摇头，据我所知，方宏已经偷偷离开了本市，黄明前段时间因为交通肇事入狱，现在还在被拘留。崔其峰雇用了大量的安保人员，警方更是加大了巡逻力度，嫌疑人应该是没有再次作案的机会了。

不过奇怪的是，黄明、方宏、崔其峰三人似乎都不愿意配合警方的侦破工作，没有指认出任何可疑人员。

直觉告诉我，他们隐藏着什么秘密，但眼下我能做的只有等待。喵哥又给了我一个简单的选题让我同时进行，一旦唐海的案子有了进展，就以唐海的案子为主。

和喵哥聊过的第二天，张牧禾在跟我聊天的时候，神秘兮兮地透露他朋友发现了一个博彩网站的 bug（漏洞），他经常在上面投注，稳赚不赔，劝我也投点钱进去。跟喵哥请示以后，我按照他说的流程，注册了那个博彩网站的账号，投了五百元钱。很快，五百元变成了一千元。

张牧禾怂恿我继续往里投钱，但我不可能跟喵哥申请更多的资金了，只能一边找借口拖延他，一边打听这家网站的信息。不过，张牧禾很谨慎，所有关于博彩网站和奇缘公司的话题都避而不谈。

几次三番下来，他觉察到我没有兴趣继续往里投钱，便对我越来越冷淡。我心下一动，决定去奇缘公司门口碰碰运气，看能不能联系上有类似经历的当事人。

奇缘公司在市监局注册的地址是千云大厦 B 座 1106，我赶了过去，一进门，保安就迎了上来，问我找哪家公司。我说找奇缘公司，保安小声嘟囔了一句“这么年轻”，接着递给我登记簿：“我们这座大厦的访客都要登记的。”

我接过来填写，趁保安不注意，偷偷翻开了之前的来访记录，发现找奇缘公司的人还挺多的，其中有几个有两次以上的来访记录，我偷偷记下了他们的手机号。

我乘电梯去了十一层。奇缘公司规模还挺大的，几乎半层楼都是他们的办公场地。我在楼梯口观察了一会儿，发现来访者大都是三四十岁的女性，大多梳着大波浪卷，涂着厚重的粉底，都背着名牌包。一出电梯，一股浓烈的香气就扑面而来。

看她们进出公司不太确定的神情，应该都是第一次来。我偷偷拍了一些公司的画面，就转身下楼了。下楼以后，保安主动跟我打招呼，问我有没有找到合适的。我摇了摇头。保安欲言又止，讪讪地说："怎么这么小就来相亲呀？"

我故意叹了口气。"唉，家里催得急没办法。"保安笑了笑，我装作很担忧的样子，"也不知道这家公司靠谱吗？"

保安抿了抿嘴，表情有点尴尬："找对象还是得擦亮双眼。"我听出他话里有话，连连追问。

"这怎么说呢？他们公司有一个网站，大家可以在上面自由交友，也有人被骗了来闹过。但是这网上本来就什么人都有，你情我愿的事，也怪不得人家公司。"

保安说得确实有几分道理，我心里暗自琢磨，这家公司到底在扮演着什么角色？

回到家后，我按照登记簿上的电话挨个打过去，终于联系上一个叫萍姐的女士。萍姐说，她在这家公司网站上被骗了五十多万元，这个数字让我忍不住惊呼了一声。

"这还算少的呢！"萍姐很认真地说，"我们专门有个维权群，一百多号人，里面有人被骗了几百万元。"

我心里想，如果一两个人被骗，还可以解释为遇人不淑，但如此大规模地上当受骗，很难说跟平台公司没有关系。

我向萍姐表明了身份，提出当面采访，详细地说下事情经过。萍姐很高兴，立即把我拉入了她们的维权群。入群后，我简单跟大家聊了几句，选了几个被骗数额较大，在群里较为活跃的人，约定周六在电视台里见面详谈。

周四，群里一个叫路悠悠的人突然联系我，说有重要的证据要提供给我，但是不愿意面对镜头，把东西寄存在一个超市储物柜里。

她的心情我也能理解，我没有多想，赶往了她所说的超市。从地铁站出来后，到达超市要穿过小胡同，我走了几步，刚要右转的时候，一个花盆突然从上面掉下来，落在了我前面不到一米的地方。

我吓了一大跳，抬头四处张望，没发现上面有人。我提高了警惕，快步离开了小胡同，进入了超市。

我询问了前台的工作人员，说要拿路悠悠寄存在这里的东西。前台查了一下记录，说这个人没有寄存任何东西。我赶紧在微信上联系了路悠悠。

路悠悠的态度一百八十度大转弯，她只说了一句“劝你少管闲事”，便拉黑了我。

我忐忑不安地回了家，在门口看到一个空白信封，打开发现里面是一张名单，跟罗警官在垃圾桶发现的那个名单很像，上面是唐海、崔其峰、方宏和黄明的名字。唯一不同的是，最后加上了我的名字。

我全身的汗毛都竖了起来，想到那个掉落的花盆及路悠悠说的“劝你少管闲事”，感觉自己陷入了未知的危险之中。

我稍稍冷静了一下，给罗警官打电话说了情况。不到十分钟，罗警官气喘吁吁地赶了过来：“把路悠悠的联系方式给我！”

我把她的微信号翻出来，罗警官分析，这个路悠悠有可能是奇缘公司混在维权群里的托。

“你的意思是，这个名单是奇缘公司的人写的？”我问。

罗警官点了点头，我把名单递给他：“这份名单上的字迹和之前名单上的字迹很像，难道说嫌疑人是奇缘公司的人，他不希望我调查这件事？”

罗警官眉头紧皱：“我们现在满世界找他，他却能在我们眼皮子底下出现在市区？”

我和罗警官去小区的监控室查看了进出的监控，没有发现戴口罩帽子的可疑人员。此时距离案发已过去多日，嫌疑人很可能已经改变了装束。

“我们调查了这么多天，他现在光明正大地现身，可是我们却连哪一个是他都不知道。怪不得崔其峰宁愿雇用保安，也不要警方保护。”罗警官感觉很挫败。

我轻轻拍了他的肩膀。罗警官转头对我说，“你先回老家住一段时间吧，这里太危险了。”我摇了摇头：“周六我还要和萍姐她们见面呢，我不能让她们失望。更何况，我家离公安局就十分钟的路程，我怕什么呢？”

罗警官无奈地叹了口气：“犯罪分子很狡猾啊，你还是……”

我打断他：“我相信你。”

罗警官扭过头不看我，语气很坚定：“放心吧，我不会让你出事的。”

罗警官将视频拷走，准备回去好好研究，并提出周六要和我一起去见萍姐她们。

周六，罗警官、我和三水哥一起去见被害人。大家跟我讲了她们被骗的经历，套路都差不多。

以萍姐为例，她的交往对象也是带着她去那个博彩网站赌博，前几次都赚了，后来她一次性投入了三十多万元，结果血本无归。对方鼓动她再投钱回本，萍姐心有顾虑，男子态度越发冷淡，萍姐为了挽回他们之间的感情，心一狠又投了二十万元，没想到，很快再次输光了。

我心下明白，这些男士注册的账号信息都是假的，很难追查，谈恋爱只是幌子，他们一开始的目的就是骗钱。

“目前看来，这家公司顶多是监管不力，不能因为有人在上面用假信息骗钱，就断定这家公司是幕后主使。”罗警官说。

萍姐叹了口气：“两个多月前，群里有一个叫心心相印的人，说掌握了一些证据，可以证明这些骗子和公司有关系。但后来不知道为什么，就联系不上她了。”

罗警官将她们说的信息记录好，我们就各自离开了。

我准备回台里上传素材，再跟喵哥汇报工作。路程不远，我走路回去，一边走一边想，整件事情似乎都很蹊跷：奇缘公司、被骗的萍姐、案发时不停打电话的唐海及那个死亡名单。

想着想着，我不觉有点走神，一辆电动车突然迎面向我冲过来，我躲闪不及摔倒在地，滚了三圈，电动车上的人头也不回地快速骑走了。

我惊出一身冷汗，才注意到骑电动车的男子戴着口罩帽子，目光非常凶狠。

我惊魂未定，立刻给罗警官打了电话。罗警官赶过来调取了路口的监控，但是他看了好几遍，还是觉得撞我的男子身形和嫌疑人不像。

我有点怀疑："可能和这起案子没有关系，是我太敏感了。"

罗警官表情严肃得吓人："黄明前段时间，因交通肇事致人死亡入狱，那次交通肇事会不会跟这起案子有关？"

罗警官把我送回了家，让我好好睡个觉，不要乱走了。他回局里查黄明那起案子的资料，晚上一起吃饭。

我嘴上答应，但是他走以后，我却心神不宁，无法入睡，一闭眼就想到那个掉落的花盆、冲向我的电动车及火海里不停打电话的唐海。

我完全没有睡意，起身约上三水哥去找了唐海的妻子夏蓉。一方面，案件迟迟未破，我们做节目需要给观众展现被害人家属的情况；另一方面，出于私心，我想知道关于这起案件的更多细节。

"当时起火以后，我忙着救火，没有太注意唐海。"夏蓉说，自己完全没想到会有人趁乱溜进来杀害唐海，所以回忆不起来任何有价值的线索。

“您再仔细想想，”我恳切地说，“他电话里是怎么称呼对方的？”

夏蓉摇了摇头。

“那说了什么，神情是什么样的？”

夏蓉低下头想了想：“他好像有点激动。”

“激动？”

“他好像说了一句‘跟我没有关系’，”夏蓉有些迟疑，“当时很乱，我听得也不是很清楚。”

我心里嘀咕，不管是打给110的报警电话，还是打给崔其峰请他救火，似乎都不应该说出“跟我没有关系”这种话。

一个念头在我心里一闪而过，连我自己都吓了一跳，唐海会不会还打给过别人呢？

从夏蓉家出来后，我赶紧给罗警官打了电话。罗警官听说我私自跑出来去见夏蓉，非常生气，我没有理会他的横眉竖眼，跟他说了我的猜测。

罗警官沉默了几秒，说他会去通信公司查当日的通话记录，让我现在立刻回家，不然不会再透露任何案件细节给我。我只好回家等着了。

晚上，罗警官给我打电话，说唐海当日确实打了第三个电话，这条通话记录被人从唐海的手机里删除了。此地无银三百两，这反而加深了这个人的嫌疑。

“这个人叫刘东霖，夏蓉说他也是唐海的朋友。”

“是他杀害了唐海？”

“还不清楚，”罗警官顿了一下，“黄明酒驾撞死的人叫刘一心，是刘东霖的女儿。”

现在，所有的线索都浮现在了眼前，只需要一条线，就可以串出真相。

刘东霖就是这条线。

有了刘东霖的照片和户籍信息，抓捕工作轻松多了。很快，警方就将刘东霖捉拿归案，经过和现场遗留弹壳上的DNA进行比对，可以确定，刘东霖就是杀害唐海的嫌疑人。

知道这个消息后，我和三水哥立即赶往公安局，拍摄刘东霖的审讯过程。

刘东霖说他躲了这么久，不是想逃脱法律的惩罚，他唯一的遗憾就是，不能亲手杀了名单上的其他三个人。

“为什么这么恨他们？”罗警官问。

刘东霖紧紧握着拳头，眼里满是怒火：“因为他们不是人。”

刘东霖说，女儿刘一心有过一次失败的婚姻，她迟迟走不出来，终日郁郁寡欢，以泪洗面。刘东霖为此很是发愁，就在一次饭局上，跟唐海说起了这件事。

唐海很热情地跟刘东霖说，自己的朋友崔其峰开了一家婚介公司，可以给刘一心介绍对象。刘东霖很高兴，给女儿在网站上注册了信息。

没想到，刘一心很快就交到了对象，两人聊得很投机，约定男方从国外出差回来就见父母。后来的事情，就和萍姐她们的遭遇完全一样了，刘一心被男子骗光了全部积蓄，甚至还背上了利息极高的贷款。幸亏刘东霖的经济条件还算可以，他宽慰女儿，钱没了可以再挣。

刘东霖没想到，刘一心偷偷调查了奇缘公司，甚至从奇缘公司的员工手里拿到了一些证据。

“事发当天，刘一心给我打电话，说要把证据交给警察，结果就出了车祸。我整理了她的遗物，没有发现任何证据。”刘东霖眼里噙满了泪水，“但我敢肯定车祸是他们安排的。”

罗警官叹了口气，离开了审讯室。我们也跟了出去。

后来警方证实，在我门口贴死亡名单的人，就是奇缘公司的董事方宏，名单他是模仿刘东霖的字迹写的。

警方成立了专项组，突击检查了奇缘公司，终于揭开了这个骗局的内幕。

这个骗局叫“杀猪盘”。他们以相亲的名义，搜罗那些经济条件好、情感经历简单的单身女性。

之后会有人专门负责跟这些女士聊天，整个过程都经过严密设计，甚至什么时候该说什么话，都有剧本。这一步叫“养猪”。

一旦女方坠入爱河，他们便把女方引诱到博彩网站上，这个网站是他们自己设计的，所以可以操纵输赢。

在感情和利益双重驱使下，女方往往心甘情愿地投入大量的钱，这一步叫“杀猪”。崔其峰和方宏都因涉嫌诈骗，被公安机关依法逮捕。除此之外，警方发现，黄明肇事后不久，他的账户上收到过方宏一笔三十万元的转账。

但仅仅凭借这个，还不足以认定车祸是他们安排的，罗警官决定以黄明为突破口。

对黄明的审讯一直持续了四五个小时，他一口咬定自己没有受任何人的雇用，只是喝多了酒。就在大家都有些疲惫的时候，罗警官接了个电话，他转身走了出去，几分钟后回来的时候，手里拿着个档案袋。

他冷笑一声，直勾勾地盯着黄明的眼睛："这是你自己说的，没有受人雇用，我们决定以涉嫌故意杀人的罪名起诉你。"

黄明大笑："这只是一个意外。"

罗警官把档案袋举起来晃了晃："从省里请来的痕检专家重新出具了鉴定报告，认定当时的刹车痕迹不是正常交通事故形成的，你是故意撞向刘一心。"

黄明仍然不承认，但是明显有些慌了。罗警官把档案袋扔到他面前："你自己看吧，但我要提醒你，你错过了最后一次坦白从宽的机会。"

黄明犹豫了很久，最终没有打开那个档案袋，他承认车祸是崔其峰和方宏指示他做的，刘一心收集到的证据也是他拿走销毁的。

后来罗警官告诉我，黄明犹豫的那段时间，他比黄明还要紧张，因为如果黄明打开了档案袋，会发现里面根本没有新的鉴定报告。

06
凌晨，马路边的磕头少女

八月初，气温有所下降，不像之前那么酷热。周六早上，我还在被窝里同周公梦游，放在客厅的手机突然尖锐地响了起来。我心里默默祈祷，千万不要是主编喵哥。

我闭着眼睛，摸索着走到客厅，强撑着眼皮看到来电显示的名称——喵哥，真是怕什么来什么。

喵哥说，在化工园附近的某路段，有人发现一辆摩托车停在路中间，上面有血迹，却不见车主，让我立即赶过去，看看什么情况。

挂了电话，我约上了摄像三水哥赶过去。那条路真够偏的，百度地图都找不到，我们开到化工园附近，走了不少冤枉路才找到案发地。

我们到的时候，警方正在勘查现场。因为这个地方非常偏僻，没有什么人，现场唯一没穿警服的男士就是报案人。

我采访了该男士，他说是早上上班的时候，发现的摩托车。

“这附近唯一的单位就是化工园，经过这条路的一般都是化工园的工人。”

“平时上下班时，经过这条路的人多吗？”

男士摇了摇头：“大家是轮班，大部分人都住宿舍，来往的人并不多。”

我环顾了四周，发现这条路平坦开阔，但只有一个路灯，估计夜间视线不是很好。

老熟人罗警官刚和勘查人员交谈完毕，我示意三水哥把镜头转向罗警官。

“罗警官，能给我们说下现场勘查的情况吗？”

罗警官摇了摇头：“目前还没有定论。”

“会是车祸吗？”我试探着问。

“不太像，我们在现场没发现明显的刹车痕迹，而且摩托车也没有明显破损。”罗警官眉头紧皱，“摩托车没有上锁，近光灯开关呈开启状。我怀疑车主是在没有防备的情况下，突然遇到了什么人。”

我们正说着，勘查人员突然招呼罗警官过去看，路上有滴状血迹，一直向南延伸。我们跟着血迹走了一二公里，血迹突然消失了。

此时，车主的身份并没有确定。罗警官给 110 报警平台核实过，从昨天晚上到现在，没有收到任何人口失踪的报案。

罗警官将侦查员分为三组，沿途排查周边的监控，看有没有线索。我和三水哥跟着罗警官及“比目鱼”警官向东排查。

排查的过程并不顺利，路上不是压根没有监控，就是监控坏了，“比目鱼”气得直跺脚。我们走了两个路口，突然看到前面有一处平房突兀地立在那里，围墙为避开它还绕了一个弯。

我一头雾水地问罗警官：“这种地方还有人住？”

罗警官也一脸疑惑，他走上前敲了敲门，没有人回应。罗警官给辖区派出所打电话问情况，那边说这家是有名的钉子户。原本这里要圈起来建新的工业园，附近的住户都陆续搬走了，唯独这家狮子大开口，谈了很多次都谈不拢，政府索性决定这里不拆了，建围墙时绕过他们家。

这家在这里住了一段时间，也住不下去，就搬走了，但是房子仍然不让拆。罗警官注意到门口有一个监控摄像头，正好对着马路的方向。所长说，这是这家自己安的摄像头。

罗警官让所长帮忙联系户主。我们等了好一会儿，一个瘦高个男子开着一个电三轮赶了过来。罗警官递了一支烟给他：“昨天晚上监控开着没？”

“当然开着，”男子很得意地说，“苍蝇飞过去都能录下来。”

罗警官点了点头，让他把监控调出来。男子眼珠子一转：“听说这附近有人失踪了，我的监控要真的拍到有价值的线索，你们警方是不是得给个线索费呀？”

“刚才那根烟就是线索费。”“比目鱼”大眼睛一瞪，男子不情不愿地嘟囔了几句，给我们调出了当日的监控。接下来，我们看到了一段令人毛骨悚然的画面。

晚上十二点二十五分，一个女子赤着脚，披头散发地自西向东跑过去，一边跑一边惊恐地向右张望，但是身边根本没人。

几分钟后，女子自东向西跑了回来，神色比之前更加慌张，中途直接跪在路中间用力磕头。之后，她第三次折返，赤身裸体，这次路过摄像头的时候，把脸贴了上来，表情似笑非笑，非常诡异。

我看得后背直发凉，悄悄地往罗警官身边挪了一步。上一次看到这样吓人的视频还是“蓝可儿事件”。

罗警官将视频拷走，说要去化工园问问。化工园距这里有步行半小时左右的路程，负责人是一个戴着眼镜、微胖的中年男子，他确认视频中的女子是他们的员工，名叫成美欣。

说着，负责人让保安调出了昨晚大门处的监控，十二点，成美欣离开了厂区大门。

“我们是上六歇一，正常来说，她应该是周一早上上班。”负责人补充道。

“她家在哪里？平时家里还有谁？”罗警官问。

负责人翻了一下员工登记手册，上面写着成美欣住在南源小区，单身未婚，独居，父母都在老家。我心想，这也不奇怪为什么至今没人报警了。

“她每天都回家吗？”罗警官问。

“不是的，她住员工宿舍。”

罗警官提出想去成美欣的宿舍看看，顺便见见她的舍友。

成美欣的宿舍在三楼，一进门就看到各种瓶瓶罐罐堆满了桌子，水盆杂乱地摆在地上，连下脚的地儿都没有。

“靠窗的上铺就是成美欣的铺位。”负责人说。

有轻微洁癖的罗警官显然没想到女生宿舍可以这么乱，他看了看成美欣平铺在床上的被子，皱起了眉头：“目前看来，成美欣不是主动失踪的。”

正说着，成美欣的舍友回来了，一进门就围住罗警官叽叽喳喳地问：“听说成美欣失踪了，是真的吗？”

罗警官没有正面回答她们的问题：“昨天她有没有什么异常？”

一个红头发的女生说：“她一直都挺异常的。”

“就说昨天晚上吧，我们下了晚班以后，都十一点多了，她跑回宿舍描眉画眼的，换下工服，穿条黄裙子，在镜子里照来照去。”

旁边一个短发女生附和道：“是啊，烦死了，打扰我们睡觉。”

“成美欣是要见什么人吗？”我脱口而出。大半夜的她化妆换衣服，我猜测她应该是有约会。

几个女生交换了一个意味深长的眼神，发出了嘻嘻的笑声。

红衣服的女孩子翻了一个白眼，轻蔑地说：“谁知道她要见什么野男人？我们本来也不熟。”

我心想，如果成美欣真的是要见某个人，那她没有赴约，对方为什么没有报警呢？或者他们见了面，那个人和成美欣的失踪有关？最关键的问题是，此时成美欣还活着吗？

罗警官表情严肃，认真做好笔录后，我们就出来了。罗警官说有线索再通知我，我便和三水哥回台上传素材。

下午，我发现上午看的那段视频流传到了网上，引发了热议。网友们大开脑洞，给了很多猜测。

一个网友发文称，这是遭遇了鬼打墙。

有人说可能是那个地方有某种特殊的毒气，导致大脑被麻痹，无法分辨方向。但这一说法很快遭到了反驳，那个地方非常开阔，即便有毒气，也很快就会散了。更何况，根本没有科学依据能证明，世界上存在会让人做出视频中行为的毒气。

另一个比较受关注的说法是，成美欣受到了人身威胁，她对镜头做出的诡异表情是在释放某种求救信号，但这依然解释不通她为什么在这条路上跑来跑去。

当然还有脑洞更大的说法，说那个化工园以前是坟地，成美欣夜间行路，打扰了附近的鬼神休息，所以被鬼神收了。

我向来不信鬼神，但读完了网友们煞有介事的分析后，还是有点心虚。不得不承认，这件事从头到尾，都透露着诡异的气息。

我正想着，喵哥突然在我背后说："你今天晚上去案发现场拍点空镜。"

我吓了一跳，忍不住吐槽他："您真是只猫啊，走路咋没声呢？你啥时候站我后边的啊？"

喵哥把我的转椅转了一圈，继续说："我想做一个有探秘感觉的片子，前边设置一些悬念，勾起观众兴趣，要把记者的调查过程展现出来。这个案子发生在夜间，肯定需要晚上的镜头。你今晚就去拍吧。”

我把网上的分析帖拿给喵哥看：“你看网友说得这么恐怖，能不能等结案了再去补拍镜头啊？”

“不行，”喵哥斩钉截铁地说，“这个事网上热度很高，关注的媒体也很多，你现在就去拍，结案后我们要第一个发出来。”

听喵哥这么说，我只好点了点头。

晚上，我和三水哥赶往案发现场。到了以后，发现唯一的路灯不太亮，一下车，一股阴风吹过来，吓得三水哥机子差点没拿稳。

“网上的帖子你看了没？”三水哥问我。

我摇了摇头：“现在别说这个了，自己吓自己，还是赶紧拍完赶紧走吧。”

三水哥一副大义凛然的样子，嘴里念念有词：“各路神仙，万一冲撞了您，可千万不要怪我啊，是编导拉我来的。”

我一拳打在他的后背上，催促他快点拍，别装神弄鬼的。三水哥嘿嘿一笑，架起了机子开始拍。

半个多小时以后，三水哥带来的灯快没电了，拍的镜头也差不多够用了，我们准备回去。就在这时，我们注意到远处有个男子朝我们的方向走过来，走走停停，还时不时蹲下来看。

三水哥吓得慌忙拉我躲到树后面，结结巴巴地问：“你说这是人是鬼啊？”

我白了他一眼：“当然是人了。”

三水哥抓紧我的衣角："你知道很多变态杀手都会在杀人后返回案发现场吗？"

他这么一说，我也有点慌。我掏出手机想给罗警官打电话，此时男子已经走近，粗声粗气地问："你们两个在那儿干吗？"

我吓得魂都没了，就在快要发出尖叫的一瞬间，我认出来他是陈局。把尖叫声硬生生咽回肚子里，我松了口气："陈局，你为什么大晚上来这里？"

陈局叹了口气："这附近我来过太多次了。"

陈局说，他觉得这起案子和他十七年前侦办的一起案子非常像。

"也是在这附近，当时一个初一的小女孩董贝贝，在放学路上失踪了。几天之后，清洁工在水沟里发现了女孩的尸体。当时这起案子很轰动，但全省最好的刑侦专家汇聚一堂，都没能侦破这起案件。"

我倒吸一口凉气："会不会是……十七年前的杀人犯又继续作案了？"

陈局未置可否，表情更严峻了。

"那当时一点线索都没有吗？"三水哥问。

"我们分析嫌疑人应该是二十岁到四十岁之间，住在附近，跟被害人相熟，有屠宰经验。"

"屠宰经验？"我忍不住惊呼。

"是的，"陈局重重地点了点头，"被害人尸体被肢解，而且生前受到过惨无人道的折磨。"

“她只有十三岁啊！”陈局咬牙切齿地说，“我做梦都想将那个凶手捉拿归案。”

我们没有说话，心情都异常沉重。半晌，三水哥欲言又止地问：“陈局，你相信鬼神吗？”

陈局被这个问题逗笑了：“这世界上没有鬼，只有装神弄鬼的人。”

陈局拍了拍三水哥的肩膀：“走吧，太晚了。”

我们转身离开，走了几步，我回头看了一眼，夜色更深了，路灯笼罩的区域似乎马上就要被黑暗吞噬。

第二天一早，我和三水哥去了成美欣居住的南源小区，那是一个老小区，随意乱停的车和各种杂物把消防通道挤占得水泄不通。

三水哥的车开不进去，要去别的地方找停车位，我只好自己先下车，步行去小区看看环境。

小区里边非常绕，我东拐西拐，好不容易找到成美欣住的单元。单元楼下凑了一堆人在聊天，还有人拿着手机，对着成美欣家的窗户拍来拍去。

这样的景象也在我的意料之中，这件事情在网上持续发酵，好事者用各种手段打听案件的相关信息，乐此不疲。

我偷偷打开手机的录音功能，凑到人群里听。一个提着菜篮的阿姨，皱着眉头，信誓旦旦地说女孩儿不懂洁身自好，出事是迟早的。

“你说一个女孩子大晚上的还出来，不是找死是什么？”

“话也不能这么说吧，”一个瘦高个的年轻女子讲了句公道话，“人家难得放假，想尽早回家也不行吗？”

“哎哟——”阿姨拉长了声音，继续尖酸刻薄地说，“她哪有家呀，三十多岁了还没结婚，没生孩子，就不是正经过日子的人。”

“谁说不是呢？”另一个阿姨跟着背后议论，“她和她那个男朋友，有时候在楼梯里就搂搂抱抱的，也不结婚，像什么话。”

“她有男朋友？”我抓住了关键点。

“是啊，要我说那个男的也不是什么好人，眼窝深陷、瘦骨嶙峋的，我上次看到他靠着扶梯把手，大口喘着粗气，跟吸了大烟似的。”

这个阿姨还说，成美欣的男朋友似乎没有正经工作，有时候满小区乱晃，有时候很长时间不出现。

“您知道他现在在哪吗？”我问。

阿姨摇了摇头：“自从成美欣出事后，就没再见过那个男的。”

我们正聊着，旁边一个戴眼镜的男子突然发出惊呼：“快看手机，成美欣的尸体找到了。”

我赶紧打开手机，发现几分钟前，有新闻说在案发现场不远处的一个土坑里，发现了尸块。我赶紧给罗警官打电话，询问案件进展。

罗警官说已经确认是成美欣的尸块，他们调取了小区门口的监控，发现有一个男子经常跟成美欣一起出入。这个男子名叫钟海，有吸毒前科，警方正在四处找他。

我提出想跟拍警方走访的过程，罗警官说，陈局认为这起案件手段残忍，性质恶劣，暂时不适合媒体跟进，等有了线索再通知我。

罗警官语气坚决，我也不好再追问。三水哥拍完空镜后，我们便离开了。

之后两三天，罗警官没给过我任何案件的相关信息。我怕影响他办案，也不好催得太紧。但是网上关于这起案件的小道消息却是甚嚣尘上，整个城市笼罩在恐惧的气氛之下，人人自危。

喵哥坐不住了，特地把我叫到台里，很严肃地跟我说："这个时候，主流媒体是不应该失声的。"

我点头如捣蒜，喵哥顺手拿起笔记本作势要打我："你不要每次都虚心接受，然后屡教不改。"

我露出了尴尬的笑容，喵哥瞪了我一眼："今天晚上之前，我要知道案件的最新进展。"

我点了点头，从喵哥办公室出来后赶紧给罗警官打了电话。罗警官抱歉地说他们排查了两天，钟海就像人家蒸发了，不知去向。

我还想再问点什么，罗警官语气焦急地说他正在案发现场附近排查，之后再联系，就挂断了电话。

我有点沮丧，长长地叹了口气，突然福至心灵，罗警官说他在案发现场，那我干脆去案发现场找他好了。

我知道没有陈局的同意，罗警官肯定不会允许我们录像，便没有叫三水哥。我付了两倍车费，才找到愿意拉我去案发现场的司机。

我到的时候，罗警官正在和“比目鱼”做侦查实验，测算从发现摩托车的地方到有监控的地方需要多远。

他们穿着便服，罗警官看我走过来，有点生气，我没有说话，眼巴巴地看着他。罗警官叹了口气，没收了我的手机，不允许我偷偷录音录像，但承诺一会儿有时间可以简单跟我说下案情。

我点了点头，安静地在一旁看着。罗警官和“比目鱼”反复做了几次侦查实验，从发现摩托车的位置到监控的位置，最快也要八分钟。

“考虑到被害人是受伤的状态，而且她肯定会用力挣扎，所以到达监控点的时间只会更慢。”罗警官困惑地说，“嫌疑人没有在这里杀害她，而是把她带到监控的位置，目的是什么呢？”

“说起这个，我们还挺幸运的，这附近就那个地方有监控，要不然就真的一点线索都没有了。”“比目鱼”耸了耸肩。

“幸运？”罗警官若有所思地重复着“比目鱼”的话，“也许不是我们幸运，而是嫌疑人故意给我们留下了线索呢？”

“他为什么要这样做呢？”

罗警官目光如炬，一字一顿地说：“也许他在挑衅我们。”

罗警官在有监控的那条路上反复走了几次，模仿成美欣的动作，之后又停下来看了几次监控拍到的画面，表情越来越严肃。

“正常人在遇到危险的时候，肯定不会往回跑，”罗警官顿了一下，“除非前边有人挡着她的路。”

“可是成美欣折返了两次，嫌疑人也不会瞬间移动呀。”“比目鱼”说。

“嫌疑人不是瞬间移动，他一直跟着成美欣。”

“这怎么可能，”“比目鱼”很吃惊，“监控里只有一个人啊！”

罗警官将手机递给“比目鱼”：“你再仔细看看。”我和“比目鱼”凑到一起，认真地看了一遍视频，终于明白了过来。

成美欣磕头的方向和逃跑时眼睛看的方向，都是南边的围墙。围墙很宽，足以站一个人。如果嫌疑人站在上面，监控是拍不到的。

嫌疑人一直跟着成美欣，在她跑出监控区域的时候，跳下来拦住她。成美欣只能往回跑，嫌疑人爬上围墙，继续跟着她，之后再次拦住她。视频没有记录下声音，很可能嫌疑人一直在旁边威胁成美欣，所以成美欣惊慌失措，才会有视频中那样奇怪的举止。

我不寒而栗，这已经不同于一般的刑事案件了，嫌疑人残忍嗜杀，毫无人性，甚至把被害人当成他的猎物，以折磨被害人为乐。

“嫌疑人会是成美欣的男朋友钟海吗？”我问。

罗警官叹了口气：“成美欣的尸体破坏严重，身上有大量划痕，生前遭受过殴打折磨。我们据此推测是仇杀，钟海有重大的作案嫌疑。”

“我们了解到，钟海是个小混混，有时候会在地下赌场、

KTV 这种地方给人看场子，但是案发后他一次都没有出现过。”

说话间，天色暗了下来，我们准备离开，去王胖子烧烤店，到时边吃边聊。但是上车后，“比目鱼”几次启动汽车都打不着火。

这是辆老式桑塔纳，最近老出故障，但它毕竟是局里为数不多的便车，所以“比目鱼”只好开这个来了，没想到它又在关键时刻掉链子。

“比目鱼”说去化工园找人帮忙看看，我和罗警官在车上等他。

我们等了一个多小时，天色越来越暗，“比目鱼”还没回来。这附近的信号不好，他的电话也打不通，我们便决定去化工园找他。

我们走了十几分钟，罗警官突然示意我不要说话。顺着他手指的方向看过去，我发现前面灌木丛中，隐约有个人影蹲在那里，顿时吓了一激灵。

罗警官让我不要动，自己蹑手蹑脚地往那个方向走过去，不料那个人也发现了他，突然跳起来，向罗警官冲过来，手里还握着一把尖刀。

我吓得腿都软了，强迫自己镇定下来，捡起了身边最大的一块石头想砸过去，但是罗警官和男子厮打在一起，我根本无从下手。

幸运的是，很快罗警官就把男子制伏了。他喘了几口气，冲我大喊“鞋带”！我反应过来，立即抽出鞋带递给罗警官。

罗警官三下五除二把男子绑住："钟海！"

原来这个男子就是钟海，警方找了他这么多天，没想到在这里碰上了他。钟海神情恍惚，发出声嘶力竭的怒吼，并不停地挣扎。

我注意到钟海刚刚待过的地方，有用过的针筒，猜测他刚刚吸过毒。

罗警官使劲按住他，满头大汗。正巧这时"比目鱼"回来了，他身边还跟着拎着修理箱的男子。"比目鱼"说化工园负责人问了一圈，终于找到一个会修车的，愿意帮我们看看。

我们向男子表达了谢意，男子点点头，便干起了活。罗警官和"比目鱼"将钟海带到车上，死死地按住他。

车修好后，罗警官和"比目鱼"将钟海带回了局里，我也回家了。到家以后，我简单跟喵哥说了案件进展，喵哥说他会跟陈局商量下一步的拍摄计划。

第二天一早，得到陈局的准许后，我和三水哥赶到了公安局，此时钟海已经清醒了。

钟海说，成美欣案发当天的确是要和他见面的。他当时在成美欣家里等她，没想到睡过去了，早上醒来才发现成美欣一夜没回来。他偷偷跑到成美欣单位附近去打听，才知道成美欣失踪的事情。

钟海由于案发当晚吸食过毒品，干的又是踩线的工作，不敢报警，便躲了起来。

这几天，钟海一直躲在化工园附近，饿了就去周边偷点吃的。他昨天晚上吸毒后产生了幻觉，才会攻击罗警官。

罗警官和“比目鱼”交换了眼神，“比目鱼”拿来成美欣案发现场遗留的物品，钟海说自己送给成美欣的金链子和金手镯都没在遗物中。

罗警官略作思考，安排了其他同事看守钟海。他决定和“比目鱼”去附近的金店排查，我和三水哥也跟着上了他们的车。

我们走访了大半天，在一家距离案发现场几公里远的金店里有了重大发现。老板说，曾经有男子拿着一条金链子来卖。

按照规定，出售黄金制品需要提供购买发票，但是男子什么都拿不出来，所以老板不敢收，男子便骂骂咧咧地走了。

罗警官立即调取了店内的监控，发现出售金链子的男士身高一米七左右，戴着蓝色鸭舌帽，穿着黑色 T 恤和灰色运动鞋。

罗警官将视频截图发给了同事，很快就确定了男子的身份。男子名叫厉威平，三十四岁，居住的小区离案发现场很近。

罗警官立即召集了便衣民警，前去抓捕厉威平，为了不干扰抓捕工作，我和三水哥先回局里，等待罗警官的消息。

我们在局里等了一会儿，罗警官顺利地带回了厉威平，并且在他的家里搜到了还没来得及出售的被害人成美欣的金链子和金手镯，以及作案时用的凶器。

罗警官将厉威平带到审讯室，我和三水哥也跟了进去。见到厉威平本人，我还是有点吃惊的，他个子不高，身材中等，样貌也很普通。

他顺从地按照罗警官的指示坐在椅子上，低着头，承认自己就是杀害成美欣的嫌疑人，但只是临时起意，事后后悔不已。

“十七年前，初一女生董贝贝是不是你杀的？”罗警官狠狠地盯着他，语气严厉。

厉威平茫然地抬起头，一口否定。之后的审讯过程中，他也咬定自己根本不认识董贝贝。罗警官决定先暂停审讯。

在陈局主持下，刑侦人员临时开了讨论会。有人提出厉威平十七年前只有十七岁，跟当时刻画的嫌疑人的形象有出入。但是陈局认为，这种虐杀情况不符合临时起意的作案特点，厉威平显然有所隐瞒。

陈局让“比目鱼”整理董贝贝那起案件的物证，他会请省里的专家重新对物证进行检验。会议结束后，罗警官让我把近年来台里播出过的、所有追逃类案件整理在一起，拷进硬盘里拿给他，我同意了。

很快，省里的专家便赶到了本市。专家叫范秋明，是一个五十多岁的老警察，国字脸，不苟言笑，他认真翻看了案件相关物证，注意到当时案发现场留有一只掉落的拖鞋和几个赤足痕迹。

范秋明说，每个人的脚宽、弓宽、足趾的大小都是不一样的。他仔细对比了十七年前的现场足迹和厉威平现在的足迹，发现两枚足迹总体形态大致相同，但是着力点略有不同。

范秋明解释，随着人年龄的增长，人的生理机能也会发生相应的变化。因此，每个人不同年龄段的赤足痕迹形态略有不同是正常的。范秋明判断，十七年前的足迹就是厉威平留下的。

有了专家的检验报告，罗警官再次提审了厉威平。第二次审讯的时候，厉威平的表现和之前一样，只交代杀害成美欣的事情，绝口不提十七年前的案子。

“你这些年都不看电视是不是？”罗警官斜靠在椅子上，突然说了这么一句话。

“什么？”厉威平显然没明白罗警官为什么要这么问。

罗警官走过去，盯着厉威平的眼睛说：“这么多年，警察没抓到你，你是不是觉得自己特聪明。”

厉威平抿着嘴唇，没有说话。罗警官继续说：“其实很多案子之所以成为积案，并不是犯罪分子有多高明，而是当时的技术条件太落后。”

说完，罗警官把我准备好的追逃片子播给嫌疑人看，其中有靠留在案发现场的半枚血指纹找出真凶的，有嫌疑人已经通过整容改变了容貌，但仍被抓获归案的。

罗警官搬着板凳坐在厉威平旁边，一边播一边给他画重点。看到第五个片子的时候，厉威平终于坐不住了，豆大的汗珠从额头上滴下来。

罗警官嘿嘿一笑，适时地拿出范秋明出具的检验报告：“厉威平，你对自己的脚印应该很熟悉吧？”

厉威平面如死灰，终于认罪。

我们并没有如释重负的感觉。心中仍有疑问，一个十七岁的少年为什么要残忍杀害一个十三岁的小姑娘呢？

厉威平闭上了眼睛，半晌才缓缓开口：“我讨厌穿黄裙子的女人。”

厉威平说，记忆中母亲总爱穿黄裙子。他是被母亲打大的，上初中的时候，因为他丢了课本，母亲硬逼着他从学校爬回了家里，膝盖都磨破了。

他始终对母亲充满恨意，但是并不敢反抗。直到有天他被母亲赶出了家门，在外面闲逛的时候，遇到了放学回家穿着黄裙子的董贝贝，便将这份恨意转移到了十三岁的董贝贝身上，残忍将其杀害。

几天后，厉威平的 DNA 鉴定结果出来了，警方发现他不仅是杀害董贝贝和成美欣的嫌疑人，还是另一个旧案的嫌疑人。之前有一个四十岁的中年妇女在夜跑的时候被杀害，而那个中年妇女并没有穿黄裙子。

很显然，厉威平在说谎。

半年后，案子被移交检察院，厉威平背负三条人命，自知必死无疑，但是他每次都在定罪后交代出新的案件，因为余罪未清，他迟迟未被宣判。

厉威平的口供颠来倒去，交代的埋尸地点也大多都是虚晃一枪，因此耽误了很多时间。直到现在，厉威平仍然没有被执行死刑，他身上已经背负了六条人命。这些受害者之间并不认识，警方经过详尽调查，也未能发现任何明显的共同特征或联系。

07 离奇的越狱

夏天大概是记者最难的季节，因为不定时要出镜，物理防晒如遮阳伞、遮阳帽都与我们无缘。我能做的就是糊上三层防晒霜，在烈日下慢慢被晒化。

如果遇上刑事案件，特别是有伤亡的案子，去之前我们都会先问一句，大概案发多久了？一旦超过二十四小时，我们就准备三层以上的口罩。不过，有时事出突然，我也直面过重口味现场。

一个多小时前，我刚闲下来，在台里优哉游哉地跟同事讨论订奶茶还是咖啡，主编喵哥突然飘到我身边，甩给我一个链接，说微博上有南湖医院的医生爆料，称一名犯人在他们医院保外就医的时候逃走了。

“你去核实事情的真伪。”喵哥丢下这么一句话，又飘走了。

爆料人给的信息非常模糊，既没说是哪个监狱，也没说逃跑的犯人是谁。我试着在微博上私信联系这个爆料人，对方并没有回复我。接着我联系南湖医院的外宣，他说会帮我问问，但也迟迟没有回复。无奈之下，我只能约上三水哥，赶到了离南湖医院最近的监狱。

我向狱警询问事情的真伪，因为知道的信息很少，我说得很含糊。狱警警惕地核实了我的身份后，说需要请示领导，让我在外面等。

然而，我在外面等了一个多小时了，也没有见到任何领导。三水哥昏昏欲睡：“喵哥是不是情报有误啊？”

我心里也直嘀咕，这年头哗众取宠的假消息太多了，这种没有实名认证的爆料可信度更是要打个对折。但如果这样回去，肯定要面对喵哥犀利的盘问。一想到这个，我只能咬咬牙继续等下去，哪怕最终证实这是个假消息，也好回去交差。

我们又等了一会儿，突然看到一辆警车驶过来，我一眼认出这辆车是市局刑侦大队的车，立刻睡意全无，既然刑侦大队都出动了，那越狱的事情应该不是空穴来风。

越狱这种情况，一般会成立专案组，各部门都会出人。

老熟人罗警官从警车上走下来，我赶紧拉着三水哥迎了过去。罗警官一看到我就皱起了眉头：“人都还没抓到，现在不能对外发布任何消息。”

我脑子转得飞快：“也就是说，越狱的事情是真的喽？”

罗警官之前被我套过不少话，这次紧闭着嘴，满脸写着拒绝。我只好死缠烂打，施展自己的三寸不烂之舌，承诺没有警方同意，绝不对外泄露任何消息。

“你要不信的话，三水哥拍完，存储卡放你那保管还不行吗？”我可怜兮兮地看着罗警官。

罗警官无奈地看了我一眼，没再坚持，答应我和三水哥在旁边拍摄，并简单给我们介绍了情况。

“一名叫陈立强的犯人谎称肾结石，被送往医院救治，在就医过程中逃跑了。我们调取了医院周边的监控，看到他穿着一件不知道从哪偷来的蓝色外套，从医院出来后向北走了一个路口，之后就不知去向了。”

罗警官说他们来监狱的目的主要是想了解陈立强的信息，从而确定侦查方向。

正说着，一名穿着警服、身材壮硕的男子走过来，他是陈立强的管教，看起来有些年纪了。管教告诉我们，陈立强因为非法拘禁罪和故意伤害罪被判处有期徒刑两年十个月，而距离他出狱的日子只有半年时间。在即将刑满释放的时候罪犯越狱，他做了半辈子狱警，这还是头一次遇到。

听到这儿，罗警官皱起了眉头：“他近期有没有什么反常？”

管教摇头：“他在狱中表现一直都挺好的。说实话，我们送他就医的时候，完全没想到他会逃跑。”

管教的话也不完全是找借口。从常理来说，确实讲不通，一个马上就可以刑满释放的人，为什么要越狱呢？

管教想了想："昨天陈立强的哥哥陈立仁来探视过他，不知道这跟陈立强的出逃有没有关系。"

罗警官问了陈立仁的地址，决定去问他昨天探视陈立强的时候到底说了什么。

陈立仁住在静安小区十四单元一楼，他把阳台打通，在小区里开了小卖铺。我们赶到的时候，他和妻子两人正在做生意。

得知我们要问陈立强的事情，陈立仁的妻子一脸不高兴。陈立仁尴尬地把我们拉到一旁，倒了几杯水。他听到陈立强越狱逃走的消息后非常吃惊。

罗警官让陈立仁把昨天探视时候说的话再复述一遍。陈立仁困惑地挠挠头："我们就唠了唠家常，我跟他说生意挺好的，让他出狱以后来店里帮忙。"

罗警官怀疑地打量着他："你刚探视过，他就逃跑了，这只是巧合吗？"

听到罗警官这么说，陈立仁大呼冤枉，一再强调自己完全不知道陈立强越狱的事情。陈立仁的老婆生气地指着陈立仁骂："早就跟你说过不要去看那个混混，你偏不听，给自己惹上麻烦了吧。"

她凑到罗警官身边，讨好地说："警官，陈立仁肯定跟他越狱没关系，我们都是正经的生意人。"

罗警官放缓了语气，转头跟陈立仁说："你再仔细想想吧，也许哪句话说者无心，听者有意，让他动了逃跑的念头。"

陈立仁低下了头，"真的没说什么……"

陈立仁嘴上这么说，但语气明显有些迟疑。罗警官没再追问，他给陈立仁留了电话，提醒他有任何情况及时跟警方汇报，否则很可能构成窝藏罪。

陈立仁点头如捣蒜，咬牙切齿地说只要看见陈立强，一定把他扭送公安机关。

从陈立仁家出来后，罗警官要回局里整理资料，他再三叮嘱我没结案前不要把素材泄露出去，便离开了。

一般我们拍摄选题，为了全面了解当事人，都要尽可能多地采访当事人身边的人。

据我所知，陈立强的父母很早就去世了，一直是大哥陈立仁照应着他，但是他大嫂对他印象很差，不愿意多谈。我只能从他的邻居入手，侧面了解他的情况。

采访过程并不顺利，我拦住了几个人，一听说我要打听陈立强，他们都摆摆手，快步离开了。陈立强的名字似乎是邻里间的禁忌，谁都不愿意多谈。

这样的反应也不奇怪，陈立强入狱前是个横行霸道的小混混，现在越狱出逃，更是个危险分子，估计谁都不敢得罪这个人。

我让三水哥把相机收起来，准备不再以记者的身份打探情况。我拉着三水哥来到了小区花园，假装漫不经心地晃了几圈，注意到一个比我大不了几岁的年轻男士正在遛狗。

一般同龄人比较好说话，我便凑上去跟男子搭讪，闲聊了几句后，我装作很好奇的样子向他打听起了陈立强，男子一听到这个名字，就撇了撇嘴，表情十分不屑。

“你认识他吗？”我问。

“这个小区谁不认识他，从小就是个浑不吝。”男子说。

“他经常在小区里惹事吗？”

男子摇了摇头：“小区里谁都不敢招惹他，也就他大哥能管住他，不过他也不常在小区里待着，据我所知，他一般都在建华大街一带活动。”

男子说，他以前去建华大街逛街的时候碰到过陈立强，身边跟着几个小弟，在收保护费。

和男子聊过后，我和三水哥赶到了建华大街。

我们走访了几家商户，跟之前的情况差不多，谁都不愿意提起陈立强。我有点沮丧，路过一家麻将馆的时候，我发现店主是一个四五十岁的阿姨，三水哥向来招这个年龄的阿姨喜欢，我便怂恿三水哥去打探下情况。

三水哥一脸不乐意，但耐不住我软磨硬泡，只好走了进去。阿姨一听说三水哥打听陈立强，忙问他是不是要找陈立强打架？

三水哥眉毛拧成了疙瘩，满脸写着不高兴。我碰了碰他的胳臂，三水哥顺势编了一个谎：“是啊，我要找陈立强算账。之前他借我钱一直没还，您知道他在哪吗？”

阿姨忙劝三水哥不要招惹那种人：“他个头不高，但打起架来真下狠手。这附近开店的都知道这伙人，老大叫杜子秋，他们以前经常来店里收保护费。”

“不过这伙人还算讲规矩，他们收过保护费后，别的混混再来闹事，他们会出面摆平。”老板撇了撇嘴，“之前这条街有好几个小帮派，都被杜子秋他们打跑了。那个叫陈立强的，虽然看起来瘦瘦小小，每次打架都冲到最前面。”

“那您知道他现在在哪吗？”

老板困惑地摇了摇头：“三年前，老大杜子秋不知道什么原因，突然和陈立强等人闹掰了，之后他离开了，这伙人群龙无首，也就销声匿迹了。”

“说来还真挺奇怪的，完全没有征兆，似乎一夜之间他们这伙人就不再出现了。听说这个团伙中有人因为打伤了人，被抓起来了。”

老板说这伙人平时就神出鬼没的，只有他们找你的份，你甭想主动找到他们。走的时候老板一个劲地叮嘱三水哥，破财免灾，别跟那种人计较。

之后的几天，我有空就去建华大街转转，想了解更多信息，但每次都扑了空。再加上罗警官那边也迟迟没有消息，喵哥又不停地催，搞得我和三水哥都有点焦头烂额。

不过，有句话叫踏破铁鞋无觅处，得来全不费功夫。

那天晚上快十一点了，我突然接到一个电话，电话那头说三水哥在他们酒吧醉得不省人事，让我过去把他带走。

我心里哀叹，三水哥这种万年单身汉，手机中的第一个联系人竟然是同事。没办法，我只能跑一趟了。去了以后，发现三水哥烂醉如泥，拉都拉不起来，我只好给别的同事发信息求助。

老板比较热心，我跟老板闲聊了几句，想到他开酒吧，难免三教九流都要打交道，没准老板能提供关于陈立强更多的信息，我便抱着试试看的心理向他打听了一下。

老板真的知道陈立强，但是他也不清楚三年前那伙人为什么突然消失。

“不过……”老板欲言又止，“上个月这个团伙中有一个叫高勇的人，集结了几个小混混，想来收保护费。不过今时不同往日，我们酒吧的保安就把他们给轰走了。”

“你知道在哪能找到他吗？”

老板苦笑一下：“你找他干吗呀？我盼着他永远不要出现。”

说话间，另一个同事到了，我们合力把三水哥抬到车上，送回了家。

第二天，三水哥酒醒了以后，喵哥给陈局发了采访函，我和三水哥赶到了公安局。到的时候，罗警官他们正在开会。会议室前面的一块白板上写了几个人的名字，其中高勇的名字被重点圈了出来。

罗警官站在白板旁边，分析陈立强越狱后可能的去向：“一是他找大哥陈立仁，但是大嫂对他态度恶劣，而且陈立仁开门做生意，来往的人多，不便于藏身。”

“另一个是找当时跟他一起混社会的人，这伙人因为不明原因大多都离开了本市，唯一一个还在本市的就是高勇，所以我认为他最有可能找的人就是高勇。”

罗警官说完，“比目鱼”警官继续补充说：“高勇这个人，行踪不定，经常不跟家人打招呼就失踪好几天。昨天我们去找了他的妻子，他妻子说他这几天都没回家。”

罗警官安排了几名民警去调查高勇的社会关系，尽快找到高勇的下落。布置完工作后，罗警官仍然皱着眉头，心事重重。

罗警官跟“比目鱼”说，他觉得当务之急是要弄清楚陈立强越狱的目的：“他肯定有非常重要的事情要做，才不惜铤而走险。”

罗警官决定和“比目鱼”再去一趟监狱，他怀疑陈立仁隐瞒了重要的信息。我和三水哥也跟着上了罗警官的车。

到了监狱以后，罗警官挨个提审当天和陈立强一起会见的犯人。

其中有一个叫刘引发的人当天就坐在陈立强旁边，他提到陈立强会见的时候骂了几句脏话，情绪还有点激动。

这个细节陈立仁没有提过，如果他们只是聊了聊家常，陈立强怎么会有这样的表现呢？

“你有没有听到他们说了什么？”罗警官问。

刘引发想了想，迟疑地说：“他们好像说到狗场有东西……我也不太确定，隐约听到这么一句。”

刘引发的话，证实了罗警官的猜测，陈立仁肯定隐瞒了一些信息。罗警官立即和“比目鱼”赶往了陈立仁的家。一进门罗警官就开门见山地质问陈立仁，狗场的东西是怎么回事？

陈立仁仍然狡辩，说自己不知道什么意思。

“那就跟我们走一趟吧。”“比目鱼”瞪着眼睛说。

听到这话，陈立仁的老婆立刻冲上来拧陈立仁的耳朵，边哭边喊：“你要跟警察说实话，你要是为了帮那个混混隐瞒，自己进了监狱，我可怎么办啊！”

听到老婆的哭喊，陈立仁的态度软了下去，他叹了口气，承认自己当天确实跟陈立强说过：“狗场的东西，你尽快去处理。”

“狗场有什么东西？”

“我真的不知道，”陈立仁嗫嚅地说，“有个人自称是陈立强的朋友，让我带句话给他，我也没有多想。探视的时候，陈立强听到这句话有点激动，告诉我别理那个人。”

“我问陈立强为什么不能去狗场，陈立强也不说，就让我别管这件事。没想到第二天他就越狱了。”

“那天问你的时候为什么不说？”罗警官语气严厉。

陈立仁不停地搓着手，带着哭腔说：“我之前真没想到，陈立强会越狱，你们来了我才意识到可能跟这句话有关系。这句话毕竟是我传过去的，我觉得解释不清才隐瞒了下来。”

“让你传话的人是谁？”罗警官问。

陈立仁摇了摇头：“他就说是陈立强的朋友，没说名字也没留联系方式。”

“狗场在哪儿？”

“我……我真的不知道啊，我不养狗，也不吃狗肉，我都不知道狗场……”

罗警官叹了口气，再次警告他不要包庇陈立强，便拉着“比目鱼”离开了陈立仁家。出来后，“比目鱼”非常不解地问罗警官，为什么不把陈立仁带回去好好审问一下？

罗警官没有说话，径直走到树荫处一个白车旁边，轻轻拍了拍车窗。车窗很快摇了下来，车上坐着一名男子，他告诉罗警官这两天陈立仁没有离开过小区，陈立强也没有在附近出现过。

我这才明白，原来罗警官一直派人盯着陈立仁。不过目前看来，陈立仁应该真的不知道陈立强的去向。

罗警官将侦查员分为几组，对本市所有的狗场进行排查。我和三水哥跟着罗警官和“比目鱼”进行排查，我们挨个走访了所有登记在册的狗场，甚至连宠物店都问过，但是因为不知道狗场里到底有什么东西，所以排查起来也没有重点，一连走访了几天，都没有发现任何线索。

又是空手而归的一天，我们几个饥肠辘辘，正好路过一家烤鱼店，罗警官决定先吃点东西。

大家都饿了，一条鱼端上来，很快就被大家吃得只剩半条了。

吃饱了才有力气分析案情。

“比目鱼”嘴里嚼着米饭，含混不清地说：“你说这个狗场里到底有什么呀？为什么非得这么着急去处理呢？”

罗警官皱着眉头没有说话。“比目鱼”突然一拍手，激动地说：“有没有可能他们提到的狗场不是真的狗场，而是代号之类的，其实另有所指。”

我送了他一个白眼：“就算陈立强说的狗场另有所指，这个指向性也太广泛了吧，根本无法知道指的是什么。要陈立强说的狗场其实指的是一家烤鱼店，你能把本市所有的烤鱼店排查一遍吗？”

“比目鱼”被我堵得说不出话，求助地看着罗警官，罗警官嘴角往上扬了下，没有说话。“比目鱼”气鼓鼓地化悲愤为食欲，大口吃起鱼来。

就在这个时候，罗警官突然接到一个电话。派去调查高勇的民警有了线索，高勇的社会关系比较简单，除了妻子就是跟表弟走得近。他表弟昨晚在轩逸酒店有开房记录，但他表弟在本市有住房，且昨天一直在家，没有外出。

罗警官立即起身结账，赶往了轩逸酒店。我们到的时候，刑侦大队的其他民警正在查看昨晚酒店的监控。

一个民警简单跟罗警官说明了情况，他们赶到的时候，高勇表弟开的房已经退掉了。罗警官点了点头，和其他同事一起查看今天退房时的监控。

很快，大家就在视频中发现了高勇的身影，而距离高勇半米左右，一个戴着口罩的男子一直在东张西望，神色慌张。

退完房后，高勇和男子一前一后离开了酒店。接着，罗警官又调取了街面上的监控，走过两个路口后，跟着高勇的男子不再故意和高勇错开距离，而是并排着走。

之后，男子为了抽烟，摘下了口罩，罗警官将画面静止放大，男子正是陈立强！

陈立强没有离开本市，还和高勇在一起，那他越狱要做的事情很可能就在本市。他到底要做什么，陈立仁说的狗场又在哪儿？想到这些，大家的心都悬了起来。

罗警官思忖片刻，认真地说：“或许我们能知道狗场的意思。”

“这怎么能知道？”“比目鱼”眨了眨眼睛，怀疑地说。

“问高勇。”罗警官简单地说了三个字。

陈立强出狱后找的第一个人就是高勇，他们甚至还一起住了酒店。按照常理分析，高勇应该知道陈立强的事情。但是先不说此时高勇也下落不明，就算找到了高勇，他也未必会把知道的情况告诉我们。

大家面面相觑，谁也不知道罗警官葫芦里卖的什么药。

罗警官咧嘴一笑，冲着我说了一句“明天局里见”。我还没反应过来，罗警官就招呼同事们赶紧上车，不允许我和三水哥跟着。

三水哥低声问我：“罗警官是不是想到了什么线索？”我想起几年前陈立强团伙突然销声匿迹的事情，大概猜到了罗警官的计划。

第二天一大早，我约上三水哥赶到了公安局。一进门就看到“比目鱼”瘫在椅子上，顶着两个黑眼圈，哈欠连连。

我示意三水哥把摄像机打开，凑上去问“比目鱼”进展如何？

“比目鱼”看到镜头顿时来了精神，兴奋地讲起了他们昨天晚上如何聪明机智地抓获高勇的事，听得我也热血沸腾。

原来罗警官根据已有的线索，分析出高勇肯定和陈立强的事情有关，而且同样害怕事情暴露。于是昨天晚上罗警官给高勇发了一条短信：“狗场的事我知道了。十万元现金，埋到植物园北门东行一百米的树下。”

罗警官发这条短信有赌的成分，但是很显然他赌对了。高勇收到这条短信后，不停地回拨想要问发信息人的身份。

罗警官没有回答他任何问题，坚持要求他天亮前必须把钱放到指定位置。之后便带人在植物园附近埋伏好，在今天凌晨三点多钟将忍不住现身的高勇抓获。

说着，“比目鱼”带我和三水哥去了监控室，看罗警官审讯高勇的过程。“比目鱼”气愤地说：“这小子嘴里没一句实话，一会儿说自己不知道狗场什么意思，一会又说陈立强以前总去狗场里偷狗，前言不搭后语。”

而此时，经过几轮审讯，高勇已显疲态，眯着眼睛昏昏欲睡。罗警官敲敲桌子：“高勇，别在这给我们兜圈子了，你不知道狗场什么意思，能收到一条短信就拿着十万元过去吗？你说跟你没关系谁信啊？”

高勇抿着嘴唇不说话，罗警官继续说：“再给你最后一次机会，回答我两个问题，陈立强现在在哪？狗场里到底有什么东西？”

高勇依然不说话，罗警官站起来走到他身边，死死盯着他的眼睛：“我猜狗场的东西，是你们那伙人一起犯下的事，这也是为什么你们三年前突然销声匿迹。”

“你们犯的这事不小，”罗警官斜眼看着高勇，“很可能是掉脑袋的事。所以你咬紧牙关什么都不说。”

“但你要知道，你不说，也会有别人说。谁先说，谁立功，后说的人，会加重刑罚。”说完，罗警官给“比目鱼”打了电话，让他把陈立强团伙中的人挨个带来问话。

我意识到，罗警官让高勇陷入了囚徒困境之中。这是一种心理博弈，对高勇个人来说，最好的选择就是尽快招供。

打完电话后，罗警官离开了审讯室，给高勇时间考虑。

就这样又僵持了一个多小时，高勇终于招供。

他们说的狗场其实是一个射击场，因为之前杜子秋在那里养了一只藏獒，所以他们称之为狗场。

三年前，陈立强抓来一个男子，让兄弟们帮忙教训他，结果大家一通拳打脚踢，男子竟被失手打死了。

男子死后，他们很慌张，把尸体藏到了射击场一辆废弃的面包车里。发生了这样的事情，几个人心里都有鬼，心照不宣断了联系。因为谁都不敢去处理尸体，所以尸体一直在射击场里放着。

“陈立强现在在哪？”罗警官问。

“他来找我说射击场马上要拆迁了，让我帮他去处理尸体。我不想再跟这件事情有牵连，就没有同意。我给了他一千元钱，让他自己解决这件事情。”高勇说。

有了高勇的指认，罗警官立即带人赶往了射击场。那个射击场废弃已久，大门破败不堪。我们顺利找到了高勇提到的面包车，但是并没有在里面发现尸体。罗警官叫来侦查员对现场进行勘验，在面包车里提取到了人体组织。

这意味着高勇所言不虚。但遗憾的是，我们来晚了一步，陈立强已经将尸体转移。罗警官将射击场附近的监控调了回去，进行进一步研判。

因为监控排查是件费时费力的事情，为了不干扰他们的工作，我和三水哥就先回台里。

我在网上搜了一下，发现这伙人中只有杜子秋能在网上查到，他现在在邻市一家良友建材公司任执行董事，在当地小有名气。

一群误入歧途的年轻人，有人一错再错，自取灭亡；有人却能迷途知返，浪子回头。喵哥觉得可以从这个角度，深入挖掘。

我将良友建材公司和杜子秋的相关信息整理好。对我来说，剩下的就是等待警方将陈立强抓获归案了。

很快，罗警官那边就传来了消息，他们在客运站将准备外逃的陈立强抓获。得知这一信息，我和三水哥立即赶到了市局。

见到陈立强本人后，我感觉他比视频中看到的还要瘦小，但是眼神中却有一股狠戾之气。

陈立强承认了自己三年前带头打死人的事情，并且承认这次越狱的目的就是要转移尸骨。他开着偷来的车，将尸骨扔到了郊区的水沟里。罗警官立即派人去陈立强说的地点搜查，很快打捞出了尸骨。

一切似乎都很顺利，但是当死者身份被确认后，新的谜团又出现了。死者叫孟良，邻市人，和陈立强完全没有交集。

陈立强对此的解释是，他在路上和被害人发生冲突，本想教训他，却失手杀了人。但是进一步的证据显示，孟良当天是专程来本市的，刚下火车不久就被陈立强等人劫持了。

而且，孟良失踪这么久，他的父母都健在，但是警方却没有收到过任何报案。

罗警官让人联系孟良的父母尽快前来认尸，同时他拿来了这起案件的卷宗，仔细地研究起来。

按照计划，我本应该采访罗警官，但是看他眉头紧锁的样子，实在不好这个时候打扰他，我便让三水哥先拍点空镜，等罗警官忙完了再采访。

“孟良。”我在心里念叨着这个名字，觉得一定在哪里看到过这两个字。我反复念叨了几次，突然灵光一动，想到了之前查询良友建材公司时，看到那家公司的董事长就叫孟良。

我把之前整理的良友建材公司的资料拿给了罗警官。

下午，孟良的父母到了。两位老人都六十多了，头发花白，为了避免刺激他们，警方在电话里只说要了解情况，没有细说。

孟良的母亲有些忐忑：“警察同志，我的儿子三年前就去世了，你们问他干吗呀？”

听到这里，我有些诧异，难道阿姨知道孟良被害的事情？

“他三年前去世了？是怎么去世的？”罗警官也觉得不可思议。

“去外地出差的时候，飞机失事了。”孟良的母亲提起这个，声音一下子哽咽了起来，“可怜我儿，白发人送黑发人啊。”

我们都愣住了，孟良的尸体明明刚刚在水沟里被发现，又怎么会死于飞机失事呢？

“孟良飞机失事的事情，您是怎么知道的？”罗警官问。

“小秋告诉我的，孟良的后事都是他帮着处理的。”孟良的母亲说。

“冒昧地问一下，您儿子的骨灰存放在哪里？”

“哪有骨灰呀？”孟良的母亲号啕大哭，“我儿太惨了，尸骨无存呀！航空公司的人赔了四十万元，但是多少钱也换不回我儿子的命啊！”

罗警官想了想，试探地问：“您说的小秋是？”

阿姨平缓了一下情绪，接着说：“小秋就是杜子秋，是孟良的发小，当时本来要跟孟良一起去外地出差的，但是没赶上飞机。不幸中的万幸，他躲过一劫，这几年都是小秋照顾着我们。”

听阿姨这么说，我意识到杜子秋撒谎骗了她，很可能所谓航空公司的人也是杜子秋安排的演员，但是赔偿款又是谁给的呢？

罗警官让一名女警带叔叔阿姨去见一见孟良的遗体。他们离开后，“比目鱼”跟罗警官说：“之前我们调查到，三年前杜子秋和陈立强等人闹掰，或许就是因为陈立强杀了他的发小，两人因此决裂。”

罗警官未置可否，而是让“比目鱼”去排查杜子秋近期的行踪。

我想到叔叔阿姨看到孟良的遗体后肯定伤心过度，便提出一会儿送他们回去。罗警官松了一口气，冲我点点头：“好，这样我也放心些。”

叔叔阿姨时隔多年，再次见到日思夜想的儿子，即便是一具冰冷的白骨，他们也想多陪儿子待会儿。我和三水哥一直等到晚上，叔叔阿姨才恋恋不舍地离开公安局。

阿姨说，他们暂时不想离开本市，我和三水哥便决定帮他们找个宾馆先住下来。

去宾馆的路上，阿姨问我："白记者，你说小秋为什么会骗我们孟良三年前飞机失事死了呢？他还给我们看了报纸报道飞机失事的事。"

我心里想，孟良去世后，杜子秋接管了他的公司，从黑道小混混摇身一变成了青年企业家。可以说，孟良的去世，他是最大的受益人。

但看得出来叔叔阿姨很信任杜子秋，我不知道该如何开口，更何况到目前为止，都只是我的猜测。正当我犹豫不决的时候，三水哥突然说话了："叔叔阿姨，知人知面不知心，或许杜子秋撒谎是因为他别有所图。"

阿姨惊讶地看着三水哥，像维护自己孩子似的反驳道："不可能的，小秋是我们看着长大的，是个好孩子，而且这三年都是他在照顾我们。"

我轻轻拍拍阿姨的肩膀，告诉她不用多想，警方会查出真相的。

说话间，宾馆到了，我和三水哥帮叔叔阿姨办理了入住手续，便离开了。

第二天，我和三水哥赶到公安局的时候，罗警官他们已经有了重大进展。

罗警官说，前段时间杜子秋来到了本市。他们排查了杜子秋在本市的行踪，发现在一家足疗店里，杜子秋和陈立强见过面。当时两人勾肩搭背，举止亲密，完全不像决裂的样子。

“之后我们又排查了陈立强的银行账户，你猜怎么着？”“比目鱼”又卖起了关子。

我白了他一眼，懒得理他。

罗警官接着说：“三年前，杜子秋曾经转给陈立强二十万元，最近又转给他十万元。”

说到这，罗警官没有继续说。但似乎真相已经呼之欲出了——杜子秋雇用陈立强去杀孟良。

“我们重新提审陈立强吧！”“比目鱼”迫不及待地说。

罗警官摇了摇头：“我们应该先去见一个人。”说完，拔腿就往外走，我们也赶紧跟了上去。

车上，罗警官一言不发。当汽车驶入静安小区的时候，我们意识到，罗警官要见的人是陈立仁。

他把杜子秋的照片拿给陈立仁看，语气严厉地问：“是不是这个人让你带话给陈立强？”

陈立仁盯着照片看了好几分钟，才犹犹豫豫地说：“不太像吧，感觉不是……”他一边说，一边抬眼暗暗观察罗警官的反应。

罗警官冷笑一声：“让你带这么一句奇怪的话给你弟弟，你应该对那个人印象深刻吧。”

陈立仁讪笑一声：“警官，您这是什么意思？”

罗警官把银行转账记录拿给陈立仁看：“杜子秋前后一共转了

三十万元给你弟弟，但是你弟弟的名下现在只有不到一万元，我猜钱都在你这吧？”

陈立仁没有回答，不知所措地搓着手。罗警官叹了口气：“其实如果你弟弟没有越狱的话，可能这件事情也不会这么快暴露。但他之所以这么着急出狱，我想是因为杜子秋找到了你，他不希望这件事情牵连到你。”

罗警官将转账记录收了回来：“三十万元，可是两条人命。”

陈立仁没有说话，罗警官说：“故意杀人是死罪，但如果你积极退赃，指认真凶的话，可以从轻处罚。”

陈立仁扭过头：“警官，我真的不清楚。”

“没关系，你不说，我们也会查出来。不过陈立强就此失去了减刑的机会。”罗警官拍了拍他的肩膀，“人们常说，长兄如父，你弟弟为了你，冒着极大的风险越狱出逃，扛下了一切。你却为了三十万元卖了你弟弟的命。你好好想想吧。”

陈立仁低着头不说话，罗警官叹了口气，转身离开了陈家。我们走到车边的时候，我回头看了一眼，陈立仁仍然呆呆地站在原地，怅然若失。

后来，陈立仁主动退回了赃款，并且在他的劝解下，陈立强指认了杜子秋。

原来三年前，杜子秋把孟良骗来了本市，给了陈立强二十万元让他处理掉孟良。之后又假意和陈立强翻脸，撇清自己的嫌疑，并以此为借口跑到邻市接管了孟良的公司。

可能是为了减轻自己的负疚感，也可能是为了防止孟良的父母追问，杜子秋编造了孟良飞机失事的谎言，并给了他们四十万元赔偿款。

抓捕杜子秋的时候，警方发现他的办公室里供奉着很多尊佛像。佛龛纤尘不染，香灰堆成了一座座小山。

不知杜子秋是否求得过片刻心安。

一年后，陈立强和杜子秋被判处故意杀人罪，因为被害人家属出具了谅解书，两人均被免于死刑。

08 妈宝男

对于警察来说，嫌疑人归案，他们的工作就完结了；对于法官来说，做出判决，他们的工作就完结了；但对于记者来说，很难找出一个时间节点，说我们的工作完结了。很多时候，节目播出后，新闻背后的故事仍在继续。

下班的时候，一个憔悴的中年男子拦住了我，他说他在门口等了我两个多小时，希望我能帮帮忙。

两个星期前，我报道过一个家庭内部刑事案件，一个年仅二十八岁、刚生完孩子的女士因为家庭矛盾被杀。

眼前这个男子正是被害人杜倩倩的大哥——杜玉明。

我有点奇怪，案子已经结了，嫌疑人也抓了，他来找我干什么？

杜玉明紧紧抓住我的包，生怕我跑了似的。门口的保安察觉到了异样，往我们这个方向走来，我摆摆手示意他没事。杜玉明意识到自己的行为有些不妥，松开了我的包，但仍挡在我的面前："白记者，我现在微博一天收到几百条私信，都是骂人的话，你一定要帮帮我。"

我接过手机，匆匆扫了几眼，各种不堪入目的词语映入眼帘——"绿茶婊""罪有应得""祸根"，当然还有更难听的脏话，我不忍再看，把手机还给了杜玉明。

杜玉明收起手机："还有更过分的，不知道我们家的号码怎么泄露出去的，不停有人打电话给我父母，说我妹妹缺家教，行为不检点，早该死了。现在我父母一听到电话响，就浑身发抖……"

我没有说话，杜玉明声音有点颤："白记者，拜托你，我想借你们平台为我妹妹说两句话。"

其实当初我报道这起案件的时候就非常慎重。主编喵哥常说，死者无法说话，无法为自己辩解，报道要谨慎、谨慎再谨慎。所以我报道的时候尽量客观，只报道案情，没有过多展现他们的家庭矛盾。

但是网上流传出一个帖子，把这段婚姻中很多矛盾的细节和盘托出。

这条帖子引发了很大的讨论，大多是指责谩骂杜倩倩的。更有甚者，扒出了杜家人的住址单位，说他们一家人都是恶魔，可想而知对他们的生活造成多大困扰。

杜玉明维护家人的心情我理解，但是我没有立即答应。最主要的原因是网上帖子对杜倩倩的指控都是针对婚姻家务事的，发帖人就是她的丈夫，而杜玉明自己也承认妹妹很少主动提及她和丈夫的婚姻生活。

他不清楚杜倩倩婚姻的内情，如果只是泛泛地说“妹妹是个好人，不会做那样的事。”辩解确实有些苍白无力，不仅不会赢得网友的认可，甚至可能引发更大范围的声讨。

我说出了顾虑以后，杜玉明也没放弃，恳求道：“白记者，你帮帮我们吧！我父母都是爱面子的人，现在一出门就被人指指点点，已经完全没办法正常生活了。”

我叹了口气，积毁销骨，众口铄金，舆论是可以杀人的。在这样一场罗生门中，每个当事方都各执一词，我又该如何厘清这些是非呢？

事情还要从两个星期前说起。

当时几个郊游的年轻人报警称，他们在郊区一处草丛里发现了带有血迹的衣物、被子和一个摊开的行李箱，怀疑有人遇害。

案发地较为偏僻，一般很少有人经过。警方立即从警犬基地调来警犬，四处搜索后，在一处土坡下发现了一具女尸。

被害人穿着灰色卫衣，已经死亡多时。侦查员初步勘查后发现，被害人脖子上有一个长达九厘米的锐器伤，应该是致死原因，脸上和脖子上也有多处细微伤。

我赶到案发现场的时候，警方已经确认了死者的身份。被害人叫杜倩倩，她老公彭佳禾在外地出差，正在回来的路上。

第一个赶到现场的家属是杜倩倩的婆婆史惠蓉，她六十多岁，精瘦精瘦的，眼窝深陷，在邻居搀扶下颤颤巍巍地走了过来。

她一见到杜倩倩的尸体就瘫倒在地，开始放声大哭，几个民警劝了半天才安抚住她。

之后，罗警官和“比目鱼”开始给她做笔录。虽然杜倩倩平时就住在史惠蓉家，但是史惠蓉却一问三不知，既不知道杜倩倩什么时候出门的，也不知道她出门要去哪儿。

“她跟你住在一个屋檐下，你都没有注意吗？”“比目鱼”语气有些急切。

史惠蓉茫然地摇了摇头。她说彭佳禾去外地出差的时候，杜倩倩一回家就自己待在卧室里不出来。直到收到警方的电话，她才知道杜倩倩没有在家。

“她最近有没有什么异常，或者得罪了什么人，你有没有怀疑的对象？”罗警官问。

史惠蓉思忖片刻，写出了一连串的名字。“比目鱼”吃惊地瞪大了眼睛，“她跟这么多人都有矛盾？”

史惠蓉尴尬地笑了笑，没有回答。

她提到的第一个怀疑对象叫黄柏然，是杜倩倩的直接领导，他们都在瓷厂上班。案发前一天是工作日，杜倩倩应该会去单位。

我们找到黄柏然，他说案发前一天杜倩倩请假了，并没有来上班。

黄柏然说杜倩倩请假的理由是要去给孩子上户口，罗警官立即给户籍大厅的工作人员打了电话。很快，他们就给出了回复，杜倩倩从来没有去过户籍大厅。

工厂的其他同事可以证明，案发前一天黄柏然一直在单位，他应该没有作案时间。那还有一个可能，就是杜倩倩请假的时候说了谎，隐瞒了请假的真实目的。

罗警官把跟杜倩倩有关系的朋友、同事挨个问了一遍，没有得到任何线索。我们又大海捞针似的走访了杜倩倩可能去的地方，仍然一无所获。

临近傍晚，杜倩倩的老公彭佳禾赶到了公安局，我们也赶了回去。

一进门，我就注意到坐在角落里无精打采的彭佳禾。他见到我们，立即起身迎上来，面色非常苍白，眼圈红红的。

“比目鱼”简单给他介绍了现场情况，彭佳禾安静地听着，时不时点点头，当得知案发现场有一个遗落的行李箱时，彭佳禾摇了摇头，眼泪不住地往下掉。

罗警官注意到了彭佳禾的反应，示意“比目鱼”停止叙述，转而问他：“你老婆被害，你有怀疑的对象吗？”

彭佳禾脸色非常难看，他断断续续地说出了几个名字，竟然跟之前史惠蓉提到的怀疑对象一样。

“为什么怀疑他们？”罗警官追问。

彭佳禾痛苦地闭上了眼睛，无奈地说：“尸体在荒郊野外被发现了，还拿着行李，难道不是去见什么人吗？我这才刚出差两天，她就这么迫不及待地跟人跑了。我们结婚三周年纪念日，她也没想和我过。”

彭佳禾说，他早就发现妻子在外面有人，经常背着他大半夜去打电话。只要他不在家，就偷跑出去约会。

老实说，彭佳禾的猜测有一定道理，但是今天排查了好几小时，没有证据证明杜倩倩找过他们提到的怀疑对象。

“她到底要去哪？”“比目鱼”在旁边一直念叨这句话。

我突然想到了什么，转身问彭佳禾：“你们家户口本和孩子的出生证明放在哪里呀？”

彭佳禾愣了一下，显然没明白这个问题的意思，但还是回答了我：“在婚房。”

杜倩倩和彭佳禾有一套婚房，因为小姑子彭佳丽总去蹭住，杜倩倩又跟她合不来，所以才搬去和婆婆一起住的。杜倩倩如果请假真的是为了给孩子办户口的话，她一定要去拿证件，很可能回过婚房。

罗警官和“比目鱼”对视了一眼，拔腿就往外走，我和三水哥也赶紧跟了上去。路上“比目鱼”分析，小姑子彭佳丽从案发到现在，始终没有出现过，非常可疑。

我们很快就赶到了婚房，按响了门铃，开门的是一个三十几岁的女性，她留着黄色的短发，穿着睡衣，脸上和脖子上都有抓伤。她一见到我们，就下意识地用手挡住了伤口。

“比目鱼”指了指她脸上的伤：“这是怎么弄的？”

彭佳丽犹豫了一下，试图含糊过去。罗警官厉声说道：“杜倩倩的身上也有多处伤痕，你们曾经发生过冲突吧？”

彭佳丽撇了撇嘴，罗警官提醒她这附近都是监控摄像头，如果杜倩倩回来过，一定有人看到了。

彭佳丽想了想，终于承认，杜倩倩确实回来过，她们还动了手。她们打完架以后，杜倩倩就离开了，她去楼下的药店买了药膏。

之后我们去了彭佳丽说的药店了解情况，老板证实，她确实来过。除此之外，在彭佳丽买药的前几分钟，杜倩倩也去药店买了药膏，她穿着一件白色的衬衣，步履非常匆忙。

仅仅凭借这个，不能证明杜倩倩买完药后，是否折返和彭佳丽再次发生了冲突，彭佳丽的嫌疑也就无法完全排除。

案件陷入了僵局。罗警官始终相信，不管案件多么纷繁复杂，回归案发现场，总能找出新的线索。

罗警官决定和“比目鱼”回局里梳理案情，我和三水哥也回台里上传素材。

之后，我整理了采访名单，为了全面了解杜倩倩，我需要采访她的父母、大哥、丈夫、婆婆、小姑子、邻居、同事。

让我费解的是，杜倩倩的家人和丈夫对她给出了两种完全不同的评价。

杜玉明说杜倩倩从小就乖巧懂事，唯一的一次叛逆就是不顾家人的阻拦，嫁给了彭佳禾。婚后两个人很快就有了孩子，杜倩倩怀孕的时候也经历了一番曲折，好不容易有了儿子，自然是加倍疼惜。

但是彭佳禾给出的评价却完全相反，他说杜倩倩婚后像变了一个人似的，对婚姻不忠，产子后更是变本加厉，对孩子不管不顾，动不动就无理取闹。

杜玉明和彭佳禾站在各自的立场，对杜倩倩给出不同的评价是正常的，我们在采访中也经常遇到这种情况。一般来说，我都能从他们不同的叙述中找出一些共同点，以此尽可能还原出当事人真实的情况。

但以前的经验，在这次却不灵了。杜玉明和彭佳禾对杜倩倩的讲述几乎没有任何共同点，他们说的完全是两个人！

除非杜倩倩有精神分裂，否则两个人中一定有人在撒谎。我只能通过其他人的讲述，来一步步接近真相。

就在我有条不紊地按照名单上的顺序进行采访的时候，“比目鱼”却出事了。

“比目鱼”这几天和同事们排查了案发现场附近的监控，其中一辆白色轿车引起了他们的注意。这辆车不仅遮挡了牌照，而且从案发现场附近离开后就一直在兜圈子，形迹很可疑。

警方进一步排查后发现，小姑子彭佳丽名下就有一辆白色轿车，而她正准备坐火车离开本市。得到这个消息的时候，罗警官正在省局开会，手机关机。“比目鱼”便和两个同事直接赶到了火车站。

到了火车站以后，“比目鱼”要彭佳丽回去配合调查，但是彭佳丽非常不配合，说自己早就订好了车票，要去外地旅游，警方没有理由拘留她。

“比目鱼”坚持带她回去，彭佳丽不从，甚至试图反抗，“比目鱼”便强行把她带了回来。“比目鱼”在车站抓捕的视频被人拍下来，上传到了网上，而且只有后半段“比目鱼”动手抓人的部分。

有些不正规的媒体说杜倩倩案已破获，嫌疑人被抓捕归案，但到目前为止，警方并没有确定的证据证明彭佳丽就是嫌疑人。

罗警官开完会，知道这个消息，气得鼻子都歪了。如果最终证实彭佳丽不是嫌疑人，那么“比目鱼”带人回来问话的方式和手段都过于粗暴了，很容易被人抓住把柄。

我给罗警官打电话提出想跟进报道，被罗警官拒绝了，他说“比目鱼”已经暂时退出了专案组，具体情况要等他们商量以后，再统一对外发布信息。

罗警官态度坚决，我也不好坚持。按照原定计划，接下来我要采访的人是史惠蓉，于是我便约上三水哥赶到了史家。

我一进小区，就注意到彭佳禾在垃圾桶旁边走来走去，有几次还伸手进去，似乎在翻找什么。我下车给他打了个招呼，彭佳禾看到我们愣了一下，下意识地把刚刚从垃圾桶里拿出来的东西往身后一藏。

我没有说话，气氛有些尴尬。彭佳禾苦笑了一下，把东西拿了出来，尴尬地解释：“都是倩倩的东西，我妈怕我睹物思人，就都扔了。我舍不得，想捡回去留着，总归是个念想。”

我点了点头，提出想去采访史惠蓉，彭佳禾便带我们进去了。一进门，史惠蓉注意到彭佳禾拿回来的东西，流露出不悦，但看到我们在，便立刻收敛了怒容，招呼我们坐下来吃饭。

我看到桌上满满一桌的菜，意识到我们来得不巧，正赶上人家饭点了。我推脱不过，只能坐下来一起吃。

饭桌上，彭佳禾忍不住抱怨："我都给警方写了怀疑的对象，警方不去调查他们，倒把我姐姐抓起来了。"

史惠蓉则比较平静，波澜不惊地说警方会查出真相的。彭佳禾还想再说点什么，史惠蓉瞥了他一眼，他便不再作声。

之后，我简单问了问杜倩倩的情况，史惠蓉说杜倩倩确实有很多小问题，跟左邻右舍相处得都不太好，但是她不会和年轻人计较。

吃饭期间，史惠蓉一边跟我们说话，一边全程给彭佳禾夹菜剥虾，彭佳禾只是埋头吃，没有插话。

说实话，我心里有一种说不出来的异样感觉。他们的举动让我有点尴尬，虽然是母子，但我总感觉他们的动作有点……过于亲密了。我扭头看了三水哥一眼，三水哥耸了耸肩，给了我一个意味深长的眼神。

吃完饭后，我和三水哥想帮忙收拾碗筷，被史惠蓉拒绝了。彭佳禾则完全没有帮忙的意思，大摇大摆地坐到沙发上玩起了手机。史惠蓉不无得意地说："从小到大，就没让他干过一手指头活。"

三水哥架起了摄像机，准备对史惠蓉做正式采访。在这个时候，我收到了"比目鱼"的电话，他说心情不好，想找我喝酒。我不忍心拒绝他，就跟他说我正在采访史惠蓉，大概需要一小时，之后再定地方。

没想到，我采访到一半，“比目鱼”也赶了过来，他跟史惠蓉说罗警官派他来了解点情况，我知道“比目鱼”在撒谎，但是没有揭穿他。

我抓紧问完了我的问题，便把时间留给了“比目鱼”。之后，我和三水哥准备拍一些空镜头，就在我准备进入杜倩倩房间的时候，史惠蓉下意识地拦住了我们。

我愣了一下，给她解释我只是想拍些画面。史惠蓉尴尬地笑了笑，侧身让我们进去了，但是目光却一直很紧张地追随着我们。

三水哥默默支起了架子，调试镜头。我注意到这间屋子的自然光过亮了，拍出来的镜头容易过曝，便想拉上窗帘，让屋子暗一点。

我猛然注意到这个屋子有挂窗帘的架子，却没有窗帘，觉得有点奇怪。我扭头疑惑地看向史惠蓉，史惠蓉赶紧解释，窗帘有些脏，拿下来送去洗了。

我点了点头，让彭佳禾帮忙找来两个大木板，凑合遮挡了一下光线。三水哥全神贯注地拍了起来，一般这个时候，没我什么事，我就很容易放空。

我侧耳听起了“比目鱼”和史惠蓉谈话，发现“比目鱼”只是在东拉西扯地唠家常，比如问她这附近的菜市场有几个，近不近啊？

我心里忍不住吐槽，“比目鱼”大老远地跑过来，压缩了我的采访时间，就为了说这些无关痛痒的闲话。

“比目鱼”接着若无其事地问：“您平常怎么去买菜啊？开车去吗？”

史惠蓉愣了几秒，说：“我年纪大了，视线不好，不怎么开车。”

我心里一沉，暗自揣摩“比目鱼”这句问话的意思，却感觉他轻轻碰了我一下，我顺着“比目鱼”的视线往墙角看了一眼。

墙角处有一些薄薄的新抹过的腻子，很不规则，不仔细看完全看不出来。联想到刚刚史惠蓉反常的表现，我突然惊出一身冷汗，心里有了不好的预感。

我强迫自己镇定下来，主动搭话分散史惠蓉的注意，给“比目鱼”通知罗警官的机会。

我一边说，一边心里直打鼓，不知道我的预感是不是真的。我们又东拉西扯了几句，罗警官带人赶到了，将史惠蓉带走问话。

我低声问“比目鱼”是不是早有怀疑，“比目鱼”点了点头，他说他突然想到杜倩倩回婚房时穿的衣服和死亡时穿的衣服并不相同，据此推测她在某处换过衣服，便赶了过来，当看到墙角的腻子印时，立刻意识到史惠蓉家才是第一案发现场。

腻子和涂料明显都是新涂上去的，可能是为了掩盖某些痕迹。

后来更多的证据证实了“比目鱼”的判断，出现在案发现场附近的白色轿车实际驾驶人是史惠蓉。同时，在史惠蓉家的墙角、床沿等处发现了多处细微血迹，化验证实这些血迹正是杜倩倩的。

案件成功告破，但我心中仍有很多疑问，一个在别人眼中和善、敞亮、大度、对儿媳妇很好的婆婆，为什么会是嫌疑人呢？

然而，就在我准备去看守所采访史惠蓉的时候，发生了令所有人都意想不到的事情。

史惠蓉的邻居朋友联名上书，请求轻判，他们认为史惠蓉一定是被逼无奈才会走上绝路。彭佳禾更是跪在公安局大门举横幅哭诉母亲的种种不容易。

为了防止舆论进一步扩大，陈局和喵哥商量以后决定，将报道重点放在警方的侦破过程，淡化他们的家庭矛盾。

节目播出后，彭佳禾却在社交媒体上不停地散布言论，并得到了很多支持。所以杜玉明找到我，希望我能“为他们说话”。

然而，作为记者，我的工作不是为谁说话，而是报道真相。可俗话说清官难断家务事，一个家庭中的是非对错，往往是最难厘清的。

我不确定我能找出真相，但既然杜家人为此饱受困扰，我至少应该努力去接近真相。跟喵哥请示过后，我还是去看守所见了史惠蓉。

不知道是不是错觉，我再次见到史惠蓉的时候，感觉她仿佛一夜之间头发全白了，眼神也失去了往日的光彩，整个人都垮了下来。

史惠蓉说她的杀人动机是杜倩倩给她下毒。她这半年来经常头疼、胃疼、浑身乏力，但是去医院检查了很多次，却什么也没有查出来。

直到她注意到杜倩倩吃饭喝水都用单独的碗筷，就认定杜倩倩在她的饭碗里下了毒。最近这段时间，小孙子也经常哭闹，时不时发高烧。

“如果我不杀了她的话，我和孙子谁都活不成。”史惠蓉有气无力地说。

我看向一旁的罗警官，罗警官轻轻摇了摇头，低声跟我说：“至少目前没有证据证明，杜倩倩有过下毒的行为，这只是她的猜测。”

听到这话，史惠蓉情绪有些激动，指责罗警官不信任她。我非常不解地问：“杜倩倩为什么要杀自己的孩子呢？”

“她在外面有人。”史惠蓉信誓旦旦地说，“那个姓黄的组长，送她回来的时候，在门口两人就搂搂抱抱的。杜倩倩觉得孩子和我都是她另攀高枝的阻碍。”

采访完史惠蓉后，我向罗警官核实她话的真伪。罗警官低头想了想，说厂里确实有关于黄柏然和杜倩倩的风言风语，但是没有证据证明他们在一起过。

没有人比当事人更清楚情况了，我决定直接去问黄柏然。

黄柏然提起他和杜倩倩这段“绯闻”，非常无奈。

“我和杜倩倩只是同事关系呀，造这种谣真的太不负责任了。”

“会不会是你们的某些行为被人误会了？”我试探地问。

黄柏然摇了摇头："有这样的谣言后，我都刻意和杜倩倩保持距离。"

"那最早是什么时候开始有这样的谣言呢？"

黄柏然想了想说："可能是那次杜倩倩低血糖晕倒，我把她送回家。第二天就发现她脸上有伤，我问怎么回事，她也没多说，就说她老公误会了。"

"当时彭佳禾看到你送她回家了？"

"没，当时只有她婆婆在家。"黄柏然点了一支烟，"说到这个，我想起来，我们之前小组去聚餐，正巧碰上她婆婆了，明明有很多人，她非一口咬定我和杜倩倩私会。"

黄柏然猛吸了一口烟，无奈地摇了摇头。

黄柏然说得很诚恳，但是他和杜倩倩的关系到底是怎么样的，只有他们自己清楚，我仍然无法判断他说的是真是假。

之后的几天，我又采访了很多人，每个人都各执一词，我筋疲力尽，似乎离真相越来越远。就在我想跟喵哥说，干脆把这些人的采访都放出来，让观众自己去判断的时候，转机出现了。

警方复原了杜倩倩的通话记录，她的"奸夫"浮出了水面。那是一个网名叫"布谷鸟"的人，IP 地址在广东，对方和杜倩倩有大量的通话记录，而且经常是在夜间。

警方联系了"布谷鸟"，对方得知杜倩倩的死讯非常意外，同意接受采访，并且愿意亲自到本市把事情说清楚。

很快，"布谷鸟"就赶过来了，我和三水哥去机场接机。见到对方以后，我非常意外，"布谷鸟"竟然是女性！

“布谷鸟”四五十岁，微胖，个头不高，她自称是一个公益组织的志愿者。

我选了一间安静的咖啡馆，准备好好跟她聊聊。

“你和杜倩倩是怎么认识的？”我问。

“布谷鸟”苦笑一声：“某种程度上，我和杜倩倩有相同的经历。”她顿了一下，“我是一名同妻。”

这句话信息量有点大，我一时语塞：“你是说……彭佳禾是同性恋？”

“布谷鸟”摇了摇头，她告诉我，家庭暴力分为身体上的暴力和精神上的暴力两种，而精神上的暴力往往更具有隐蔽性，更不易察觉，被害人往往受到了很大的伤害，却仍然没有意识到是对方的问题。

她们明明有一段看似正常的婚姻，但是却得不到情感满足，因而痛苦不堪。她和杜倩倩一样，都遭遇着伴侣的精神暴力，日复一日。

我有点诧异：“虽然彭佳禾对杜倩倩有种种怀疑，但是他似乎很爱杜倩倩呀。”

“他更爱他妈妈。”“布谷鸟”冷冷地说。

“布谷鸟”突然说了这么一句，我惊出了一身冷汗，虽然之前也有过朦朦胧胧的预感，但是当“布谷鸟”揭开这层窗户纸的时候，我还是感觉不寒而栗。

“布谷鸟”说，杜倩倩曾经说过，她在这段婚姻中很痛苦，最主要的原因是彭佳丽和史惠蓉对彭佳禾变态的控制欲和没有界限感的亲密。

杜倩倩之所以反对彭佳丽住在他们家，是因为发现彭佳丽不管是洗澡还是换衣服的时候，从不避讳彭佳禾。甚至两人经常会靠在一起看电影，举止亲密。

她受不了，便搬到一直对她还不错的婆婆家住，但是发现情况变得更糟了。史惠蓉只要看到她和彭佳禾牵手，就会表露出明显的不高兴，甚至会因为彭佳禾送她一条项链吃好几天的醋。

孩子出生后，史惠蓉甚至以“孩子哭闹，影响彭佳禾工作”为由，把彭佳禾叫到她房里睡。杜倩倩稍稍表露出不满，史惠蓉便指责她不管孩子。

更过分的是，史惠蓉会跟邻居说她的坏话，甚至把垃圾扔到邻居门口，栽赃成杜倩倩扔的。更是经常在彭佳禾面前搬弄是非，挑拨他们的关系。

杜倩倩苦不堪言，精神濒临崩溃，才会经常和“布谷鸟”通话，缓解压力。没承想，这更加深了彭佳禾对她的误会。

听完“布谷鸟”的讲述，我猛然想起那天吃饭的时候，史惠蓉给彭佳禾剥的满满的一盘子虾，很像恋人的相处方式。我意识到，史惠蓉可能把彭佳禾当成了她的恋人，而杜倩倩是他们关系的入侵者。

和“布谷鸟”聊完后，我把新的采访整理好，很快就播出了。

这场闹剧依然没有结束。彭佳禾的态度一百八十度大转变，先是痛哭流涕地跑到杜家，请求他们出具谅解书，被拒绝后又跑到公安局门口哭闹，甚至把孩子丢在公安局门口。看守所里的史惠蓉也不消停，闹了好几次自杀。

一年后，这起案件宣判，史惠蓉被判处死刑，缓期二年执行。

09
卧底整容培训班

有人的地方就有江湖。今年台里的小江湖风起云涌，从年初开始，组里就有传言，栏目组要从主编里提拔一个副制片。

今年 3 · 15，我们栏目组同事璐姐调查的黑市器官买卖，强哥做的伪基站专题都引起了很大社会反响，背后的策划者喵哥一时间风头无两。

下半年台里战况愈烈，各组都像打了鸡血一样拼命出片，喵哥也感受到了压力，他准备在九月份陆续推出几期系列调查节目，为升职加码。

今天一大早，我赶到了台里，准备和喵哥谋划新的选题。

组里的其他同事基本上被他派出去干活了，璐姐马上要跟一个代孕工厂的负责人见面；强哥追查生产劣质桶装水的选题，已经追到了源头厂家。办公室里，只有我和喵哥相视而坐。

上周我好不容易接到线索，一个曾经在某家连锁麻辣香锅后厨工作的女士爆料，饭店卫生条件非常差。她给我发了几张照片，丸子和菜叶上都是爬着的蛆和苍蝇，此外有段视频显示，一名男子把色素及其他各种化学添加剂拌进某种肉里。

做到这个份上，也真是够大胆的。我决定去这家饭店卧底。

饭店后厨一般有两类人，厨师和洗碗的小工，我这个年龄的女性，一般会被安排成服务员。应聘时我颇费了一番口舌，才终于成功进入了后厨。

那家店位于本市一条繁华的商业街，附近的学校和写字楼很多。麻辣香锅的口味诱人，价格亲民，米饭能免费加，还附赠蛋花汤，深受年轻人的喜爱。基本上饭点去店里，等位时间都要二十多分钟。

我去之前，后厨有两个厨师，都在三四十岁左右，以及一个只有十七岁的帮厨，还有两个洗碗的大妈。

作为后厨唯一的年轻女性，大家都对我很照顾，当天晚上店长看快要下雨了，知道我住得远，特意叮嘱我提前下班，赶紧回去。

实地考察后，我发现里面卫生条件并不像爆料人描绘的那样。那天晚上，我犹豫了很久，决定放弃这次卧底任务。那些人对我挺真诚的，但是我说的每句话都是在套他们的话，这让我心里非常不舒服。

但是喵哥下了硬性规定，每个人都要出一个“大片儿”，放弃这个选题，我又上哪找新的呢？

今天在会议室里，我一连报了几个选题，喵哥都觉得力度不够，气氛一时有点尴尬。我们沉默了一会儿，喵哥终于忍不住开口，给了我一个新的选题，一个之前没有人愿意做的选题。

没想到因为这个选题，我脸上被扎了十几针，还差点摊上官司。

一家叫杜克乐的美容机构开办了微整形培训班，声称三天到五天就能学会微整形。但事实上，他们家已经发生过多次医疗纠纷。

喵哥让我跟进这个选题，报名培训班，了解情况。

我上网查到这家公司的网站，并顺利添加了一个叫金老师的人的微信。金老师说他们的培训班是和韩国的整形医院合作的，招收的都是零基础学员，包教包会，毕业以后可以颁发韩国的结业证书，甚至能提供微整形方面的货源。

金老师说得天花乱坠，我装作感兴趣，顺势报上了名。喵哥下了血本，给我申请到了七千元钱的资金，报了五天的培训班。

为了这次报道，喵哥把组里唯一的偷拍水杯拿给了我。

偷拍水杯外形就是保温杯的样子，杯身可以正常拧开接水，只是盖子的部位有个针孔摄像头。这是组里的偷拍神器，唯一的缺点就是电池容量不高，内存也不够大，有时拍着拍着没电了；有时内存满了，等回去连接电脑，才发现后面的没录制上。

但不管怎么样，喵哥赶鸭子上架，我硬着头皮也只能去了。

培训地点在本省的一个地级市，距离有点远，我坐火车赶了过去。到了以后，我给负责人发微信，她发给我一个酒店的链接，让我先安顿下来。我又拖着行李箱马不停蹄地赶到酒店。

酒店地址比较偏僻，周围的建筑没有超过七层的，这家二十层的酒店突兀地立在那里，与周围的环境格格不入。酒店外表看上去灰蒙蒙的，似乎有些年代了。

我深吸一口气，推门走进去。里面闹哄哄地聚集着一群人，一个留着波浪卷，踩着五厘米高跟鞋的女子，插着手站在门口，招呼大家签到。

我悄悄把偷拍水杯打开，凑上去搭话："您好，我是咱们的新学员，咨询下咱们和哪家医院合作呀？"

女士瞥了我一眼，指了指签到表："先把名字、电话写上，分配完宿舍再说。"

我飞快地签上了字，又继续问："我看课表上的课程还挺多的，五天真能学会吗？你们颁发的证书是国家承认的吗？"

女士有点不耐烦："明天才开始上课，今天就是安排你们住下，有什么问题明天问授课老师。"

我不甘心，还想再问点什么，却感觉有人碰了碰我的胳臂。我回头一看，一个吊眉、龅牙，长得有点喜感的女孩子正对着我笑："来都来了，还这么多问题，来之前你咋不问清楚？"

我讨厌拍摄的时候有人打断，心里正不爽，女孩子从我手里拿过签到表，写上自己的名字"陆心玲"。写完她指了指我，跟负责人说："我跟她住一起。"

没等我拒绝，她又扭头跟我说："以后你叫我玲姐就行。"

我心里想，这个人真是自来熟，不过还是拉着行李跟她上了楼。

酒店的房间不是正规的标间，里面放了两张上下铺，一共住四个人，条件还算可以。晚饭过后，我们宿舍的四个人都聚齐了。我打探了一下，酒店十层和十一层的客人几乎都是培训班的学员，有的房间没住满，粗略算，两层楼至少住着七八十人。

我在心里盘算着这笔经济账，以每个人五千元的学费算，一期培训下来，光学费收入就有四十万元左右。宿舍其他几个人聊了起来，玲姐非常健谈，说起话来滔滔不绝。

我心不在焉地附和了几句，心里暗暗思忖，明天要上一整天课，偷拍水杯的电量顶多能撑一小时，我该怎么充电呢？录满了以后还需要导素材，宿舍住这么多人，我肯定不能光明正大地连电脑。

还有，虽然偷拍水杯也能装水，但是如果这个杯子在全组人手里传来传去，不知道会遭遇什么。里面的水我是不敢喝，再另带一瓶水我又怕会引起怀疑。

我打定主意，明天尽量用手机拍，实在不行再动用偷拍水杯。想完了这些，我稍稍松了口气，侧耳听其他人在聊什么。

我们这间住的几个人都年龄相仿，共同话题也比较多。聊着聊着，不知道谁提起了学校。玲姐突然问我哪个学校毕业的？我没多想就把自己的大学说出来了。

玲姐听到这个名字以后眼睛挑起来，怀疑地说："没看出来，你学习还挺好的。"

气氛有几分尴尬，我意识到这个话题让自己显得格格不入，就岔开了话题，说这个学成了应该能挣不少钱。

聊起这个，其他人都兴奋起来，纷纷附和着说："是啊，现在微整形可火了。"

一个胖胖的女生说，她表姐每周末都上门给人做微整形，现在在老家盖起了三层小楼。玲姐一个鲤鱼打挺翻身坐了起来，红光满面地说自己的心愿就是学成了回老家开个美容店，自己也能免费整整。

大家心领神会地笑笑，变美和变有钱，是所有女孩的梦想，她们并不掩饰自己的欲望。

我听得眼皮直打架，不知道什么时候就睡了过去。

第二天早上七点多，我们下楼集合，两辆大巴车拉着我们去上课。没有去所谓的医院，而是去了一个写字楼。

昨天组织签到的人就是我联系到的金老师，她说这期一共有两个班，授课地点就在写字楼。我们跟着金老师坐电梯来到了八层，一出电梯口就是我们的授课地点，门牌上写着 806，大门紧闭，跟旁边的公司完全一样。

金老师拿钥匙打开了门，我观察了一下，里面没有培训学校等字样，只有一个看不懂的韩文招牌。再往里走，里面有很多小隔间，玻璃被磨砂纸覆盖，隐约可以看见手术床的轮廓。

金老师把我们带到了一个房间，里面有二十几张桌子，一台投影仪和一面黑板。

我们自己选座位坐下，为了偷拍不被发现，我特意选了靠边的角落。玲姐坐在我旁边，她身子刚好挡在我和讲台之间。

我们等了一小会儿，进来了一个男老师，国字脸，穿着白色衬衫，黑色西裤，自称姓徐。

之前我还暗自忐忑离老师这么远，会不会录不清楚声音，但徐老师一张口，我就知道我的担心完全是多余的。

他声如洪钟，不用麦克风，坐在最后一排都能听得清清楚楚。

徐老师伸手拿了一支粉笔，掰成两半，快步走上讲台，唰唰几笔，写下了一个问句——零基础如何学会微整形？

这个问题恰巧是我这次卧底最想弄明白的问题，我眼前一亮，立刻拿出笔记本准备记下老师的高论。

徐老师插着手继续说道：“学微整形最重要的是气势。你展现出的专业感和气场，都要压倒顾客。”

我心里暗想，这又不是打群架，压倒顾客干吗？

徐老师看我们一头雾水的表情，显得很轻松：“我自己就不是医生，微整形完全是自学的。人人都可以学会，只要你自信，将来真正给别人做微整形的时候，遇到知识盲区也没关系，只要你有气势，就能让顾客信任你。”

我心里忍不住吐槽，我们是来学微整形的，老师没讲正课，倒是先来这么一碗毒鸡汤。

之后，徐老师给我们讲解了微整形的注射手法和穴位，我听得云里雾里，但还是认真做了笔记。玲姐听了一会儿，困得睁不开眼了，她捅捅我的胳臂，说你好好记，一会儿我不会的地方问你，说完就趴在桌上睡着了。

我自认理解能力和记忆能力水平都出类拔萃，但这知识点实在是琐碎而繁复，我一时难以消化。同学们更是怨声载道，纷纷抱怨太难了，根本记不住。

徐老师气定神闲地说不用着急，下午自然有办法让大家都能学会。

下午我才知道，徐老师所谓的能让大家都会的方法就是直接上手。

老师规定一人扎四针，先扎额头和太阳穴。学员之间互相扎，每位学员既要扎别人，也要被扎。

这个规定让我立刻腿软了，要知道我们这可是第一天上课啊，我算听得比较认真的，仍然感觉什么都不会。我既不敢扎别人，更不敢让这些二把刀同学扎我。

我绝望地扭头看了一眼刚刚上课一直在打瞌睡，此时却跃跃欲试的玲姐，更觉得汗毛都竖了起来。

徐老师看我一直往后缩，表情惊恐，见怪不怪地说："实操课最主要的目的就是让你们摆脱对针和血管的恐惧。你们今天扎完了，就会觉得微整形是件非常简单的事情。课下你们可以买些鸡翅鸡腿试试，都是肉，怕什么？"说完，徐老师拿出了一根针管，环顾了四周问道："谁想第一个试试？"

"我，我，我！"玲姐从人群里挤出来，径直躺在手术床上。

徐老师把针管举起来，一边示范一边讲解："右手食指和中指夹住注射器，拇指轻轻放在活塞上，和皮肤呈四十五度夹角，缓缓推入。"

老师扎完后，同学们依次操作，前面的同学还能认真对待，后面的同学则越来越随意，甚至一边说笑一边操作，老师指点起来也心不在焉的。

有的同学明显扎的位置不对，老师也没有纠正。

给我扎的那个同学，是我们宿舍那个胖胖的女生。她右手举着针，左手放在我的脸上找位置，手一直在抖。

她戴着医疗手套的手异常冰凉，一接触到我的皮肤，我感觉浑身都不对劲。我下意识地抬手挡了一下，这让那个女生更紧张了，跺着脚说要不先让别人来吧。

玲姐是个急脾气，一把把我的手按住，粗声粗气地跟那个女生说："快点扎。"

我感觉自己瞬间变成了案板上待宰的羔羊，玲姐的手劲很大，我彻底放弃了挣扎。心里默默祈祷那个女生快点扎，至少给个痛快。

胖胖的女生面目狰狞，大喊三声加油，举着针向我靠近。我屏住呼吸，一动也不敢动，当然就算想动也动不了。

针扎进去，那个女生叫得比我还大声。

就这样，在一片兵荒马乱中，总算所有人都完成了操作，徐老师用力拍了两下手，示意大家安静下来，他要对实操课进行总结。

同学们的水平我心里是有数的，本以为他要批评大家，没想到徐老师竟然对大家今天的表现很满意："虽然有些同学略有生疏，多练几次就好了，总体表现还是不错的。"

可能是看出我练习的时候一直往后缩，徐老师下课以后，特意把我叫住，跟我说不要有心理负担，熟能生巧。

我心有余悸，忍不住问道：“我们总共就上五天课，五天之后真能给别人扎吗？”

徐老师咧嘴一笑，“师傅领进门，修行在个人，有的人不用学，自己查查资料就能给别人扎，有的人学一年，也不敢扎，你知道为什么吗？”

我摇了摇头，徐老师拍了拍我的肩膀：“做这行技术不重要，重要的是要有自信，有气势。你自己都不相信的事情，怎么能让顾客相信呢？”

课程结束以后，我们回到了宾馆，我偷偷抱着电脑和手机去了一楼大厅角落里导出素材。回去的时候，我在楼梯口碰见了玲姐，她看到我，立刻慌张地挂断电话，挥手试图把眼前的烟雾驱散。

我忙宽慰她：“没事，我身边很多朋友都抽烟的。”

玲姐笑了笑，拉着我在旁边的台阶上坐下了，说等身上的烟味消散了再回去。我们东拉西扯了几句，玲姐又问起了我之后的打算。

我茫然地摇了摇头，说还没想好。玲姐凑到我身边，低声说：“我打听过，微整形这个行业是暴利，就说肉毒素吧，进货价还不到一百元，给顾客打的时候要价至少能翻十倍。”

我忍不住咋舌，玲姐接着说：“我看你今天记笔记还挺认真的，你都会了吗？”

我摇摇头，想了想，又点了点头。玲姐噗嗤笑出来："我看你脑子挺灵光的，学历高，操作起来也像模像样的，就是胆子有点小。"

"其实咱俩刚好互补，我倒是胆大，就是有些东西怎么也记不住。不如学完了咱俩搭伙干吧。"

"搭伙？"我一时没反应过来。

玲姐解释道："我想开个店，我打听过了，成本最少也得要几万元钱，咱俩一起干吧，你先垫上，到时候挣了你也多分点。"

我尴尬地笑了笑，玲姐叹了口气，恨铁不成钢地责怪我没有商业头脑。

我无心再听，心里打定主意，明天上课的时候，一定要重点问问他们的进货来源和药品资质。

第三天的课程，换了林姓女老师，她有一双夸张的欧式双眼皮，鼻子又细又尖。林老师讲的课程是非常危险的玻尿酸隆鼻和埋蛋白线，课程安排和昨天是一样的，上午讲课，下午实操。

课间的时候，我拉着玲姐去跟林老师打听用药的事情，玲姐表露了想自己开店的意向，我趁机问林老师能不能从他们这里进货。

林老师很爽快地答应了，说最后一天课程的时候，会给所有学员进货人的联系方式。

"给顾客用的药，就是我们练习时候用的这种吗？"我问。

听到这个问题，林老师撇了撇嘴："你们练习时用的是好药，给顾客用这种，你们还有得赚吗？"

“那给顾客用的是什么药呀？”我继续刨根问底。

林老师会心一笑，直言不讳地说：“给顾客用的药都是水货。”

“水货？”

“说白了就是走私进来的，在国内没有获得批号，但其实效果都是一样的，价格要低很多。”

我似懂非懂地点了点头，林老师从柜子里翻出一盒瘦脸肉毒素，拿给我看：“给顾客用的是这种，进口的。”

我看了眼这盒药，包装上全是韩文，没有任何中文标识。来之前，我就了解过，韩国的这种肉毒素包装是粉色的，又称“粉毒”，没有保障。有人注射这种走私进来的肉毒素后，引发呼吸衰竭、心力衰竭。

说着，林老师又拿出了我们平时练习用的药，让我对比。

我们用的药是有生产批号的，但是我仔细看了看，竟然发现药品内外包装的生产批号是不一样的。面对这样的情况，林老师也有几分疑惑，她不知道是怎么回事，只是含混地说可能是装错了。

我心里冷笑一声，意识到这家微整形机构非常不正规，很多行为甚至是违法的。林老师说起药品是假药时云淡风轻，似乎完全没意识到其中的风险。

卧底之前我查了很多资料，还咨询了专家，知道微整形不用动刀，但是面部有很多血管神经，一旦扎错了，后果不堪设想。

下午，林老师带领我们实操课。她拿出了一根十三毫米的针，教我们从鼻子尖穿进去注射玻尿酸。她一边做一边给我们讲解，进针的时候，被打的学员全身紧绷，发出带着哭腔的哀号。

针扎进去后，老师松开手，针扎在鼻子里，还在微微抖动，看得非常瘆人。

学员自己操作的时候，更是问题百出。

给我扎针的还是我们宿舍那个胖胖的姑娘，她比画了很久，都不敢下针扎。我躺在手术床上，也很紧张，睁眼也不是，闭眼也不是，只能紧紧握着玲姐的手。

在老师的催促下，女同学终于下手了，针扎进去，我立刻感到一阵酸胀感，心一直悬着。拔针的时候，我感觉鼻子痒痒的，一摸发现是血。

胖胖的女同学吓得花容失色，急得都想打120了，林老师只是波澜不惊地说："用棉签擦擦就行了，下一个。"

我踉踉跄跄地从手术床上下来，吓得也不敢给别人扎了。我看了看其他正在操作的同学，也都很狼狈，每个人都手忙脚乱的。

做蛋白线练习的时候更是恐怖，有学员脸上扎了一百多个针头。拔针以后，同学们的脸上都有些瘀青或肿胀。

这几天的培训课程，我一直提心吊胆的，生怕再出什么意外。总算挨到了最后一天，授课的人还是徐老师。

最后一天上课的时候，徐老师一进门就藏不住笑意，故弄玄虚地说："如果前面的课没听好，也没有关系，工作中有的是时间让你练好。今天讲的课是最重要的，一定要好好听，领会其中的精神。"

他举了个例子，一名之前的学员给顾客注射肉毒素的时候，把顾客嘴打歪了。徐老师敲了敲黑板："这种情况经常可能出现，如果出现了你们怎么处理呢？"徐老师顿了三秒，继续说道，"没有办法，只能热敷，让对方多喝水，多运动，尽快代谢出去就好了。"说完，还自以为幽默地补充了一句，"最好只给本来一笑嘴就是歪的人做，这样就没有风险。"

同学们哄堂大笑。

徐老师环顾了四周，总结道："微整形中遇到各种情况都不要慌，人体的自我调节功能是非常强大的，可能刚做完会出现一些状况，过几天就没事了。就算出了事，也不能确定是微整形的问题，每个人的体质都不一样，有人喝水还能噎死呢！"

这几天的卧底下来，这家培训机构的套路我已经差不多摸清了，深知他们有多糊弄，但是老师能在授课的时候堂而皇之地教怎么推卸责任，这真是让人瞠目结舌。

老师接下来的一些话，更是让我觉得后怕。

"做的时候注意不要让他们录音录像，不要让家属在操作间里待着。顾客在操作台上躺着，谁知道你用的是好药坏药？所以用药就一个原则——便宜。顾客看不见，你还选贵的药，是不是傻？

"做生意就是要省，能省就省，肉毒素打开一瓶用不完怎么办？剩下的在冰箱里冻着就行了，下次做的时候，化冻后还能用，是不是成本就省下来了？

"万一遇到纠纷，能拖就拖，能赖就赖，实在不行，就赔点钱。小心别被举报了，反正多做几次，也把赔的钱挣回来了。

“这行是有风险，但是来钱也快，是朝阳产业，想挣钱还顾虑那么多，活该穷一辈子。”

说着，老师把手举到胸前，慷慨激昂地说：“我们给自己鼓鼓掌，打打气好不好？”

话音未落，课堂上响起一片掌声。

微整形背后巨大的利益，让大家无暇顾及或者选择性忽略了隐藏的风险。

结课的时候，林老师按照约定，给了我们药品进货人的联系方式，其实就是微商。几天的课程停下来，我们没见过任何当初说的合作医院的医生。

林老师一再叮嘱我们，微整形不能大肆宣传，因为按照国家规定，所有医疗美容都必须获得医疗机构从业资格等相关资质，我们要做，可以以脱毛仪、美容美甲、面部护理为幌子。

按理说，到这一步，我的卧底也算完成了。我迫不及待想要尽快曝光他们，但是喵哥却建议我去他们的美容机构实习，只有这样，才能完整地了解他们整个利益链条，弄清楚他们到底是如何欺骗顾客的。

最重要的是，我要拍到他们给顾客注射假药的画面，才可以彻底掌握他们违法的证据。

去他们店里实习并不难，他们的分店遍布全省，需要大量人手，而且这一行本身的流动性就很强，他们基本上对实习生来者不拒。

但是像我这种只上过五天培训班的，去了要先从前台做起，还不能直接上手操作。不过这正合我意，我毫不犹豫地申请了进店实习。

玲姐因为凑不够开店资金，也只能先给别人打工，我们被分配到了同一家店。那家店有七八个医师，店长给我和玲姐分配了一个师父，帮助我们尽快上手。

培训结束后的第二天，我和玲姐就开始上班了。我们的工作主要是为前来咨询的顾客答疑解惑。

师父跟我们说，跟顾客聊天的时候是有话术的，一般主动上门的顾客，多多少少都对自己的容貌不太自信，我们只要挑她们的缺点说就行了，比如鼻梁塌陷、皮肤松弛、脸比较胖之类的，就算顾客真的长得美若天仙，挑不出什么毛病，我们也可以说打我们的针可以延缓衰老。

这家店收费比较高，一般来的都是三四十岁，有钱又有时间的女性，她们对衰老的恐惧远超一般人。

师父给自己打造了“高冷”人设，在顾客面前往往呈现一种业务繁忙，忙不过来的状态。而我和玲姐的主要任务是给师父打配合，揣摩顾客的心理，说不同的话。

所谓的配合，要么是诱惑，比如给她们看师父专门整理的本子，里面都是一些“冻龄女神”的照片，旁边写着她们的实际年龄。要么是吓唬，告诉她们不注意保养，就会长皱纹，长老年斑，被丈夫嫌弃。

一般这套说辞下来，很少有顾客招架得住，至少都会打一针试试效果。顾客同意了以后，我和玲姐就把她带到操作间，等着师父来做。

师父每次给顾客打针的时候，药品都是没有包装的，就是怕一些谨慎的顾客看出问题。

我私下问过师父，她说药品都锁在二楼的储藏室里，不能放在明面上，以防相关部门突击检查。万一碰上检查，就说储藏室的钥匙在店长手里，店长出差了，拖延时间，找机会把药品换掉。

虽然知道药就放在储藏室，但是我一直没有机会去拿药。就这样我只能继续干着，等待机会，没想到，玲姐比我先沉不住气了。

我们这份工作，底薪非常低，实习期间每月工资不足一千元，要想拿高工资，主要靠绩效提成和绩效服务奖，这两项只有出师了才能有。玲姐赚钱心切，一心想尽快独立上手，师父也乐于成全她，一些简单的项目就让她上手操作，自己在一旁指导。

几次下来，玲姐就非常熟练了，照这样下去，用不了多久，玲姐就可以出师了。玲姐充满期待，天天掰着手指算多久可以自己开店，多久能开豪车，住别墅。

她的工作热情空前高涨，什么事都抢着干，而我也乐得清闲，天天盘算着怎么进储藏室。

一天下午，师父接了个活，要上门服务。师父刚走没多久，就来了一个女孩子，长得白白净净的，约莫二十出头，怯生生地说自己叫许盈，想了解微整形。

说实话，我觉得许盈长得还挺漂亮的，很清秀，算是耐看型的。玲姐凑近仔细端详了一下许盈，煞有介事地说她左眼眉弓处有些塌陷，皮肤有点发黑，面部还有一些小皱纹。

许盈脸色变得有点难看，低着头不说话。玲姐笑眯眯地拉着她的手，亲切地说："你可以先打一针玻尿酸试试，一针下去你就能看出效果。"

许盈点了点头，玲姐让我把她带到操作间，自己去给师父打电话。我领着她进到操作间，想了想还是忍不住说："其实你长得挺好看的，为什么想要整形呢？"

许盈尴尬地挤出一丝笑容："她们都说我长得很土。"

听她这么说，我很震惊。她上身穿着糖果色连帽长袖外套，下身穿着阔腿牛仔裤，一双白球鞋。没有化妆，齐头帘，很学生气，但这个年龄段的女生不都这样吗？

我还想再问点什么，玲姐就回来了，她向我招招手，我就跟着她出去了。

玲姐把我拉到一边，小声跟我说："师父一时半会回不来，又不想把这个客户让给别的医师，说这个很简单，让我做，你在旁边帮忙就行。"我疯狂地摇头，表示拒绝，玲姐叹了口气，"早晚都要自己做啊。"

我还是摇头，说还是等师父回来吧。玲姐懒得跟我废话，转身去找别的医师借储藏室的钥匙。

我忽然意识到，这是我出师前唯一能拍到储藏室的机会，便打定主意，先跟着她去储藏室拿药，再借机劝她。

玲姐借来了钥匙，我们进入了储藏室，里面各种药品凌乱地堆放在一起，连下脚的地都没有。我顺手拿起旁边的一盒药，发现这盒药早就过期好几个月了。

玲姐很快找到了一盒玻尿酸，拆开后把盒子扔在地下。我小心翼翼地跟玲姐说：“还是等师父吧，万一给人家扎坏了就麻烦了。”

玲姐白了我一眼，转身就要往外走，我拉住她，指了指满储藏室的药说：“这些都没有生产批号，有的甚至都过期了，安全根本没有保障。”

“那么多人都打了，不都没问题吗？”玲姐戏谑地说，“你真是死脑筋，想要变美，就得承担风险。”说完，她头也不回地走了。

我快步跟上，还想继续劝她，玲姐突然脸色一沉，不高兴地说：“是不是因为我快出师了，你还不行，你就千方百计阻止我呀？”

我不知如何辩解，玲姐叹了口气：“你不想帮忙就在门口等着，不要在顾客面前乱说话。”说完就转身进去了。

我在门口犹豫了一会儿，突然听到玲姐语气焦急地叫我，让我快去拿条热毛巾。

我立刻推开门冲进去，看见许盈蹲在地上，痛苦地捂住眼睛，玲姐哆哆嗦嗦地跟我说：“快去拿热毛巾给她热敷。”

我没有理会玲姐，蹲下来问许盈：“怎么了？”许盈带着哭腔说：“我感觉发晕，什么都看不见了。”

我立刻通知了店长，并想拨打 120，把许盈送到医院。店长一把抢过我的手机，说不用我管，她会送到合作的医院处理。

该拍的都拍到了，之后我就没有再去。后来我才知道，店主所说的合作医院，就是一个小诊所，他们每次出现问题，都送到那个小诊所处理。不过好在有惊无险，许盈最终没什么事。

但是之后的一个女孩就没这么幸运了。

我辞职后不久就得知，玲姐又出事了。她给一个女孩做微整形的时候，那个女孩出现了跟许盈同样的问题，送医的路上就已经完全没有光感了。

再加上在小诊所耽误了治疗，等这些人发现事态严重，送到医院检查时，医生告知，因为患者眼部周围的血管栓塞，导致失明，几乎不可逆。

后来，我采访了三甲医院的医生，他告诉我，他们医院光今年就接诊了三个因为微整形出现失明情况的患者。之所以会出现这样的情况，一个可能是注射的位置出现偏差，另一个可能是药品本身不合格。

失明女孩的家人向机构和玲姐提出了天价赔偿，机构负责人百般抵赖，一口咬定是玲姐操作不规范，让玲姐负责。

玲姐根本没钱赔给人家，她之前做生意失败，欠了一屁股债，之前背着我们接电话，其实就是催债公司打来的。

对方一纸诉状，将玲姐和机构告上了法庭。

我的节目制作完成播出后，引起了很大的反响，这家美容机构被相关部门查封。喵哥也扬眉吐气，获得了年度策划奖，在台里走路的步伐都轻快了很多。

播出当天，玲姐给我发微信："如果你早点告诉我你是记者，这一切都不会发生了。"说完，就拉黑了我。

玲姐的话，让我心里很难受。当初一起参加培训的学员，她们中的很多人还不知道玲姐出事的事情，朋友圈里仍然满屏的微整形操作的视频和图片。

我国正规的医美机构约有 9500 家，而"黑诊所"则超过 60000 家，不知道有多少速成班里的学员正在大胆操作。

10
“坏小孩”的秘密

一个人在经历了巨大的悲伤后，还能保持基本的克制和涵养，实属难能可贵。

陈秋染就是这样一个人。

我见到陈秋染的时候，她穿着宽大的黑色开衫，衬得嘴唇苍白，鼻尖和双颊都红红的，眼睛肿得只剩一条缝。

采访时，她斜靠在沙发上，说话声音很轻，好像每挤出一个字，都要耗费很大力气。

陈秋染结婚晚，三十四岁生的孩子，不久前经历了丧子之痛。

她儿子李昊今年十二岁，上初一。半个月前的周末，李昊说要去朋友家看书。下午，陈秋染接到了公安局的电话，说李昊在公园水塘中溺水了。这个正在施工的公园离家有半小时的车程，她立刻赶了过去。

公园那边，警方正在进行搜救工作。跟李昊一起去的还有三个孩子：小军、菜头和东东。他们浑身湿漉漉的，站在岸边惊魂未定，直打寒战。三个孩子见到陈秋染，哭着说李昊为了救菜头才溺水的。

陈秋染顾不上多问，冲着水塘喊儿子的名字。没一会儿，其他孩子的家长也赶到了。他们安慰了陈秋染几句，见帮不上什么忙，就先带着孩子回家换衣服了。

水塘底下地形复杂，警方搜救了五小时，晚上九点才捞出李昊的尸体。

陈秋染给我讲述事情经过时，条理清晰，即便中间有几次哽咽得无法说下去，她也只是背过镜头，尽快平复心情，没有在镜头前崩溃。

她说完，我小心翼翼地问："这件事情，公园监管有很大的疏漏，你要追究公园的责任吗？"

陈秋染摇了摇头。"出事第二天，公园送来了两万元钱，态度非常诚恳。我要求他们以后派专人在涉事水塘附近巡视，他们同意了。其余的我不想再追究了。"

"那你觉得是警方救援不力吗？"

陈秋染又摇了摇头。她的反应让我有点摸不着头脑。

我们长期跑法治口的记者，总会有一些相熟的警察。当天负责救援的金所长特意拜托我，见一见陈秋染，他说警方满足不了陈秋染的诉求，希望媒体帮忙协调。

我直接问道："那你希望我们做些什么呢？"

陈秋染吸了吸鼻子，坚定地说：“我想帮我儿子申请一个‘见义勇为’称号，也算是给他一个交代。”

陈秋染拿出派出所出具的鉴定报告，里面认定李昊是见义勇为。按理说，这件事情很明朗，陈秋染的要求在我看来合情合理。

但事情没有这么简单，因为派出所依照程序组织材料进行汇报，等申报到市基金会后，却被驳回了。本市规定，不提倡鼓励未成年人见义勇为，李昊年龄小，不能申报“见义勇为”称号。这样的说法，陈秋染完全无法接受。

主编喵哥觉得这件事情很典型，可以借此探讨这则规章的合理性，以及未成年人的权益保障。

为了完成这个选题，我采访了多名法律专家，大家各执己见。有的专家认为未成年人心智不成熟，应该是被保护的对象，遇到危险的时候也要首先保护自己。另一种观点是，可以不大肆宣扬这种行为，但既然他已经见义勇为，应该给予必要的肯定。

九月十三日，李昊骨灰入土，这件事情仍没有定论。

根据本地风俗，小孩子去世是不太举办仪式的，当天去的只有陈秋染夫妇和几个近亲。在征得他们同意后，我和摄像三水哥随同拍摄。

那天，天阴沉沉的，气氛非常压抑。陈秋染死死地抱着骨灰盒，嘴里一直念叨着“对不起，妈妈没保护好你”。

陈秋染的丈夫李录明把墓碑擦拭干净，但陈秋染仍抱着骨灰不肯撒手，众人好一阵劝慰，她才小心翼翼地把骨灰放到墓穴里。

她跪倒在墓碑前，含着眼泪说：“李昊，你是个勇敢的小英雄，妈妈为你骄傲。你放心，你一定会得到应有的肯定。”

李录明忍着眼泪，把她搀扶起来，一起离开了陵园。陈秋染走两步就回头望一眼，满是不舍。

之后的日子，我一直在法律专家和政府部门之间奔走，也多次拜访陈秋染，沟通进展。没想到，却惹出了更大的风波。

陈秋染夫妇是印刷厂工人，他们小区的住户大多都是这个厂的职工。我和陈秋染接触后不久，他们单位就传出一些风言风语，说李昊是自己淹死的，现在却要申报见义勇为。陈秋染为了拿死去的儿子赚名声，把记者都请来了。

媒体的介入，给这个家庭造成了更大的伤害，我对此有些内疚。再去她家时，特意叮嘱三水哥把相机和架子放在包里，进门再拿出来。

李录明叹了口气，说：“没用的，人家有心要污蔑你，再小心也没用。”他话里有话，难道这传言是有人故意放出去的？

陈秋染瞥了丈夫一眼，无奈地说：“没有根据的话不要乱说。”

李录明没有理会，径直走到窗边，给我指了指相邻的一栋楼：“那就是菜头家。肯定是菜头她妈给我儿子泼脏水。”

我一头雾水，菜头就是李昊救下的小孩。前几天我去公安局看了相关笔录，上面清楚地记着菜头和警方说的话：“我在水塘里玩，水到我腰部。我不小心没站稳滑倒了，想站起来却够不到底了。我呛了好几口水，喊不出救命。李昊冲过来拉了我一把，小军和东东也过来了。

“我们上了岸，却发现李昊没有游上来，他扑腾了几下，就沉下去了。”

按理说，菜头一家应该对李昊很感激，为什么李录明却认为是菜头母亲散播谣言呢？

提起这个，李录明握紧了拳头：“只有出事当天，菜头的家人短暂露过面，就匆匆走了，之后就再也没有出现过。”

“我儿子为了救菜头而死，于情于理，这半个多月他们家人也应该过来看看吧？”李录明越说越激动。

陈秋染痛苦地闭上了眼睛，似乎不愿意跟着指责菜头母亲。

我心想，如果李录明所言为真，那么菜头家人的行为确实有些恩将仇报了。

从陈秋染家离开后，我和三水哥去找了菜头妈。但是对方态度强硬，不愿意接受我的采访，并说了这么一句话：“陈秋染愿意上电视你就找她去呗，我可不想当网红。”听上去，她对陈秋染有很大怨气。

回家后，我一直在思考菜头母亲的话。如果说，她和陈秋染素来不和，那两个孩子怎么还会一起出去玩？更何况是救命之恩，有什么过节不能化解呢？如果说是李昊去世后，她们的关系才恶化的，那就更说不通了，怎么救人还救出仇了？

我打定主意，明天去见一见另外两个家长。就在这个时候，我接到了金所长的电话，他说几位家长去派出所重新说明了情况，新的说法是李昊没有救人。

对方突然改变说辞，让我始料未及。如果李昊压根没有救人的话，就不应该获得“见义勇为”称号，我们之前的努力就完全没有意义了。

金所长也很无奈，这事不属于刑事案件，公安机关也不能过多介入。他建议，如果李昊的家人不认可对方的说法，可以去法院提起民事诉讼，由法院来裁定。

随后，我又接到陈秋染的电话，她声音沙哑：“这些人怎么能颠倒黑白呢，他们还有没有良心？”

喵哥平时反复强调，不要轻易给当事人任何承诺，但我实在不忍心看到陈秋染刚经历丧子之痛，又要跟人对簿公堂。

这几次和陈秋染的接触，她隐忍又坚定的样子，让我常常想起自己的母亲。我头脑一热，答应帮她找出真相。

第二天一大早，我和三水哥赶到了实验中学。我之前了解到，几个孩子是初一五班的同班同学。

我们直接去了办公室，顺利见到班主任吴老师。吴老师说，事发后几个孩子都受到了很大的惊吓，几乎一天都不说话，有时候上课会走神发呆。

英语老师补充道：“这几个孩子平时关系很好，几乎形影不离。小军和李昊还是发小，两人从小学起就在一个班。”她注意到这段时间，小军经常避开人群，偷偷抹眼泪，上课分组讨论的时候，一向积极的小军也不说话。

老师们认为，孩子们亲眼看到好朋友沉入水里，接受不了现实。吴老师不希望我采访孩子们，回忆这件事，会让学生受到二次伤害。

老师们的顾虑有一定道理，反复沟通后，吴老师提出了一个折中的方法，由她出面帮我了解情况。

我毫不犹豫地同意了，毕竟吴老师比我更了解学生，沟通起来也更顺畅。

我和三水哥在办公室里等了好一会儿，吴老师才回来。她一进门，就冲我摇了摇头：“孩子们说，案发当天的说辞是错的。李昊的确是想去救人，但是自己也滑倒了，所以没有救到，是小军和东东把菜头拉上来的。”

我看过笔录，如果当时说错了，不可能连细节都那么清楚，但这毕竟是我的主观猜测。从学校离开后，我跟三水哥商量了一下。三水哥说，孩子们前后说法不一致，有可能是被父母影响。既然见不到孩子，不如直接去找他们的父母。

我们第一个找的是小军父母，他们躲着不肯见，只是隔着门缝说自己没在现场，具体情况不清楚。之后我们又去找了东东父母，也是差不多的说辞。

他们的反应更加深了我的怀疑，孩子们一定隐瞒了什么。我和三水哥互相打劲，接下来见菜头妈妈，一定要问出点什么，不然就赖着不走。

到了菜头家门口，果然不出所料，菜头妈随便应付了我们几句，就砰的一声把门关上了，之后我们再怎么敲门，都没有人应。

我有点心灰意冷，不想敲了。三水哥直接冲到了楼下，对着二楼的窗子反复喊："我们只是来了解情况，我们进去聊聊好吗？"

三水哥的声音很大，震得楼上好几家都伸出头看。菜头妈身材健硕，少说也有七十五公斤。三水哥喊得我心惊胆战，生怕人家出来揍我们。

菜头妈妈拉开窗户，不耐烦地威胁我们，如果再喊就报警。我扯了扯三水哥的衣角："别真把警察喊来，我们再想想别的办法。"

三水哥还是自顾自地喊，我没想到平常沉默寡言的搭档，关键时刻竟然这么"虎"。搭档总是要同进退的，我心一横，也跟着他喊了起来。

我们乱拳打死老师傅的架势还真有效，过了一会儿，菜头妈下楼，黑着脸把我俩拉到屋里了。

三水哥默默地在旁边支架子，我刚想为我们刚才的鲁莽行为道歉，菜头妈就说："我不愿意跟你们说，是因为我当时也没在现场，对不对？"

我乖巧地点了点头，她气消了一些，重重地叹了口气："李昊的死我们也很难过，但是陈秋染真是不可理喻，非说她儿子是救菜头死的。菜头明明说是小军和东东把他拉起来的。更何况是李昊提出要去水塘玩，几个孩子才去的，现在出事了赖别人。孩子都死了，还非争什么荣誉称号，说白了不就是想要钱吗？"

规定中确实有为获得称号的人适当发放抚恤金，但数额并不多，主要是一种荣誉上的肯定。更何况，陈秋染没有继续追究公园的责任，她不像看重金钱的人。

我想知道菜头妈为何认定陈秋染是为了钱，试图和她沟通，但她坚决不承认李昊救人，也不让我们见菜头。

从菜头家离开后，三水哥表情严肃得吓人，我心里也不是滋味。

我给陈秋染打电话，她说菜头妈一定在撒谎，李昊从小就怕水，不会游泳，根本不可能主动提出去水塘玩。

陈秋染哭得停不下来，语无伦次地说：“怎么办，怎么办？永远没办法知道真相了。”

她的哭声让我有些心烦意乱。挂了电话，我想了想，必须见到当事人才行。我决定跳过吴老师，直接去找几个孩子。

我在路上买了一套文具，到了学校，跟保安说我们给一五班的小军送东西，保安没多想，就让我们进去了。

正值课间，我拦住一个男同学，向他打听小军。他给我指了指篮球场，打球的正是小军。我向小军招了招手，他看到我拔腿就跑。

我追了几步，引起了操场上一个男老师的注意，他怀疑地打量了我几眼。我担心闹出动静，以后更见不到几个孩子了，只好先作罢，离开了校园。

此前我和小军并没有见过面，他也不知道我是记者。他的反应，几乎可以让我断定，他一定有秘密。

我决定在校门口等着，他们总要出来，那时候学校就管不着了。但是我远远低估了学生的战斗力，放学后几千人同时出来，乌泱泱一片。我悄悄拉人打听，学生们急着回家，不愿意跟我多说。

我和三水哥问得口干舌燥，最终也没能见到那三个孩子。之后几天，一有时间我就去学校门口等他们，还是无果。

这中间陈秋染给我打过几次电话，她怕给我造成压力，每次都欲言又止，东拉西扯一番，才小心翼翼地追问事情进展。我安抚她："不要着急，我们会努力找出真相的"。

孩子翻供后的第二十四天，陈秋染终于忍不住在微信上问我："白记者，您跟我说实话吧，是不是没有办法证明李昊救了菜头？"

微信文字没有语气，但是我能感觉到每一个字都透着无奈。

我据实相告，我还没有见到孩子。陈秋染发过来一张照片，上面是贴满整张墙的奖状，她说："我儿子不是个贪玩的人，我想知道他到底是怎么死的？我想要个公道。我每天都看着儿子的照片和奖状哭，哭着哭着不知道什么时候睡着的，醒来接着哭。"

我安慰她不要着急，我一定会尽力的。对话框上方一直显示"对方正在输入"。我叹了口气，刚准备放下手机，她发过来一句话："如果实在没有办法的话，我只能用我自己的方式为我孩子讨回公道了。"她很快撤回了，发来"白记者费心啦"。

我心里说不出的难过，我知道媒体对于很多人来说，是走投无路时的最后一根稻草，如果他们得不到帮助，或许真的要被逼上绝路了。

每次遇到棘手的问题，我都会和三水哥商量商量，听听他的看法。

我约他在我家附近的一家小酒馆见面，那家酒馆只有一百平方米左右，灯光柔和，音乐舒缓，点一杯鸡尾酒能坐好几小时。

不到二十分钟，三水哥就来了，看来他对这件事也很上心。我瘫靠在椅子上，有气无力地说：“三水哥救救我。”

三水哥笑了笑：“很少看你这么沮丧，你不总自吹天下没有你白鸥办不成的事情吗？”

我已经没有力气反驳：“别笑话我了，我真的觉得无计可施了。”

“你觉得你没办法见到几个孩子？”三水哥问。

我摇了摇头。其实见孩子并不算太难，我可以让喵哥以电视台的名义给学校发采访函，甚至可以托陈局长从中协调。就算这些都行不通，我也可以直接冲到他们家，再上演一出喊楼。

我这几天一直在校门口等他们，他们不可能完全不知道，如果他们想说出实情，有很多机会可以找到我，但是他们没有。

他们态度如此坚决，又怎么会因为我的三言两语改变呢？

三水哥明白了我的意思，若有所思地说：“我们总会做一些错误的事情，如果错过当初那个修正的机会，很可能要用一生去弥补。”

我猛然意识到，其实我们努力去追问这件事情的真相，不只是为死去的李昊讨公道，更是在帮助活下来的三个孩子。

如果背负了过于沉重的秘密，几个孩子一生都要与这个秘密缠斗，是没有办法轻松的。

第二天上午，我和三水哥又去了实验中学。

我打定主意，直接和学校沟通，以期共同找到最合适的解决方式。

这件事情在本地闹得沸沸扬扬，很多学生和家长私下都在讨论这件事情。校方对我们的再次造访非常重视，校长亲自陪着我们去了吴老师的办公室。

吴老师告诉我，小军、菜头和东东的成绩之前在班里都是中上游，现在却一落千丈。他们上课经常走神，不知道在想什么。几个孩子的关系也不像从前那么亲密了。

吴老师拿出了一沓考卷，抽出三张，让我看他们写的作文。作文的题目是《我最好的朋友》，这是初中时常见的作文题，但是小军一个字也没有写，东东和菜头的作文写得文不对题。

吴老师皱了皱眉头："我最初以为他们是接受不了李昊的死，多次找他们谈过话，告诉他们，人生要经历很多次离别，我们要试着接受。孩子们似乎都听懂了，但是过后好像没什么效果。"

吴老师执教二十年，对学生的心理状况了如指掌，他们的反常表现自然没能逃脱老师的眼睛。

我知道吴老师心中已经有了一些结论，只是不愿意直说，那就由我来捅破这层窗户纸吧。

我把这些天观察到的几家人的表现、警方出事当天的笔录、小军见到我的反应，一股脑地跟校长和吴老师讲了。他们听完，沉默了半晌，吴老师缓缓开口："我会再找他们聊聊的。"

"或许他们无法接受的不是离别，而是没有好好告别。"三水哥突然开口，“不如再让他们写一次作文吧，把那些来不及说、不能说的话写出来。”

吴老师点了点头，她说会好好策划，帮助三个孩子解开心结。

我本想提出旁听的请求，却接到了陈秋染邻居的电话。这个邻居跟陈秋染关系不错，事发当天，是她开车送陈秋染赶到公园的，我采访时给她留了电话。

她告诉我，陈秋染和菜头妈起了冲突。我担心事情失控，和三水哥立即赶了过去。

见到陈秋染时，她正坐在地上号啕大哭，手臂上都是血痕，一只鞋掉在一边。菜头妈被打破了头，已经被救护车拉走了。

邻居说她今天本来是要陪陈秋染去散散心，在小区里碰上了菜头妈。陈秋染气不过，冲上去质问她，李昊到底是怎么死的？

菜头妈说李昊的死和菜头无关，两人便吵了起来。菜头妈骂陈秋染拿儿子的死炒作，还说她这样的人活该断子绝孙。

这样的话深深刺痛了陈秋染。那天，陈秋染哭得停不下来，谁劝也不听，和我最初见到的她判若两人。

围观的邻居很多，他们此前还有所顾虑，两家人都住一个小区，不愿意过多地谈论这件事。现在大家都在议论，菜头母亲的话有些过分。

我和三水哥趁乱采访，了解到事发前两家人的关系不错，不仅孩子们喜欢在一起玩，大人也经常一起吃饭。现在两家关系急剧恶化，此前的流言，确实是菜头妈传出去的。

那天，陈秋染哭累了，就茫然地坐着，死死地盯着菜头家的窗户，直到天暗了，才被下班回来的李录明硬拉回家。

三天后，吴老师交给我一个信封，里面是小军的作文。

小军写道，事发当天，几个人约着去菜头家看书。下午，小军提议去外面玩，东东说他知道附近有个公园正在装修，不收门票，可以偷溜进去。

几个人一拍即合，就跑过去玩了。他们逛了一圈，满头大汗，想到水塘里面玩玩水。

当时，水塘边没有其他人。李昊不敢下水，就在岸边站着，其他三个孩子也只在水塘边比较浅的地方玩。

突然，菜头滑倒了，呛了水。李昊最先发现，立即冲过去救，想把菜头拉起来，但是菜头把他拉倒了。

小军和东东反应过来，赶紧蹚过去，救了菜头，却没来得及救李昊。

吴老师和小军单独聊过，小军说，他之所以撒谎，是因为事发第二天，菜头妈去了他们家。

菜头妈跟小军爸妈说，如果李昊是救人死的，那各位家长都要负责任，他们要赔李昊家一大笔钱。菜头妈建议几家人统一说辞，李昊是自己淹死的。

菜头妈离开后，小军爸妈为此还吵了一架。小军家境并不富裕，房子的贷款都没还清，小军爸爸说先把这件事情压下来，以后再找机会弥补陈秋染。小军的母亲最终也妥协了，带着小军去公安局改了口供。

有一次放学后，菜头妈接走几个孩子，带他们去吃冰激凌，跟他们强调：如果遇到陌生人来问李昊的事情，一定什么都不要说。老师问起来，就说自己记不清了，实在不行就哭，没有人会为难一个小孩子。

小军心里很纠结，但是菜头妈接下来的一句话，彻底把他吓到了——“你们已经撒了谎，如果被拆穿了，就是做伪证，要进少管所。”

看完小军的作文，了解到孩子们的心结后，事情就简单多了。

我咨询了相熟的律师，律师说，这种情况不能说赔偿，因为几个人都不是过错方，应该是补偿，补偿的钱应该由受益人来出。也就是说，小军和东东的家人不需要出任何钱。至于进少管所的说法，更是无稽之谈。

在校方的协调下，我带着律师分别见了小军和东东的家人，他们终于肯承认，小军说的是实情。

事情已经很清楚了，我舒了一口气。接下来就剩菜头一家了，但说实话，能否说服他们，我并没有把握。

我给菜头妈打电话，一接通，她就没好气地说：“菜头还没回家呢，不知道去哪疯玩了，没空和你说。”已经晚上七点了，孩子们放学已经快两小时。

我顾不上多想，和三水哥赶往菜头家，菜头妈正满小区找他。

初中男生贪玩很正常，菜头妈对此见怪不怪，明显愤怒多于惊慌。而这种愤怒值，因为我们的到来，还在不断上升。我避开不看她瞪得溜圆的眼睛，劝道："去物业调下监控吧，大晚上还挺危险的。"

菜头妈不理会我，一边径直往前走，一边咬牙切齿地说："让我找到他，我一定打死他。"

有个邻居说，早些时候在小区里见过菜头，就在健身器材那儿玩。可我们绕了小区一圈，还是没找到菜头。

菜头妈只好去物业调监控。监控显示，六点半时，菜头被一个人从背后抱住，拉上了一辆车。视频暂停放大后，发现那个带走他的人是陈秋染。

菜头妈脸色一下子变了："她带走菜头干什么？"

我想到之前陈秋染和我聊天时，撤回的那句话：我只能用我自己的方式为我孩子讨回公道了。

难道强行带走菜头就是她自己的方式吗？她到底想干什么呢？我心乱如麻，三水哥冷静地报了警。菜头妈疯狂地拨打陈秋染的电话，但一直无人接听。

警方很快赶到了小区，但是不管是调监控还是手机定位，都需要时间，其间任何意外都可能发生。

菜头妈哭着求我劝劝陈秋染，只要陈秋染不伤害菜头，她愿意倾家荡产赔给陈秋染。

看着菜头妈惊慌失措的样子，我反而镇定下来。陈秋染这么做的目的，不可能是为了要钱。她一开始只是想为李昊申请一个荣誉称号，只是后来发生了很多事，她寒了心，才会多次和菜头妈发生冲突。

直觉告诉我，陈秋染不会伤害菜头。她是一个母亲，不会伤害儿子的好朋友，更何况这个人还是儿子付出生命的代价救回来的。

我想起陈秋染说的“公道”二字，猜测她很有可能是想逼菜头说出真相。如果是这样的话，陈秋染会把菜头带到哪里呢?

我正想着，金所长已经做好了部署，分别派民警赶往学校、李昊墓地、陈秋染单位。我的脑海里突然冒出一个念头：他们去了公园，李昊出事的地方。

我提出去公园看看，金所长想了想，派一辆警车护送我、三水哥和菜头妈。

到了公园，我们直奔水塘，远远就看见陈秋染和菜头并排站着。

菜头一见到她妈妈，就扑过来大哭。陈秋染只是木然地站着，我走过去，她把手机递给我，示意我点开一段视频。

视频中，陈秋染问菜头：“李昊是怎么死的？”

一开始，菜头还在嘴硬。陈秋染换了个问法：“当时你们四个人都下水了吗？”菜头点了点头。

“你们当时是什么位置关系？”

“我旁边是李昊，再旁边是小军，再旁边是东东。”

“你滑倒后李昊没有去拉你吗？”

“我滑倒后，李昊也马上滑倒了。小军来拉我了。”

“按你说的位置关系，小军要经过李昊身边，才能来拉你。

他为什么没有先拉李昊呢？”

“嗯……”菜头的声音很小，“我记错了，李昊离我们最远，小军离我近。”

“你呛水后，还能注意到李昊也滑倒了？”

“是小军和东东告诉我的。”

“他们看到李昊滑倒了？但两个人都来救你，没有人管李昊？”

菜头毕竟是个孩子，陈秋染一直追问具体细节，几个问题下来，菜头就前后矛盾，无法自圆其说了。

陈秋染不再咄咄逼人，温和地说：“菜头，阿姨不是想怪你什么。只是想知道真相，这是李昊离开的地方，他应该还没有走远。你对着水塘把实话说出来好吗？”

菜头低下头，哭着说：“对不起，我不应该撒谎，我不想撒谎。”

看完这段视频，我心里很难受，本来是一个很简单的事情，却因为大人的种种算计、猜疑，走到如今这一步。

从公园回来后，我加班把拍摄素材整理了一遍。片子播出后，市见义勇为基金会取消了“未成年人不能申报”这一条款。市政府联合公益组织多次进校园，开展了关于未成年人保护的主题教育。

后来，陈秋染放弃了向菜头家索赔，菜头妈也没有追究她私自带走菜头的事。

吴老师给我打电话，说几个孩子状态好多了，他们还为“十一”文艺汇演准备了节目，正在积极排练。

11
楼顶怪人

国庆之后，主编喵哥专门腾出一间办公室，放了一部热线电话，以后观众可以直接联系栏目组，我们的选题不用再从台里转过来了。

电话安好后的第一天，喵哥派我值班，我才知道接热线电话是如此劳心劳力。有人让我们帮忙找走丢的狗；有人男朋友不洗袜子，让我们帮忙调解；甚至有人因为家门口白菜涨了一毛钱，想投诉无良商家哄抬物价。

我说得口干舌燥，可一个值得报道的选题都没捞着。好不容易等到下班，我准备起身开溜，却接到了一个女人的电话。女人叫刘秀清，因为楼上漏水，她家卫生间的天花板不停渗水。

又是家长里短的事情。我并不感兴趣，但为了这个月的绩效，我还是强忍着听完。奇怪的是，刘秀清声音颤抖，像在害怕什么。我隐约意识到这件事情不寻常。

刘秀清说，她家住 201，晚上夜深人静时，经常听到 301 的住户穿着拖鞋蹚水。她去 301 敲门，不管是白天还是晚上，任何时间都没人开门，但她分明听到屋里有动静。

她去问三楼其他住户，大家表示从来没见过 301 的人。302 的住户神秘兮兮地告诉她，之前 201 就是因为楼上经常发出奇怪的声音才搬走的。

“这样的情况持续多久了？”我越来越好奇。

“我搬到这个小区不到一个月，住了没几天就这样了。”

“有没有找过物业协调？”

“找过了，物业说楼上不开门，他们没有权力强行闯进去。”

我约了刘秀清第二天见面，准备进一步了解情况。一般前采我是不带摄像的，但这次为了壮胆，特意叫上了三水哥。

刘秀清租的地方在建华大街，是老小区。斑驳的墙壁、杂乱的楼梯间、随意堆放的垃圾，都给这个小区渲染了几分阴森恐怖的气氛。

上楼时，我跟在三水哥的后头，让他先探路。到了刘秀清家里，我们简单看了一下，房顶确实有大块被水泡过的痕迹，有的地方都起皮脱落了。因为长期潮湿，墙面还生出了霉斑。

刘秀清皱着眉头说：“这房子都是木地板、木家具，再严重的话，把家具泡坏了就麻烦了。”

我们试着去敲 301 的门，果然没人应答。我们问了 302 和 303，得到两条关键信息：一是 301 的房主不住这里，房子委托给中介租出去了。二是301的租户搬来快一年，谁都没见过租客的真容，偶尔能听到里面发出“刺啦刺啦”的声音。

三水哥凑到我耳边小心翼翼地问：“里面真的住着人吗？”

我白了他一眼，刚想开口，就听到301里面传出“呜——呜——”的声音，像动物在嘶吼，吓得三水哥往后退了一大步，满脸惊恐。

我壮着胆子凑上前，又敲了敲门：“您好，我是……”话音未落，“哐”的一声，有东西砸了过来，震得门板都抖了抖。

我猜测，里面的人可能是对我们站在门外谈论他颇为不满。302和303的住户一副唯恐避之不及的样子，纷纷进屋把门关上了。

我身子扭向楼梯口，做好随时逃跑的准备，手伸出去快速敲了几下门。这次，里面的人没有任何回应。我还想加大力度，被三水哥一把拉住：“算了，我们还是先找中介问问情况吧。”

我和三水哥带着刘秀清去找中介，准备好好问一下，到底把房子租给了什么人？

见我们打听301的租户，中介显得很委屈。他拿出了一张表格，递给我们，无奈地说：“当初租房的人只留了电话号码，我们拨打了很多次，都没有人接。我们还愁怎么跟房东交代呢。”

“当时什么人租的房，你们总有印象吧？”

中介摇了摇头：“我们这行人员流动很大，当时给301办手续的人已经离职了。我们联系过那个同事，他说记不清楚了。”

中介一问三不知，但至少给我们提供了一点信息。301租户签合同，没有什么异常表现，不然中介肯定对他印象深刻。

那现在这个人为什么不肯见我们呢？他大晚上为什么要蹚水走路呢？更让我疑惑的是，他不出门的话，怎么吃饭呢？

我问刘秀清，她说曾在饭点特意观察过 301，楼上每天都是订外卖，那个租户一般等外卖小哥走了很久，才会开个门缝，把东西拿进去，随即立刻关上门。

三水哥咽了一下口水："那个租户不会是命案逃犯吧？"

我心里一惊，想到之前我和三水哥拍过的选题：一名逃犯平时深居简出，在一个小区里隐姓埋名躲了十年，被抓到的时候，很多邻居都是第一次见到他正脸。

任何人都不可能完全不出门。即便是命案逃犯，也会在晚上出去倒垃圾，买一些生活必需品。我跟刘秀清说："不如在你家门口装个监控吧，只要 301 下楼，就会经过你家门口，到时候就能掌握他的出行时间。"

刘秀清点了点头，二话不说就开始上网查摄像头的型号、价格，看来三水哥的话真把她吓得不轻。我给刘秀清留了电话，让她一旦有进展随时联系我，就和三水哥先告辞了。

回去路上，三水哥突然碰了碰我的胳臂，严肃地说："301 为什么会有水声呢？难道他是想用水掩盖作案痕迹吗？"

我顿时一身冷汗。我之前还拍过一个选题：凶手杀了一家四口后，血流成河，为了掩盖血迹，就把浴室的水龙头打开，反复冲刷地板。难道 301 的租户真是杀人狂魔？

我摇了摇头，想用力把脑子里的这个猜测挤出去，对三水哥说：“别自己吓唬自己。”

三水哥撇撇嘴不再说话，我告诉自己，在逃犯、灭门惨案都是小概率事件，千万不能犯法治记者的职业病，什么都往刑事案件上联想，还是应该等收到刘秀清的消息后，再做判断。

那天之后，我几乎每天都接到刘秀清的电话。她是家庭主妇，平时丈夫上班，孩子上学，就她自己一个人在家。自从接受了采访，她天天看我们栏目，越看越害怕，担心楼上真的是个逃犯，会威胁到她的人身安全。

一连半个月，刘秀清都在观察监控，始终没有见到 301 的人下来。我决定再去一趟刘秀清家，一定要搞清楚是怎么回事。

我和三水哥赶到时，还没来得及按门铃，门就开了。刘秀清焦急地把我们拉过去看监控，说：“我跟老公商量搬走，他说我小题大做，租房合同没到期，中介一分钱押金也不退。”

她家监控能拍到门口到楼梯口的范围，没有死角。我们在电脑上倒看了几天的监控录像，画面非常清晰，我们三双眼睛看了好几遍，确实没有发现 301 租户的身影。

我正沮丧，三水哥突然指着屏幕问刘秀清：“这个人是谁？”三天前的录像显示，一位满头白发的老太太，拎着一大塑料袋东西上楼了，不到十分钟，两只手又都拎着垃圾下楼。

“应该是楼上谁家亲戚吧。”刘秀清轻描淡写地说，“她是从楼下往上走的，所以我就没太在意。”

三水哥说：“如果是走亲戚，哪有待了不到十分钟就走的，而且还带走垃圾，似乎不合常理啊。”

刘秀清反应过来，一拍大腿，大声说："你们的意思是，这个人很可能跟神秘租户有关系？"

听到她把 301 租户叫作神秘租户，我和三水哥不约而同地笑出声。

刘秀清把视频中老人的图像截取出来，我们又去楼上核实了一圈，大家都不认识。看来三水哥的猜测有可能是真的。也就是说，只要找到这位老人，我们就能知道神秘租户到底是谁。

我让刘秀清这段时间留意一下老太太，她仍然有点担心："她要是不来了怎么办呀？"

"不会的。"三水哥很笃定，"她上去下来不到十分钟，应该是和 301 有某种约定，她一定会定期来的。"

刘秀清沉默半晌，勉强接受了这一推测。我和三水哥起身准备离开，刘秀清把我们送到门口，一再叮嘱我们要保持电话畅通。

四天后，老太太果然又拎着东西出现了，刘秀清把她拦了下来。

接到刘秀清的电话，我和三水哥立即赶了过去。我们到了后，看见老人正坐在二楼的楼梯上。我上前自我介绍，试探地问："您认识 301 的租户？"

老人抬头看了我一眼，犹豫地点点头："他叫徐斌浩，是我外孙。这孩子可怜啊，出生在这样一个家里。"

刘秀清迫不及待地问："他多大了？不见他出门，屋里漏水也不修，怎么搞的？"

老人没有回答，盯着我：“你是记者，能帮帮他吗？”她从帆布包里，翻出一张诊断书，我扫了几眼，看到上面写着“精神分裂症”。

老人叹了口气：“我外孙今年二十三岁，十七岁时被查出来得了病。”

我提出让老人开门看一下里面的情况，先解决漏水的问题。老人摆摆手，面露难色：“我怕他打我。”听她描述，徐斌浩发病时有很强的攻击性，谁也不认识。她每天给徐斌浩订外卖，都会备注放门口，她自己送东西过来，也不敢进门。

“那他的父母呢，也不管他吗？”

听到我的提问，老人的脸涨得通红，手因愤怒颤抖着。她哭着说：“孩子得病后，一直是我在管，现在我年纪大了，自己都住进养老院了，实在是管不动了……”

大概是长期无处诉苦，老人握着我的手，讲述起二十多年前的恩怨。

一九九三年，老人的女儿徐美娟二十一岁，不顾她的反对，执意与年长十五岁的画画老师岳山谈恋爱。当时徐美娟还在读大学，未婚先孕，连毕业证都没拿到。

一开始两人还如胶似漆，两年后就闹着要分手，当时徐斌浩还不满一岁。头几年，岳山还按月给生活费，后来就杳无音信了。

家人费了很大的劲，把徐美娟安排进事业单位当行政，只是合同工，工资不高。徐美娟对这份工作颇为不满，她觉得意外怀孕毁了她的人生。徐斌浩眉眼很像他的父亲，徐美娟心里有怨气，对他非常冷淡。

老人说："那时候我女儿自己都是个孩子，连尿布都不会换，她把孩子丢给我，自己出去租房住。好不容易回家一次，孩子扑过去要抱妈妈，她一脸嫌恶地躲开。孩子扑了个空，摔在地上，她也不扶。"

"后来，斌浩长大了点，美娟对岳山的怨恨也淡了，母子之间的关系缓和了，但他们还是不亲近。"老人语气缓和了些，"斌浩非常争气，从小就听话，每次考试都是年级前几名。"

变故发生在徐斌浩高二那年。岳山突然主动联系徐斌浩，带他出去玩了一次，让他体会到了久违的父爱。自那以后，徐斌浩就常常给岳山打电话，问他什么时候再出去玩。

岳山已经有了新的家庭，回来找徐斌浩，或许是出于一丝愧疚，也或许是一时心血来潮，并没有打算彻底承担起父亲的责任。徐斌浩的热情，吓坏了岳山，次数多了，岳山也不接电话了。

"徐美娟没有安慰孩子，有时烦了还会冷嘲热讽。"那段时间，老人发现徐斌浩状态不对，有时候举着电话愣神，一动不动，也不拨号，有时候自言自语许久，电话那头压根没人接。

一个月后，徐斌浩的症状更严重了，影响了上学。他常常坐在家门口的台阶上，流着口水碎碎念："爸爸要来接我。"

老人越说越激动，音量陡然提高了几度："我让美娟带他去看一下，美娟说他是装的。我偷偷带他去医院做检查，才确诊了精神病。”

听完后，我们不胜唏嘘。但眼下最要紧的事是解决问题，我委婉地提醒道：“这个小区存在水管老化的问题，301 一直在漏水，徐斌浩不会处理，我们得帮帮他。”

老人叹了口气：“我不是不想帮，真的是有心无力。孩子有爸有妈，都不缺钱，但就是没人管他。你们搞新闻的，看看天底下有没有这种父母？”

老人翻出手机通信录，给了我们徐美娟的联系方式。我拨过去，对方一听到我们要谈徐斌浩的事情，冷哼了两声就挂断了电话。

老人非常愤怒，让我们直接去单位找徐美娟：“美娟在事业单位上班，你们直接拿着摄像机去，找她领导，让领导给她施压。”

我尴尬地笑了笑，这样的行为显然是不妥当的，万一人家去台里告我，我就麻烦了。

老人叹了口气，起身下楼了。刘秀清把手机递到我面前问：“这个人是孩子他爸吗？好像还挺有名。”

我接过手机，看到网上介绍岳山是省美术家协会名誉会长，当代著名艺术家。我快速查了一下，他的作品售价基本上都在每平尺一千元以上。刘秀清冷哼了一声：“衣冠禽兽。”

我心里嘀咕，这样一个“成功人士”，真的会对自己的亲生儿子不管不顾吗？其实对于老太太的话，我还是有几分怀疑，毕竟之前我采访过的人里，也有为了出风头撒谎的人。

回到台里，我决定先和喵哥商量。我简单说了事情经过，喵哥思索片刻，认为这个选题挺有社会意义的。“患有精神疾病的人，面临无人照养的困境，如果我们能报道徐斌浩家的问题，也能给其他类似情况做参考。”

喵哥说，既然有医院的诊断证明，那对这个孩子来说，最好的解决方式就是尽快送到精神病院。组里专门跑医院口的记者帮我打听了一下，便宜点的医院每个月花销不足千元，比房租还少。

听喵哥说完，我对这个选题有信心多了。

第二天，我不停地给徐美娟打电话。从法律上来说，徐美娟是徐斌浩的监护人，如果想把他送到精神病院，首先要征得徐美娟的同意。

我决定在她下班前半小时左右，直接去她单位。我没叫三水哥，也没带摄像机，尽量不让她反感。到了徐美娟单位门口，我托传达室帮我联系她。我的突然造访，让徐美娟紧张了。她可能是怕在同事中引起不好的影响，答应下班后与我聊聊。

我在门口等了将近一小时，单位的人基本走光了，才看到徐美娟出来。她穿着黑色西服套装，气质很好，完全看不出来四十多岁了。

我向她招了招手，她面无表情地走到我身边，低声冷淡地说：“如果你想劝我照顾徐斌浩，那还是不要费心了。”

我摇了摇头，她家的事情，我并不想过多插手。来之前我已经跟徐斌浩的姥姥商量过了，只要徐美娟同意将孩子送到精神病院，住院费可以由姥姥来承担。

在我看来，这样的解决方式，对徐美娟来说应该没有什么损失，她应该不会排斥。没想到，她非常坚决地拒绝了："徐斌浩根本就没有病，他是在装病！"

我愣了，徐斌浩的病情有医院诊断记录，这个也能作假吗？从我和徐斌浩隔着门缝打交道的经历来看，他确实不像行为正常的人呀。

徐美娟说，徐斌浩之所以装病，就是为了跟她作对。

她态度坚决，我也不想跟她过多掰扯。我想起做这个选题的初衷，直奔主题："您家漏水到楼下 201，一直没得到解决，您是徐斌浩的监护人，多少也有责任吧？"

徐美娟不耐烦了："都成年人了，哪还有什么监护人？你跟我说不着，我建议你们直接报警，该抓抓，该拘留拘留，我都不会插手。但送到精神病院肯定不行，他根本就没有病。"

徐美娟比我高一个头，居高临下地盯着我，看得我直发毛。我强作精神，不甘示弱地说："如果您认为徐斌浩是装病，那可以找医院重新鉴定。"

"他最会伪装了，但是他骗得过别人，骗不了我。"我们僵持了几秒，徐美娟重重地叹了口气，"你们越关注他，他装得越起劲。他为了跟他爸见面，谎话连篇，当初他们接触了三个月，我才发现徐斌浩根本不是和同学出去玩。后来他爸不来了，他就装疯。"徐美娟情绪激动，声音都哑了，"他就是想报复我，想毁了我！"

徐美娟的声音非常大，引得几个过路人侧目。她意识到自己失态了，不再说话，但五官扭曲在一起，满眼怒火。

我意识到，徐美娟对此前徐斌浩和岳山的接触仍然耿耿于怀。多说无益，我安慰了她两句，找借口告辞了。

之后我尝试联系了警察、房东甚至公益组织，但是大家都表示很为难。说来说去还是那句话，没有监护人同意，任何人都不敢私自做主，把徐斌浩送去精神病院。

这个事越拖越久，唯一让我宽心的是，房屋漏水的情况自动缓解了。于是，这个选题被暂时搁置了。但我一想到那天，徐斌浩姥姥坐在台阶上抹眼泪，心里就一阵难受。

两周后的周五，喵哥派给我新选题，去拍一个会议，主题是中国艺术发展的现在和未来。这种一般是人家主动找上门的，我们去主要是给人家撑撑场面，做做宣传。片子做出来时间不会长，顶多两三分钟。

我们领个三五百元的车马费，拍几个镜头，安排几个采访，让他们在电视上露露脸就行了，也算轻松。

会议在本市四星级酒店的会议厅举办，上午九点开始。签到后，主办方给了我和三水哥一份会议流程单和参会人员名单。我俩心领神会，一般名单上写在前面的特邀嘉宾，都是重要人物，他们发言时，最好能多给几个镜头。

三水哥架好摄像机，我抽出名单，发现“岳山”二字赫然在列，我兴奋地抓住了旁边三水哥的胳膊。他一向谨慎，小声问我：“会不会是重名？”

我们正讨论着，听见主持人邀请岳山上台。在一群人簇拥下，这位重要嘉宾走进会场。他留着中长发，戴着发箍，身穿白色中式唐装，颇有仙风道骨的艺术家气质。

岳山站在台上，笑着和观众打招呼，挺亲切的。会上，他谈的都是中国艺术发展现状这种高大上的东西。我似懂非懂，偷偷拍了几张岳山的照片传给徐斌浩姥姥，经她确认，这个岳山就是孩子父亲。

选题有了意外的进展，我暗自窃喜。会后，我跑到后台找主办方，提出单独采访岳山，主办方大哥面露难色："岳老师是大忙人，今天能请他来参会就很不容易了。"

"岳老师的发言太精彩了，我听得意犹未尽。"我看这位大哥态度也不是特别强硬，进一步劝说道，"采访越丰富，片子做出来越精彩，也能扩大咱们会议的影响力呀！"

大哥想了想，跟我谈起条件："那我争取一下吧。不过，我们准备成立专项扶贫基金，对家境贫困的艺术生进行帮扶，还请您重点帮我们宣传一下。"这是好事，我答应了下来。

大哥凑到岳山跟前，低声交谈了两句，岳山连连摆手。在主办方的"极力邀请"下，岳山才半推半就地坐了下来。

岳山说："很多孩子热爱艺术，很有天分，因为家庭条件不好，被迫放弃了梦想。我这人不擅长在镜头前讲话，但我觉得自己有义务为这些孩子，争取更多的东西。"

这番发言十分恳切，岳山眼眶都红了。要不是知道他的亲生儿子无人照顾，我都想为他鼓掌了。

主办方安排的问题问完后，三水哥在一旁整理架子。我关掉麦克风，趁着跟岳山握手的机会，试探性地问：“您认识徐斌浩吗？”岳山愣了一下，没有回答，我接着提醒他，“徐斌浩的母亲叫徐美娟”。他瞬间变了脸，我迅速告诉他我的来意，希望由他出面协调，把徐斌浩送到医院治疗。

岳山面带愠色，不耐烦地往外走。到了门边，他回身对我们说：“如果你们乱报道的话，等着接律师函吧。”

我气得想挠墙，这些所谓的成功人士都一个毛病，不是解决问题，而是想解决提出问题的人。还动不动就要给人寄律师函，吓唬谁啊？

我们收好东西走出会议室，主办方大哥不明就里，要拉着我和三水哥去吃午饭。我婉言谢绝，大哥凑过来，讨好地说：“白记者，你一定要好好帮我们宣传啊，这次岳老师光以个人的名义就捐了两百万元呢，功德无量啊！”

功德无量，呵呵。

我和岳山见面后不久，刘秀清给我打来电话，说徐斌浩出事了。

他开着窗子往楼下扔东西，有香蕉、牛奶和各种玩具，引得孩子们都过去捡。有个孩子被砸了脑袋，肿起大包。不光是孩子家长生气了，其他住户也颇为不满。徐斌浩对他们来说，像一颗定时炸弹，谁都无法预料他还会做出什么危险举动。

我和三水哥赶到时，十几个业主群情激奋，堵在徐斌浩家门口，喊着让他搬走。有人“咚咚咚”锤门，301 里面仍然没有动静。

十分钟后，警方也赶到了。警察疏散了围观的人，承诺“今天一定会给大家一个说法”。警方委托我们全程录像，在取得了徐斌浩姥姥和中介的同意后，决定强行开锁。

301 的大门是旧式木门，没费什么工夫，就打开了门锁。警察一拉开门，一个微波炉砸下来，把我们吓了一跳。门口还堵着冰箱，把我们拦在外面。

徐斌浩躲在冰箱后面，一本正经地说：“你们这是私闯民宅，我可以告你们。”

警察语气严厉：“你知道高空抛物很危险吗？”徐斌浩不吱声，警察接着说，“我们已经通知了你母亲徐美娟，让她把你接走。”

徐斌浩一听到“徐美娟”，声音变得颤抖：“你们不要找她，有什么事跟我说。”

中介说：“这房子我们不租给你了，你现在就搬走吧。”

“行。”徐斌浩斩钉截铁地说，“那你们得退我房租，我姥姥刚交了这季度的房租 4500 元，我才住了二十多天，还有水电费 200 元、物业费 150 元，都是刚交的。”

“还有，你单方面提出解除合同，得退我三倍押金。”

徐斌浩把这笔账算得清清楚楚，我有些意外。徐斌浩不是有精神分裂症吗？他现在头脑清楚，口齿伶俐，完全不像一个病人，难道他真的是装的？

中介连连求饶：“行行行，该退的钱，我们一分都不会少你的。你赶紧搬走吧。”

徐斌浩丝毫不让步："你什么时候退钱，我什么时候搬。"

见中介哑口无言，我忍不住想笑。我留意到有一床被子堵在门口，试图转移话题："你被子都扔在地上了，晚上睡觉盖什么，不冷吗？"

"我忘关水龙头了，用被子擦一下。"徐斌浩顿时委屈得像个孩子。

他的状态不像刚刚那样戒备，我便进一步提出请求："房租的事，你再和中介商量，我先进去帮你看看好吗？"

"这里挺脏的，你们进来干吗？"徐斌浩嘴上这么说，但还是让我们把冰箱推开了。

一进门，我闻到了一股浓烈的恶臭味，屋里遍地都是垃圾，甚至有排泄物。中介只好自认倒霉，联系家政公司上门清理。

徐斌浩像做错事的小孩子，缩在一旁，不敢出声。他的头发很长，指甲缝里都是泥，浑身脏兮兮的。我提出带他去理发店，徐斌浩很紧张地打量着我，不情愿地说："他还没有退我钱，我不走。"

我心里嘀咕，这个小孩心眼还挺多，但我确实没有打算诱骗他离开好趁机收房。我赶紧解释："就在楼下的理发店，我们一会儿就上来。"我指了指三水哥的录像机，"一会儿让他全程录像，还能骗你不成？"

徐斌浩终于点头，我和三水哥把他带到理发店。老板给他理了标准的板寸，又接了一盆水，帮他清洗脸和手。三水哥从隔壁买了一身运动服给他换上。

经过这么一番折腾，徐斌浩的“庐山真面目”终于露出来了。他长得眉清目秀，皮肤白皙，鼻梁高挺，算是个实实在在的“小鲜肉”。

忙活了半天，我肚子早就咕咕叫了，提出去旁边吃个饭。三水哥拍了拍徐斌浩的肩膀，打趣道：“放心吧，一顿饭的工夫，不会把你拐跑的。”

徐斌浩挠了挠头，腼腆地笑了。他对我们放下了戒心，没有拒绝我们。走出理发店时，徐斌浩还细心地帮我扶住玻璃门，我对这个“奇怪”的人愈发有好感。

我们就近选了一家快餐店，点了三人份的饭和酸奶。老板端上来，我和三水哥不约而同把自己碗里的鸡腿，夹给了徐斌浩。

徐斌浩一副惊讶的样子，立刻把头埋下去，过了几秒，眼泪簌簌地掉下来，小声说：“谢谢，谢谢。”

徐斌浩的敏感让我心里一暖，我们仅仅对他释放了一点善意，他就放在了心上，哪里像别人口中的“怪物”？

我递纸巾给他，他没有接，低声说：“对不起，我骗了你们。”

“什么？”我一时没有反应过来。

徐斌浩抬起头，像是鼓足了勇气，说：“其实我根本不想搬走，中介退给我钱，我也不会搬走。”

我忙追问原因，徐斌浩不再回答。

我叹了口气，发现旁边有个小女孩一直盯着我们看。三水哥笑了笑，想把酸奶递给小女孩。“哐”的一声，徐斌浩把自己的酸奶扔了过去，露出了怪异的微笑。

小女孩吓得哇哇大哭，她的父母闻声而至。我赶紧上前解围，还好他们没有计较，抱起女孩走向离我们最远的桌子。

三水哥非常生气，质问徐斌浩："你要干什么？为什么欺负小孩子？"

徐斌浩呜呜咽咽地哭起来。我感觉他很委屈，把他拉到一边，轻声问他："为什么要把酸奶扔向小孩？"

徐斌浩不停抽噎，含混不清地说："给她吃，给她吃。"

"你想让小女孩吃酸奶对吗？"徐斌浩点头，我心念一动，接着问，"你之前往楼下扔东西，也是想给别人吃对吗？"徐斌浩再次点头。

原来，徐斌浩在以他的方式表达友好。我心疼地拍了拍他的肩膀，柔声说："以后给别人东西，要递过去，不能扔过去，不然会吓到人家，明白吗？"徐斌浩的情绪平复了一些，似懂非懂地看着我。

我们回到座位，我给三水哥解释了一下，他连忙给徐斌浩道了歉。徐斌浩还给他一个僵硬的拥抱，弄得我和三水哥忍俊不禁。

吃完饭，天色暗了，我们回到出租屋。保洁阿姨已经将垃圾清理干净了，尽管开着窗子，空气中还是有一股散不掉的霉味。

中介笑嘻嘻地问徐斌浩："你什么时候搬啊？"徐斌浩不搭理他，径直回到卧室。

中介想跟进去，被警察拦住了："你现在让他搬，他也没地去，我们再找找他的家人吧。"中介只好作罢，警察再次尝试给徐美娟打电话，三水哥在一旁拍摄。

我走进卧室，看见徐斌浩趴在窗台上。我低声问他为什么不想搬走，他没有搭话，望着窗外的小广场发呆。

“你是想去广场玩吗？”他还是没有理我。

我随即意识到这个猜测不正确，他把冰箱堵在门口，肯定不想出门。我想不通，这个乱糟糟的家，究竟有什么让他留恋的？

我干脆坐下来，侧耳听房外的动静。警察打通了徐美娟的电话，那头的声音非常激动，大声叫嚣着：“他都这样了，你们还不把他抓起来吗？让他去牢里吃苦头，看他下次还敢不敢扔东西！”警察好言相劝，但徐美娟压根听不进去，“你们把他东西全扔出去，他爱去哪去哪，我管不着。”

我怕徐斌浩听到这话伤心，想把房门关上，却发现他盯着广场的方向笑。我顺着他的视线看过去，一对年轻的男女在教小男孩打篮球。徐斌浩看得目不转睛。

我问道：“你也喜欢打篮球吗？”

徐斌浩一脸得意：“我打得可好了。”

“这么厉害！谁教你的？”

“自学的。”

我似乎明白了什么。“他们每天都来吗？”

徐斌浩眼眶泛红，“嗯”了一声。

广场上的那位父亲将孩子举过头顶，小男孩朝着篮筐扔球，即便没有中，母亲还是在旁边鼓起掌，场面甚是温馨。我想，这应该是徐斌浩幻想过许多次的画面吧。

那天，直到拍摄结束，徐美娟仍然没有冷静接受我们的提议。后来，警方多方协调，徐斌浩的舅舅勉强同意暂时把他接走，再继续说服监护人。

这期片子播出后，反响超出我们的预期。有位观众留言：“父母行为，孩子买单。”

还有很多人同情徐斌浩的遭遇，打电话来说，想给徐斌浩捐款。但我知道，徐斌浩面临的问题，无法用钱解决，栏目组并未对外公布徐斌浩家人的卡号信息。

有一天，徐斌浩的姥姥给我打电话，说她的银行卡上突然多了一笔十万元的转账。那张卡是当初岳山打抚养费时开的，已经很多年不用了。

12 血手印

在电视台刚刚兴起的时候，经常会收到大量的观众来信，人们用文字倾吐心声，表达对某个主持人的喜欢，提出节目改版的建议或向媒体求助，很多新闻线索也从中而来。到了互联网时代，没有什么是一根网线不能解决的，已经很少有人写信了。

但我们主编喵哥不是一般人，他总觉得时代发展得过快，也应该等一等那些步履缓慢的人。他常说，有些人不会用互联网，也不知道热线电话，但这些人的声音不应该被完全淹没，所以他时不时就派编导去传达室翻观众来信，看有没有遗漏重要的线索。

因此，在一个秋风萧瑟的下午，我就被喵哥派去传达室翻信件了。传达室的保安有些不耐烦，大手一挥："都在桌子上，自己找吧。"

我额头上三道黑线，传达室桌子不是一般地乱，各种快递、废纸随意地堆放一起，上面还有吃剩的盒饭和果皮。我小心翼翼地把东西码好，把信件挑出来，就在准备要走的时候，抬眼瞥见传达室角落的地上还堆着一沓信件，上面都蒙了灰，我犹豫了三秒钟，还是决定把那些信件一并带走。

回去以后，我把信件一封封拆开看，几乎没什么有效信息，心里不禁默默吐槽喵哥多此一举。但是很快，一封奇怪的来信引起了我的注意。信件的字迹非常凌乱，而且有大量的错别字，读起来很费劲，但里面的内容却非常骇人，寄件人说政府包庇杀人犯，官匪勾结，让她女儿枉死。她有天大的冤屈，却申诉无门，实名指认市公安局局长陈山以权压人，颠倒黑白。

她的来信让我惊出一身冷汗，如果反映属实……我不敢想象。

我把全部的信件整理好后发现，这名寄件人非常执着，几乎每月都要来一两封信。因为事关重大，我第一时间把情况汇报给了主编喵哥。喵哥让我不要声张，先秘密接触一下寄件人，再做打算。

于是，按照举报信上的地址，我赶到惠民小区 4 单元 502。但是，我敲了半天的门，都无人应答，更奇怪的是，路过我身边的人都用异样的目光看着我，看得我心里发毛。

我在门口徘徊了将近半小时，一个胖胖的大姐终于忍不住问我："小姑娘，你找谁啊？自从发生了那件事后，502 早就没人住了。"

“那件事？”我敏锐地抓到了大姐口中的关键信息。

“你不知道吗？”大姐狐疑地看着我，“那件事当年那么轰动。”我摇了摇头，想追问具体的情况，大姐却有些讳莫如深。我从包里掏出举报信，试探性地问：“跟信里提到的事情有关吗？”

大姐接过信，沉默着端详了许久，叹了口气，终于无奈地开口：“我们都是普通老百姓，有些人我们惹不起，也不敢惹。”

我听出大姐话里有话，但她始终不愿多谈，我见问不出什么，转身要走，却被大姐叫住了，她凑近我，用只有我们两个人能听到的声音低声说道：“给你写信的人，就住在这个单元的地下室里，具体情况你去找她问吧。”

大姐说完抬脚就走，似乎在顾虑什么。我心下起疑，脑海里浮出一连串疑问，举报人究竟是谁？为什么会住在地下室？而这位路人大姐又在害怕什么呢？

我想不明白，只好按照大姐说的，转身前往地下室。惠民小区的地下室又老又破，里面黑黢黢的，只有一个小灯泡散发着微弱的光，空气里都是霉斑的气味，非常压抑。

我在地下室逛了一圈，发现其中一间屋子门外放着一双鞋，还堆放着生活垃圾，似乎有人居住的痕迹。

我敲了敲门，里面依旧无人应答，我只好站在门口等。我一直等到快吃午饭的时候，突然听到东西在地面拖行的沙沙的声音，我抬起头，看见一个头发花白的老奶奶拖着一个巨大的编织袋，步履蹒跚地走过来。

老奶奶身子佝偻着，行动有些吃力。我走上前，掏出举报信，还没来得及开口，老奶奶死灰般的眼睛突然闪出一道光亮，颤抖着问：“姑娘，你是来帮我的吗？”

我点了点头，老奶奶突然抓住了我的手，很紧张地说：“姑娘，我们进去聊，这里太危险。”

老奶奶砂砾般的手掌扎得我生疼，但我没有挣脱，跟着她进了地下室一间小屋子里。那间屋子不足十几平方米，屋内非常杂乱，堆着很多废纸板和塑料瓶。老奶奶解释说：“我没有什么生计来源，平时就靠捡这些东西，卖点钱。”

“您就住在地下室吗？这里连张床都没有。”我疑惑地说。

老奶奶苦笑一声：“晚上的时候，随便找几个纸板一铺就能睡觉。我这大半个身子都埋在黄土里的人，还讲究什么啊。”

我心里有些苦涩，忍不住问：“楼上502不是您的房吗？为什么不住上面？”

听到这句话，老人突然呜咽着哭了起来：“我女儿和外孙死得惨啊，在那个屋子里，血流成河，杀人凶手至今还逍遥在外，我不甘心啊。”

“我不敢住在那里，一闭眼，都是我女儿和外孙惨死的画面。”

老人哭得声嘶力竭，在她断断续续的叙述中，我大概还原了事情经过。

五年前，老人的女儿肖云和外孙鹏鹏死在家中。当时，十二岁的鹏鹏死在客厅，肖云死在卧室，胸腹部有刀伤。警方勘查现场后发现，外面的防盗门门锁完好，女主人被害的时候没穿衣服，而且衣服整齐地叠好放在一边，衣服上只有女主人的指纹。

警方推测，这是一起熟人作案。经过数天侦查，警方批捕了肖云的前夫杜凯强，但是不到半年，警方又将杜凯强无罪释放。

老人说，案发前杜凯强就经常纠缠肖云，而且此人心胸狭隘，非常多疑，一直怀疑鹏鹏不是他亲生的，甚至曾经扬言要拉他们母子一起下地狱。

“那警方为什么会释放杜凯强呢？”我不解。

老人神情愤怒，刻意压低了声音：“因为杜凯强是有名的黑社会，警察都不敢得罪他，而且肯定是收了黑钱。”

在没有彻底了解清楚情况的时候，我也不能完全相信老人的话。但是老人似乎把我当成了救命稻草，拉着我的手恳求道：“这些年我一直都在上访，没人理我。我给很多媒体寄去了信，都石沉大海了。我是真的走投无路了，你一定要帮帮我。”

我点了点头，郑重地说：“如果情况属实的话，我一定会把真相报道出来。”

老人抹了抹眼泪，从包里掏出一张杜凯强的照片，愤恨地说：“我把他的照片带在身上，每天都要看一遍，我做梦都忘不了这张脸。”

我接过照片，上面是一个三十多岁的男人，穿着白衬衫，长得浓眉大眼的，似乎很难和杀人犯联系起来。在征得老人同意后，我把男子的照片收了起来。

我和老人聊了四五个小时，她说得非常详细，这起案件相关的每个细节她都印象深刻。而且这么多年，为了寻一个结果，老人频繁上访，四处喊冤，非常辛苦。

我对老人的遭遇很同情，从她那里离开后，我立刻回了台，准备和喵哥商量选题进展。

路上，我查了案件的相关资料，发现五年前确实有这样一起案件，但是相关报道却非常少。

回到电视台后，我第一时间飞奔到了喵哥的办公室，详细跟他说了事情的经过。喵哥听完后一言不发，良久，才缓缓开口："这件事情非同小可，你先给熟悉的警察打个电话，侧面了解案件情况。"

我们长期跑法治口的记者，都会有相熟的警察，所以遇到这种刺探情报的事情，我第一时间就想到了我的老熟人罗警官。

我拨通了罗警官的电话，向他打听五年前的惠民小区凶杀案。没想到，罗警官一听我问这起案件，立刻警觉起来，他没有正面回答我的问题，而是反问我："为什么突然提到这起案件？"

我看了喵哥一眼，喵哥摇了摇头，示意我不要提举报信的事情。我只好谎称我们栏目想整理近年来的悬案，做一个集中报道。

罗警官沉默了一会儿，非常严肃地说："这起案件比较复杂，暂时不方便向媒体透露，你不要打听了。"

罗警官不愿细说，这让我不得不怀疑案件确有蹊跷。从罗警官这里打听不到任何消息，我决定转变思路，直接去找这起案件的关键人物杜凯强。

根据老人的说法，杜凯强的活动范围在华西路一带，那是本市有名的娱乐一条街，聚集着各种酒吧、KTV。要在那种鱼龙混杂的地方找一个人犹如大海捞针，更何况，我手里关于杜凯强的信息很少，只有一张几年前的照片。

我拿着照片在华西路走访了好几天，办了三张会员卡，仍然一无所获。其间，老人几乎每天晚上都去台里找我，追问案件进展。老人说，自己的身体大不如前了，有时候上楼梯都很吃力，唯一的心愿就是临死前，能看到凶手服法。

面对老人殷切的目光，我心里很难受。我不停地跟老人沟通，希望从她那里得到更多关于杜凯强的细节。但是老人年纪大了，有时候思维有些混乱，提供了错误的信息，有时候絮絮叨叨说了很多，都是无效信息。

我走访了杜凯强以前的工作单位，去了他之前常去的饭店、棋牌室打听，都一无所获。杜凯强像人间蒸发了，就连他以前的朋友、同事都和他断了联系。

难道他真是因为心虚才躲起来的吗？我想不明白，这简直是我接到过的最没有头绪的选题。

既然联系不上杜凯强，我决定转变思路，从被害人肖云入手。杜凯强是肖云的前夫，两人的交际圈一定有某种程度的重合，或许可以由此找出杜凯强。

老人告诉我，肖云生前在一家叫作魅色的文化传媒公司上班。

魅色……这名字一听就不太像文化传媒公司。

“您去过那家公司吗？知道公司的具体位置吗？”我试探着问。

“我没去过，”老人摇了摇头，“不过我知道那家公司就在华西路。”

老人说得很诚恳，我心里明白了大半，肖云估计是在娱乐场所上班，没有跟老人说实话。

但是此前为了找杜凯强，我在华西路晃了好几天，并没有看到叫魅色的店。难道线索又断了？我心里有些沮丧。

但肖云毕竟已经过世好几年了，而且这行本身的流动性就很大，也许华西路确实曾经有一家店叫魅色。不管怎样，这是我目前唯一的线索了，我决定再试一次。

我又去了一趟华西路，打听了一圈，没想到这次误打误撞，竟意外获知了一个重要线索。一家经营多年的咖啡店老板跟我说，此前华西路确实有一家叫魅色的酒吧，两年前倒闭的，被低价转让给了一个福建商人。

那个福建商人重新装修以后开张，改名叫星蝶酒吧。虽然老板换了，店名也换了，但是星蝶酒吧是在魅色原址上改建的，很可能也接管了魅色的一部分员工，他们中可能就会有人认识肖云。

此后的几天，一有时间，我就拉着摄像三水哥去星蝶酒吧喝酒，凭着我天生自来熟的性格，真的找到了肖云曾经的闺蜜，名叫范玉梅。

我没有透露自己的记者身份，只说自己是推理小说爱好者，对悬案很感兴趣，非常好奇其中的内情。

听我说这些，范玉梅自顾自地补着妆，表情颇为不屑：“这算哪门子悬案？大家都知道是谁做的，只是警察没有抓人而已。”

“怎么讲？”我正要追问，旁边一个酒保轻轻碰了范玉梅一下，示意她不要乱说话。

范玉梅不耐地看了酒保一眼，凑近我低声说道：“他们怕得罪人，我可不怕，我告诉你，你不要出去乱说，害死肖云的就是她的前夫。”

我心里一惊，似乎所有人都认定杜凯强是凶手。

范玉梅说，杜凯强心胸狭隘，嫉妒成性，此前就因为肖云的职业多次和她发生争吵，离婚后，依然纠缠不清。

“案发那天，肖云请了假，一早就回去了，说是因为她前夫从外地跑车回来。”范玉梅神秘兮兮地说，“报案人就是我，当时我和肖云住一个小区，而且两家的孩子在一个学校念书。那天早上，我去接鹏鹏，想把两个孩子一起送到学校去。我敲门没人应，又有她家钥匙，进去后，就发现他们都死了。”

“当时现场是怎么样的？”

“太残忍了，肖云全身都是血，差点没吓死我。”范玉梅拍了拍胸口，现在回想起来仍心有余悸，“但是有个细节我记得特别清楚，肖云当时没穿衣服，是趴着的。”

我心里盘算，门锁没有被破坏，那嫌疑人应该是肖云熟悉的人，再加上没穿衣服这一细节，那很可能就是和肖云有亲密关系的异性。

“你知道杜凯强现在在哪吗？”我问。

范玉梅摇了摇头：“肖云死后，杜凯强经常来魅色喝酒，喝醉了还会和客人发生冲突，老板也拿他没办法，干脆关了店，那之后，就没再见过杜凯强。”

从目前掌握的信息来看，杜凯强确实非常有嫌疑，那警方为什么会对他无罪释放呢？难道真如大家猜测的，是公安局内部包庇罪犯，徇私枉法？

因为事关重大，我不敢私自做决定，只能回台向喵哥汇报，问问喵哥怎么办。喵哥听完我的叙述，沉默了几分钟才开口：“这起案件，警方可能还有一些没有披露的细节，或许能证明杜凯强不是凶手。”

我点了点头，我采访过陈局这么多次，从情感上很难相信他会徇私枉法。“但如果他们办案真的没有问题的话，为什么不愿意接受我们采访呢？”我仍然不解。

喵哥摸着自己的胡茬，一言不发，这是他思考时的标志动作，我知道他此刻内心也很纠结。

喵哥思考了很久，也没思考出结果，他让我先回去，他再和陈局沟通一下。我点了点头，眼下似乎也没有更好的解决办法了。

和喵哥谈完后，又过了好几天，喵哥那边始终没给过我任何回复，我猜想是他和陈局的沟通并不顺畅，便只好先进行其他选题的拍摄。

其间肖云的母亲找过我很多次，追问案件的进展。我只能据实回答，新闻报道要全面客观，但我目前掌握的信息太少，而且缺少警方的采访，暂时不适宜对外报道。

老人听我这么说，以为我存心敷衍，神情非常绝望。我不知道该如何安慰她，也不敢随意给她任何承诺，只能说我一定会尽力的。老人深深叹了口气，转身就走了，离开时的背影非常落寞。

我心里说不出的难过，我打车去了市公安局，准备和罗警官好好谈谈，问清楚这起案子究竟是怎么回事？

我到了公安局以后，罗警官一听我又问这起案件，眉毛拧成了一个疙瘩，不论我问什么，都闭口不谈。我有点着急，脱口而出："现在很多老百姓都认为你们是黑警。"

听完这话，罗警官腾的一下从座位上站起来，气鼓鼓地绕着办公室转圈。罗警官的脾气我了解，就是小孩性格，惹他不高兴了，他更得赌气什么也不说了。我只好放缓了语气，解释道："可能警方出于刑侦阶段保密性的要求，不能说太多细节，但也要考虑一下被害人家属的心情。破案固然重要，可群众工作也得做好呀。"我眼角的余光看见陈局正走过来，立刻上升了一个高度。

陈局在我身后站定，无奈地叹了口气："你们记者还真像牛皮糖，不达目的誓不罢休。"

我嘿嘿一笑，再次施展三寸不烂之舌，动之以情，晓之以理，试图说服陈局。

陈局态度终于有些松动，面色凝重地说："其实这起案件，公安局内部也存在争议。"

罗警官补充道："我们当时以涉嫌故意杀人的罪名批准逮捕了杜凯强，但是却被检察院驳回了。"

我们正说着，罗警官接到了一个电话，说有人要跳楼，而且点名要见陈局，原因和几年前的肖云被杀案有关。地点在本市闹市区一家酒店的顶楼，现场已经聚集了很多人，影响非常恶劣。

我们不敢耽搁，立即赶往事发地点，路上我给三水哥发微信，让他赶过去和我会合。事发地离公安局很近，我们不到二十分钟就到了。当时酒店楼下水泄不通，交警正在努力维持秩序，疏散群众。

我们乘电梯上了顶楼，我认出要跳楼的人正是肖云的母亲。她身子悬在护栏外面，双手紧紧地抓住护栏，顶楼的风很大，老人随时都有掉落的危险。

几个民警蹲在旁边，正耐心地开导老人，但是老人不为所动，只是要求和陈局交谈。陈局往前走了几步，却被老人喝住，不准他再靠近。

陈局试图给老人递水，老人没有接，她情绪非常激动，不停地破口大骂。陈局竭力安抚老人的情绪，同时，消防车和救护车也都严阵以待，以防有什么突发情况。

老人抓着护栏的手一直在颤，随时都有坠落的可能，就在僵持过程中，三水哥和其他媒体的记者也都陆续赶到了。老人看到摄像机，情绪更加激动，要求媒体主持公道。

我心念一动，掏出之前开具的采访函举到老人面前，诚恳地说："我一直都在努力协调这个事情，你要给我一点时间。"老人示意摄像机靠近，愤恨地说：“我等不了了，今天就要见到杜凯强，当面跟他对质，问他为什么要杀害我的女儿和外孙？”

罗警官立即安排同事去找杜凯强，我知道他只是在拖延时间，短时间内根本不可能找到杜凯强。老人对警察的抵触心理很强，但是对记者比较信任。我们几家媒体的记者摄像围在老人周边，听她说几年来上访无果的种种委屈，分散她的注意。

与此同时，早已准备就绪的消防员偷偷靠近，趁老人放松警惕的时候，一把抱住她，把她救了下来。老人被救下来后，因为体力不支，昏厥了过去，被紧急送往了医院。

喵哥让我在医院门口等，有任何进展第一时间记录下来，跟他汇报。我和三水哥赶去了医院，围观的人群也都散去。但是下午，这起跳楼事件在网上持续发酵，引发了很大的热议。网友们群情激奋，要求公安局必须给个说法。

本市的公安局破案率挺高，但应对舆情完全没有经验。喵哥和陈局沟通后，让我赶到市局，商讨接下来的安排。我和三水哥赶到的时候，他们正在开会，罗警官让我和三水哥签了一份保密协议，之后的报道要由市局宣传科审核后，才能对外发布。

签过保密协议后，我知道了更多关于这起案件的细节。五年前，勘查人员进入案发现场的时候，发现现场被人破坏过，房间被人用水清洗过，地板上还撒了胡椒粉，干扰警犬工作，因此现场留下的线索非常少。

鉴于案情重大，警方第一时间成立了专案组，对案件展开调查，并锁定了嫌疑对象杜凯强。

警方调取了杜凯强的手机通话记录，发现案发时间段内，杜凯强和肖云有过两次通话。杜凯强的朋友说，当时两人在电话里似乎发生了争吵，杜凯强离开时，脸色非常难看。

除此之外，肖云家附近的监控拍到了杜凯强的身影，杜凯强解释说，自己当天确实找过肖云，但是敲门没人应便离开了，可离开后的去向，却没有人能证明。而且杜凯强有肖云家的钥匙，到了门口却没有进门，不合常理。

“更重要的是，现场遗留了一件男性血衣，我们让警犬进行了辨认，上面的气味和杜凯强身上的气味一致。”罗警官说。

“之后我们对杜凯强进行了审问，他最终也承认自己因爱生恨杀了肖云，凶器是水果刀，刺穿了肖云的心脏，这也符合尸检报告的结论。如果不是凶手的话，没有办法知道这一细节。”

“那为什么会放了他呢？”我忍不住插嘴。

“我还没说完呢。”罗警官白了我一眼，“但是这起案子还有两个疑点。一是我们没有找到凶器，而杜凯强也交代不出凶器的下落，还有一些证词的细节和案发现场的情况对不上，按理说他已经承认了杀人，就没有必要在这些细节上撒谎了。第二个就是通过跟他的交谈，我们发现他对孩子还是有很深的感情的，他曾偷偷做过亲子鉴定，知道孩子是自己的，所以我们实在想不通，他为什么会杀害孩子？”

罗警官说完，大家都没有作声。他提到的两个问题，现在依然无法解答，所以依然无法给杜凯强定罪。

我深吸一口气，试探着问：“即便目前所有线索都指向杜凯强，仅仅因为凶器没有找到，就拿他没办法吗？”

会场再次陷入了沉默。良久，陈局缓缓地说：“我们必须保证程序正义。如果没有完整的证据链证明其有罪，那至少目前来说，他就是清白的。”

陈局表情非常凝重，老人跳楼的事件在网上持续发酵，给了他很大的压力。但是案件仍在僵局之中，现场留下的线索很少，只有卧室门框处提取的半枚血指纹，因为面积太小，无法比对。还有就是一件男士血衣，很可能是嫌疑人留下的。

仅凭这些证据无法锁定真凶，会议一连开了几小时，陈局决定成立专案组，重启案件的侦查工作，并且规定限期内必须有突破性进展。我们栏目的官方公众号也发布了信息，通告了基本案情，并且承诺会持续跟进报道，做好舆论监督工作。

忙完这一切，已经晚上九点多了，罗警官约我吃烧烤，他还叫上了队里的“比目鱼”。我们还是去了常去的王胖子烧烤，离公安局很近，吃完饭他们还得回去继续加班。

因为天气渐凉，出来吃烧烤的人不多，我们找了个偏僻的角落，享受了难得的清静。罗警官一言不发，默默“撸串”，眉头紧锁。“比目鱼”一边吃一边忍不住吐槽：“我看这事八成就是杜凯强那孙子做的，凶器估计被他随手扔河里了，我们上哪找去？”

“你知道烟雾报警器如何设置灵敏度吗？”罗警官突然插了一句话。

“比目鱼”茫然地摇了摇头。

罗警官接着说：“烟雾报警器如果不够灵敏，就无法预测火情，但如果设置得过于灵敏，那么可能有人抽烟都会触发报警。对于一些重要的地方，没有及时预测火情的危害远远大于误报警的危害，所以就会把烟雾报警器设置得灵敏一些。”

“比目鱼”听得云里雾里：“这跟肖云的案子有什么关系？”

“冤枉一个好人的代价远远比放过一个坏人大，冤假错案会动摇法治化根基，所以我们要零口供办案，要把案子办成铁案。”罗警官很认真地说。

理智上，我赞同罗警官的观点，法律上一切疑点归被告人。但是从情感上，我一想到肖云的母亲一把年纪了，仍在为这桩案子东奔西走，心里就一阵发酸，难道五年前的那天到底发生了什么，真的无从得知了吗？

那顿饭吃得很压抑，每个人都心事重重的，吃完后，罗警官他们就回警局继续加班了。

事情的转机出现在两周后。因为这起案件在网上讨论度居高不下，引起了很多人的关注。一个著名的指纹鉴定专家对案件很感兴趣，专程从 B 市赶过来，协助专案组的工作。

专家叫冉高明，在国内颇负盛名。我们台每年都要策划年度法治人物专题，喵哥说难得有机会能采访到他，更何况他的到来可能给案件带来重大进展，便派我赶到局里，抓第一手消息。

接到指示后，我和三水哥立即赶了过去。我们到的时候，冉教授正在听主办民警介绍案情。冉教授今年六十五岁，干瘦干瘦的，个头不高，见到谁都笑眯眯的，完全没有架子。

冉教授听完民警的介绍后，便去了物证鉴定中心。罗警官将当年的卷宗拿了出来，冉教授看到那枚留在现场的指纹后，就皱起了眉头。

这枚指纹面积小，特征少，被很多权威的鉴定机构认定为不具备鉴定条件。罗警官试探地问：“冉教授，您有办法吗？”

冉教授目光如炬：“给我一点时间，你们先出去吧。”说完，就坐到了显微镜前。罗警官示意大家不要打扰到冉教授工作，我们都退了出来。

为了第一时间记录案件进展，我和三水哥没有走，就坐在物证鉴定中心的门口等。

等待的过程是非常煎熬的，一连几小时都没有消息，其间冉教授只要了一瓶水。饭点的时候，罗警官问冉教授要不要吃点东西，也被拒绝了。

利用空闲时间，我搜集了冉教授的资料。看完资料后，我对冉教授的敬佩之情犹如滔滔江水。他参与破获过很多疑难杂案，能够“看痕知枪”，仅凭遗留在现场的子弹壳就锁定真凶。他善于发现案发现场的蛛丝马迹，对痕检工作驾轻就熟，哪怕现场的证据非常少，只有一些衣服纤维，或者头发丝，也能从中寻得线索。

我兴奋起来，暗暗祈祷冉教授能发现点什么，让这起掩盖在迷雾中五年的悬案拨云见日。我打起精神，继续等待冉教授的鉴定结果。

冉教授在里面一连待了十几个小时。他打开门走出来的那一刻，所有人都围了过去。大家充满希望地看向冉教授，冉教授笑了笑，云淡风轻地说：“我总结了这枚指纹的五个特征点。”大家的心都提到了嗓子眼，冉教授继续不紧不慢地说，“杜凯强的指纹特征与血指纹的特征不符，可以排除他的作案嫌疑。”

冉教授话音一落，所有人都愣住了，这个结果完全始料未及。罗警官反应过来，火速拿来当时收集的跟案件有关的其他人的指纹，一共一百多枚。

冉教授会对这些指纹依次进行鉴定，考虑到出具鉴定结果还需要一些时间，我和三水哥便先回台里了。罗警官答应我，之后有任何进展都会通知我。

两天后，鉴定结果出来了，此前收集到的指纹中，有一枚特征与案发现场的血指纹特征相符，该枚指纹所有者叫朱文，曾是魅色的酒保。

除此之外，罗警官也有了一些新的发现，他找到了此前曾和杜凯强打过架的男士，那名男士曾是魅色的常客。

我和三水哥也赶去了警局，我们到的时候罗警官正在对其进行问话。

“你们当时为什么打架？”罗警官开门见山。

“就是喝多了一时冲动。”男子撇了撇嘴，“几年前的事了，还拿出来说。”

“有人跟我们反映，你和杜凯强打架的原因是你叫他绿毛龟，有这回事吗？”

男子嬉皮笑脸地说：“我就是喝多了，胡言乱语。”

“你是不是知道些什么？”罗警官追问。

男子吞吞吐吐，似乎有所犹豫，罗警官大喝一声：“好好交代，如果是造谣，我们可以追究你的责任。”

听到这话，男子很不服气：“他本来就是绿毛龟，还不准别人说。”

“你到底知道什么？别跟我们绕关子。”

“肖云假清高，说什么只陪酒，不卖身，可我无意中看见她和一个男子亲热。”

“那个人是谁？”

“也在那上班，后来被我撞破后，那个人就不来了。”男子摇了摇头。

我心里一惊，看来肖云除了杜凯强以外，确实和其他人有过亲密关系。结合案发现场的情况和冉教授的鉴定结果，这个人嫌疑很大。

罗警官调出了朱文的户籍信息，让男子辨认：“你看见和肖云亲热的，是不是这个人？”

男子看见照片，就立刻叫出了声：“就是他，我认得他。”

罗警官当机立断，决定立刻把朱文带回来重新进行指纹鉴定。罗警官带了几名便衣去抓捕朱文，我和三水哥在局里等消息。

行动比想象的顺利，不到一小时，罗警官他们就带着人回来了。罗警官说朱文非常镇静，一口咬定自己和肖云被害案没有关系。为了保险起见，罗警官重新提取了朱文的指纹，交给冉教授进行鉴定。

朱文一开始还嬉皮笑脸，戏谑地跟“比目鱼”说：“你们可不要因为破不了案，随便抓人来充数啊。”“比目鱼”没理他，朱文又转头跟我说，“记者老师，你做个证，别让他们冤枉好人。”

我未作声，朱文自讨没趣，又提出了种种要求，一会儿说要上厕所，一会儿要吃东西，甚至还想抽烟。

“比目鱼”悄声跟我说：“他闹得越欢，越证明心里有鬼。”

还真让“比目鱼”说对了，鉴定结果出来后，朱文再也笑不出来了。冉教授比对了他的指纹和血指纹后，认定两枚指纹有八处特征点相同，应为同一人所有。

这份鉴定报告让朱文的心理防线瞬间崩溃，之后的审讯异常顺利，朱文交代了整件事情的前因后果。

朱文交代，他和肖云是男女朋友关系，只是肖云一直不让公开。朱文发现，肖云和前夫已经离婚，但是她前夫却一直都纠缠不清。

案发当天，朱文去找肖云，肖云说杜凯强马上会来，让朱文赶紧离开。朱文很愤怒，质问肖云：“你们都离婚了，他为什么大晚上来你这？”

两人为此发生了激烈争吵，肖云责怪朱文挣得少，养不起她和孩子，这句话刺激到了朱文，他逼肖云在自己和杜凯强之间做出选择。

肖云没有明确回应，但是却拉扯着朱文往外走，朱文怒火中烧，拿起一把水果刀就向肖云刺去。两人发出的动静惊醒了鹏鹏，朱文索性一不做，二不休，连鹏鹏一起杀害了。

案件真相大白，朱文被以涉嫌故意杀人罪起诉。

后来，警方找到了杜凯强，杜凯强说自己之所以承认杀人，是因为老婆和儿子都死了，自己心灰意冷，再加上审讯强度很大，干脆随口说了刺向心脏，没想到，正巧和尸检结果一致。

至于那件血衣，因为在肖云卧室里放了一段时间，所以上面有杜凯强的气味也并不奇怪。

13
养老骗局

不忙的时候，我总喜欢往派出所跑。一来跟基层民警混熟了，拍摄的时候更方便。二来待上几天，总能碰上个不错的选题。

我事先做过功课，我们市最忙的派出所是仓普派出所（化名），每天的警情至少七八十起。因此这天早上不到八点，我就直奔仓普派出所，不出意外的话，九点之前将会迎来一天中第一个警情高峰期。

想到可能昨天值班的民警还没吃早饭，路上我买了点包子和豆浆带了过去。一进门，看到接警台上坐的几位警官在之前采访的时候都见过，便直接拿着东西过去，招呼他们一起吃。

我刚和他们说了几句话，感觉有人碰我，一回头，看见一个老太太正拿着拐杖扒拉我："小姑娘，你是干吗的，怎么不穿警服？"

这个老太太是我一个月前采访过的一起非法集资案件的受害者，名叫石慧，为人固执，认死理，把我折腾得够呛。

我愣了一下，下意识地解释道："我不是警察。"老太太听到这话，眉头一皱，拿起拐杖在地上敲了几下，厉声说道："你不是警察，那你这是贿赂公职人员，你有什么居心？"

老太太说得义正辞严，我手里的包子递过去也不是，收回来也不是，只能尴尬地看向几名警官。一名警官站起来解围道："老太太，几个包子而已，也算不上贿赂。"

老太太长叹一声："千里之堤，溃于蚁穴，以前都讲究不拿群众一针一线，现在世风日下啊！"

这名警官冲我苦笑了一下，只好说道："您言重了，不过我们都吃过早饭了，您吃了没，要不要吃点？"

老太太面色未见好转，冷声说道："我吃过了。你们什么时候还钱，我什么时候走，不然天天在这盯着你们。"

说完，转身坐到了一边，这名警官冲我撇了撇嘴，露出无奈的神色。我心生好奇，趁老太太不注意，向外号叫"风筝"的警官打听："骗子不是都被你们抓起来了吗，怎么她还怪上你们了？"

"风筝"耸了耸肩，悄声跟我说："老太太每天不到六点就来了，跟坐班似的，向我们要钱，又不是我们骗的她，我们从哪给她找钱去。"

我们说话间，石慧跟一名前来报案的人吵了起来，石慧指责人家在大厅里抽烟，愤怒地叫嚷着："你这是要存心呛死我这个老太太。”

报案人丢了几万元现金，心情本就不好，自然是不服气：“警察都没说话呢，你算老几？更何况我抽的是电子烟，根本没味。”

石慧情绪激动，抬起拐杖就要敲人家。“风筝”怕事情越闹越大，赶紧上前劝阻，石慧立即调转炮火，痛斥“风筝”：“你们这些警察，正事不干，公众场合吸烟不管，倒是会乱抓人。”

“风筝”气得脸都红了，石慧却越说越气，最后破口大骂。几名民警上前，不管是好言劝解还是出声呵斥，都无济于事。

“她这把年纪，也没犯什么大事，我们拘也拘不得，骂也骂不得，真拿她没办法。”“风筝”直叹气。

之后的几天，石慧几乎每天都来，在派出所一坐就是一天，还经常和人发生冲突。

派出所民警苦不堪言，我越发觉得奇怪，石慧天天来闹，到底是想干什么啊？

“风筝”说：“老太太让我们把刘世杰放了。”

“放了？”我忍不住惊呼，刘世杰就是那家骗子公司的董事长，石慧把房子都抵押出去了，把毕生积蓄投到了那家公司，却血本无归。提起刘世杰，她就算不恨得咬牙切齿，也没有理由想把他放了啊。

我完全搞不明白石慧是怎么想的，因为她，我差点被停了工作，现在想起来，还感觉有些委屈。

事情要从一个月前说起，一种叫养生画的东西在本市悄然兴起。这种画据说非常神奇，挂在家里可以放音乐，可以制造氧气，可以香薰，可以助眠，长期挂还可以治病，延年益寿。

生产这种画的公司叫维达科技，他们不直接对外零售，只招代理商，代理商最少要买五万元的画。不过奇怪的是，这家公司招代理商唯一的要求是年龄在六十岁以上。公司负责人称，这个项目是老年办牵头的公益项目，目的就是帮助老年人创业，解决养老难的问题。

这事有些耸人听闻，作为官方媒体，我们从来没听说过国家要鼓励老年人创业。更何况，一个科技公司，却搞得神秘兮兮的——在很多小区设立了办事点，却不允许年轻人参观，导致很多执意往里投钱的老年人和子女之间爆发冲突。

主编喵哥觉得事有蹊跷，让我混进公司卧底。按理说这事不容易，这家公司很谨慎，员工基本来自南方某地，从不对外招聘。

我四处托人打听，竟真的和这家公司扯上了千丝万缕的联系。我们台之前有个同事，外号叫刘一饼，辞职以后自己开工作室，三教九流都有交集。正巧维达科技公司总部所在大楼的物业负责人是刘一饼的朋友。

在刘一饼协调下，我假装是物业负责人的外甥女，因为吃不了苦从饭店辞职，没有学历找不到更好的工作，想去维达科技上班。对方负责人推脱不过，只能给物业负责人一个面子，让我去公司做前台。

上班前，刘一饼说我看起来学生气太重了，特意搞来一张文身贴贴我手臂上，说这样更能融入他们的氛围。就这样，我成功进入了维达科技公司。

维达科技规模很大，整个大厦有一层都是这家公司的办公区。我的职位是前台，月薪是五千元，工作内容就是负责接待来总部参观的投资人。我给他们做好登记以后，会把他们领到办公区，另有人给他们介绍公司的业务。

上班的第一天，我累得口干舌燥。前来了解的人络绎不绝，但是，我根本接触不到公司的核心业务，我把他们领进去以后就要回到前台的位置。

中午吃饭的时候，一个男子给了我一份快餐。男子留着地中海发型，戴黑框眼镜，年纪四十岁左右，让我叫他嘴哥。

我趁机向嘴哥打探消息。嘴哥和我东拉西扯半天，但一谈到涉及公司的问题，就会岔过去。我很着急，但是不敢追问得太紧，怕引起对方的怀疑。

吃完饭后，嘴哥走的时候，拍了拍我的肩膀："不该问的别问，做好自己的事情就好。"

我一点有用的信息没打听到，但是公司里随便一个职员，都如此滴水不漏，这几乎让我确信，这家公司有问题。

之后的几天，我决定先按兵不动，留心观察了公司的情况。我发现这家公司的主要岗位就是销售。他们中的很多人都穿名牌，开豪车，出手阔绰。嘴哥算是其中混得最差的，几乎每个月的业绩都不达标，经常被比他还小的上司当众责骂。

嘴哥每天都要给大家订午餐，还承担打印复印之类的杂活。即便如此，很多同事对嘴哥不太感冒，经常爱答不理的。

我决定把嘴哥作为突破口。每次订餐，我都主动帮他拿，拿快递之类的小事也主动帮忙。

一来二去，我和嘴哥就熟悉了起来。嘴哥其实挺不容易的，他家庭条件不是很好，结婚比较晚，孩子才上小学，父母年纪大了，身体又不好。

为了挣钱，嘴哥打过很多工，去工地当小工，送外卖，批发服装，吃过不少苦。他平时非常节俭，洗得发白的西装穿了又穿，皮鞋鞋底磨破了都舍不得扔。

我有时下午会订炸鸡奶茶，每次订的时候都给嘴哥带一份，他很感激我，时不时会找我聊会天。嘴哥说他嘴笨，长得也不讨喜，其实并不适合销售，干得很憋屈。

我劝他不开心就换份工作。嘴哥摆了摆手，小声跟我说："我业绩最差，即便如此，也比我干其他的挣得多。"

"这么挣钱吗？"我有些不敢相信。

"咱们公司刘总，光上半年就换了三辆车了。"嘴哥说。

我露出羡慕的目光，趁机提出想转做销售。嘴哥尴尬地挠了挠头，含混地说"有机会，有机会"，就又岔开了话题。

我有点失望，但也只好作罢。

之后的一天，嘴哥的妻子加班，嘴哥只好偷溜出去接孩子，又匆匆赶回公司。无巧不成书，偏偏那天领导又把他叫去应酬，孩子只好丢在公司，嘴哥临走的时候托我帮忙照顾。

后来，大家都陆续下班了，嘴哥还没有回来。我拨他的电话根本打不通，我又不知道孩子母亲的电话，只能陪着小孩一直等。

一直到晚上十点，嘴哥的妻子才赶来公司把孩子接走。她跟我说，嘴哥应酬喝多了，被同事送回家的时候已经晕头转向了，不过幸好还记得孩子在公司呢。

嘴哥的妻子再三向我道谢，我说没事，应该的，嘴哥平时对我也挺照顾的。

第二天上班的时候，嘴哥见到我，特别不好意思，一个劲说对不起。我说不用放在心上，反正我下班也没啥事。

嘴哥低头想了一会儿，问我："你还想做销售吗？"

我帮他看孩子，只是举手之劳，但是只有成为销售，我才能接触到这个公司的秘密。我毫不犹豫地点了点头。

嘴哥笑了笑，算是答应了。他帮我请示了老板，提出愿意当我师父，带我做业务。这家公司招销售很谨慎，但一方面，公司发展迅速，原有人手分身乏术；另一方面，有嘴哥背书，领导同意了我转岗。

转岗后，我做的第一件事就是去社区发鸡蛋。鸡蛋是免费的，一人一次可以领十个，只能六十岁以上的老人领。

领鸡蛋的必须登记，填写详细的家庭住址和基本情况，然后会有专门的人把鸡蛋送到老人家。

嘴哥说送货上门这一步是关键。"去老人家的时候，要仔细观察，能得到很多信息。"

"怎么观察？"我问。

"这就是本事了。"嘴哥故弄玄虚地说。

嘴哥很精明，怕教会徒弟，饿死师父，每次教我东西，都像挤牙膏一样，只透露一点。所以为了多学点东西，我只能采取零食攻势，没事就给他买炸鸡、啤酒、烤猪蹄。

他吃人嘴软，自然告诉我的更多，再加上我天生的观察能力，时间不长，我就摸清了其中的套路。鸡蛋不能直接让老人领走，就是确保他们填写的地址是真实的。去老人家后，可以根据装修观察他们的经济条件，根据房间布置观察是否独居，还可以跟老人聊天，判断他们的性格，以及和子女的关系。

公司内部有专门的投资等级表，会对每一个老人进行评分。最受欢迎的投资者，就是那些独居、经济条件比较好、性格又很执拗、跟子女缺乏沟通的老人，他们就是目标人群。

我们每获得一个老人的详细信息，就会有相应的引荐费。后期如果老人投钱的话，我们也会从老人的总投资额中得到一定的分成。

如果我不能出师，只能一直做这些基础工作，甚至连这家公司卖的是啥都接触不到。我必须尽快证明我的能力。

每个销售都有自己负责的区域，嘴哥因为在公司里不受待见，所以分到的区域比别人小。他的区域情况比较复杂，要么是高档小区，物业管理严格，不让我们摆摊送鸡蛋；要么是廉租房，居民根本没有闲钱投资。

我综合分析了一下，觉得紫园小区是这块区域条件最好的。这个小区房屋面积大，居民经济条件比较好，物业不允许直接摆摊设点，但是管理相对松散，不会严格核查来访人员。

每天晚上七点左右，小区篮球场里会聚集很多广场舞大妈。所以我选在这个时间段，印好传单和登记表，去广场上发。短短两小时，就登记了一百多份。

我非常高兴，第二天也选在那个时间段去，但我很快发现，每天跳舞的差不多都是那些人，没两天就都登记过了。

作为新闻系毕业的高材生，我决定学以致用，好好用下传播学的知识，来做推广。

我发现广场舞大妈也有她们各自的小团体。不同的舞队之间竞争很激烈，她们需要拉新人，占场地，组织活动，斗智斗勇。

退休前是干部，退休后不一定能当上广场舞领队。能当上领队的人，往往是天生的宣传家，她们头脑灵活，富有煽动性，组织力强。

我选了几个大妈作为我的联络人，多给了她们一些鸡蛋，让她们帮我去拉人。但我规定每人每天最多可以给出去 20 个名额。这在传播学中叫饥饿营销。

大妈们战斗力惊人，就这样一传十十传百，很多人都主动把报名表交给了我。我几乎没费什么力气，就收集到了比其他同事多两倍的报名表。

一切似乎都很顺利，但还是出现了一些小波折。一天，我去找我的联络人之一红姨要报名表，撞见她正和一个老太太争吵。

老太太怒气冲冲地质问红姨：“发鸡蛋为什么不给我？”

红姨不甘示弱，嗓音升高了一度：“每个人的名额都是有限的，我跟你不熟，凭啥给你鸡蛋？”

两个人针锋相对，吵得不可开交。我上前劝阻，想问清楚到底是怎么回事。红姨和老太太你一言我一语，说了半天，我才明白事情的原委。

原来，老太太叫石慧，她以为鸡蛋是社区福利，小区居民都可以领。但好几天过去了，都没发到她家。她就主动去找红姨要，可红姨不愿意给她。

红姨把我拉到一边，小声跟我说："别理她，这个老太太可事了呢。"

红姨说，石慧的丈夫是一个军官，已经去世很多年了。她大女儿在美国，小女儿是个精神病，住在精神病院。

石慧平时总喜欢找各种理由挑事儿，大家都对她敬而远之，自然发鸡蛋这种事也没人通知她。

她还举报过红姨的舞蹈队扰民，所以红姨对她很有意见。

我不想看她们争吵，而且多拉一个人，对我也没什么损失。我安抚了红姨几句，本着息事宁人的态度，给石慧递了一张报名表，让她填写。

没想到石慧依然不依不饶："你们应该主动给我，不应该等我要的时候才给我。我要是不主动要呢，这鸡蛋是不是被你们偷着分了？"

石慧如此不讲道理，让我非常生气。我没好气地说这不是社区发的，是我们公司发的，不是每个人都有。

说完，我扭头要走，石慧一把拉住我，非让我把事情说清楚。老太太嗓门很大，甚至惊动了不远处的保安。

我不希望这个事情闹大，只能哀求地说：“这件事确实是我做得不对，这样，我多给你一袋鸡蛋，到时候我再请你去我们公司参观，您看能不能就算了？你这样为难我的话，我可能会丢了工作。”

我没想到，这样说还真的有效果，老太太放开了我的手，记下我的电话，拿着报名表走了。这次小波折，是我第一次认识石慧，但我感觉她似乎没有传说中那么不近人情。

回到公司后，我拿着收集到的报名表，跟刘总提出了出师的要求。刘总看我这么能干，爽快地同意了。

在嘴哥带领下，我第一次参观了养生画展览室。展览室面积很大，占地两三百平方米。

房间很大很明亮，里面放着各种图案的养生画。每幅画都用玻璃罩子罩起来，还上了锁，好像展览的是非常昂贵的艺术品。

嘴哥给我展示了一幅画，果然如传说中的能放音乐。

“这都是小意思。”嘴哥撇了撇嘴。

他从旁边的柜子里拿出一个瓶子，里面装的是蚊子。他把蚊子放到装有养生画的玻璃罩里，蚊子立刻像疯了一样，拼了命地躲着这幅画。

“这画还能驱蚊？”我有点不敢相信。

“这画功能多着呢。”嘴哥有些得意。

说着，嘴哥又在另一个玻璃罩里注入了烟雾。短短的几分钟之内，烟雾就全都奇迹般地消散了。

嘴哥说这画之所以这么神奇，是因为里面装着特殊芯片，是中国顶级科学家耗费数年才研制出来的。

嘴哥拿出了一个宣传册，里面有参与这次研究的专家学者，都是顶尖学府和科研院所的专家。

我今天亲眼所见，不得不感叹这幅画确实神奇。问题出在哪呢？

我百思不得其解。

接下来，我要做的就是带登记表上的人，来公司参观。前来参观的人倒是挺多，但很多人就是奔着免费鸡蛋来的。到了要真金白银投钱的时候，大妈大爷们也都是很谨慎的。

“你不是有他们的家庭住址吗？”嘴哥一句话点醒了我。

嘴哥说，做销售要有耐心，要一点点跟大爷大妈拉近距离。

“放长线才能钓大鱼。”嘴哥一边啃着鸡腿，一边跟我讲，“你对大爷大妈，要比对你亲爸亲妈还好。”

“你亲爸妈，能拿出十几万元二十几万元支持你的事业吗？”说着，嘴哥从柜子里拿出了一大袋药包，递给了我，“这是泡脚用的，你拿几包去看看老人们，不要上来就提投资的事。”

我茅塞顿开，一天几趟地往小区跑。

这个过程并不轻松，有时候一天一个人也联系不上，有时候甚至被当成骗子骂。

就在我一筹莫展的时候，石慧竟然主动给我打了电话。

“你上次说带我们去你们公司，又是在唬我吧？”石慧没好气地说。

我不敢得罪石慧，更何况要想继续卧底下去，我必须尽快拉到人。

"阿姨，正好公司在免费发放泡脚的药包，对身体好，我现在就给您送去。"我赶紧说。

挂断电话后，我立刻赶往石慧家。不到半小时，我就到了她家门口。我刚按了一声门铃，她就把门打开了。眼前见到的一幕差点惊掉我的下巴，满地都是堆放着的保健品，连个下脚的地都没有。

我一阵闪转腾挪，才挤到沙发旁边，我注意到旁边的柜子上，摆着很多照片，照片里是个混血女孩，长得非常漂亮。

我忍不住夸赞："小朋友真好看！"

没想到，这句话，简直成了打开石慧话匣子的开关。她一个劲地给我夸大女儿有出息。

她说大女儿是知名大学毕业，高级工程师，现在在美国住大别墅。女婿是个美国人，有个外孙女叫贝蒂。

说起这些，石慧神采飞扬，我愣是一句话也插不进去。眼看到了午饭时间，我准备要离开，石慧却硬把我留下来吃饭。

我不忍心让一个老人给我做饭，可我自己又是黑暗料理界的扛把子。我看了看她冰箱里，除了菠菜、挂面，啥都没有。

我只能煮挂面，石慧在我旁边指导。一会说我盐放多了，老人家要吃清淡点的，一会又说煮面我连酱油都不放，颜色不好看。

她越说我越乱，还不小心打碎了两个盘子。石慧百般嫌弃，说我笨手笨脚的，一看就不是干活的人。

但是当我把面做好，端上桌后，她还是都吃完了，连汤都喝得干干净净。

我说："你冰箱里的菜太少了，应该多买几种，才能保证营养。"

石慧说："我一个人能吃多少？凑合凑合就行了。"

我觉得有些心酸，忍不住问："你怎么不搬去美国，和大女儿一起住？"

"我就喜欢自己住，清净。"石慧说得很轻松，但是表情还是流露出一丝伤感。

吃完饭后，我主动帮她收拾了屋子。走的时候，石慧硬塞给我一大包营养品，说我太瘦了，要补充营养。

那些营养品是石慧高价买的，但是连生产批号都没有，我是不敢吃，拿回家也只能扔到一边。

这之后，石慧隔三岔五就给我打电话，都是些鸡毛蒜皮的小事，不是水管堵了，就是新买的电器不会用。面对这么一个子女都不在身边的独居老人，我说不出拒绝的话，所以基本上能帮就帮。

转眼间，我在这家公司已经卧底小半年了。刘总组织了一次动员大会，规定每个人必须拉到五十人，来听讲座。

这次讲座，人多耳杂，我就有机会溜进展室，搞清楚他们的秘密。我邀请了石慧，没想到这次，她毫不犹豫地答应了。

讲座当天，来了很多人，所有员工都忙得热火朝天。刘总把我拉到一边，给我下了死命令："你拉来的人，投资总额必须在五十万元以上。"

“五十万元？这个太难了吧。”我心里有点没底。

“你这个不争气的东西，做不到就走人。”刘总暴跳如雷，当着众人的面，劈头盖脸地把我骂了一顿。

这一幕都被石慧看在眼里，我觉得有点下不来台，她走过来安慰了我几句，我心情才好受一些。

我没有忘记今天的真正目的，一有机会，就往展室溜。因为大家都很忙，也没人有空注意我。

我溜进展室后，在最里面的房间里碰上了嘴哥，他打开了养生画的盖子，正在往里面装艾草。我瞬间反应过来，这艾草应该就是养生画能驱蚊的原因。

嘴哥被我撞破了，也没再掩饰：“别出去乱说啊，这有个小型风机，可以把艾草的味道吹出来。”

“那净化烟雾怎么回事？”我赶紧追问。

嘴哥不肯再说，硬把我推出了门。不过，他刚刚拆开画后盖的时候，我偷偷用手机拍了一张照片。三水哥是个技术大神，我把照片发给了他，让他研究。

走出展室后，刘总把我叫到了办公室。

他跷着二郎腿，坐在巨大的老板椅上，得意扬扬：“刚刚那出戏效果不错。”

“戏？”我一头雾水。

“刚刚骂你是在演戏，给老人们看的。你跟他们相处这么久，他们对你已经有了感情，总不忍心看你因为完不成业绩被骂吧。”

刘总一边说，一边拿出了一份名单。“你拉来的人，有二十几个都投钱了。其中最多的，石慧，投了三十五万元。”

“三十五万元！”我忍不住惊呼。

“是啊，我跟她说你之前为了给她们多争取福利，自己还往里面贴钱了。石慧眼眶都红了。”刘总说。

不得不说，刘总的感情牌打得很高明。

从刘总办公室出来后，我心情很复杂。石慧看见我脸色不对，主动过来关心我：“是不是业绩还跟别人有差距？没事，我也多帮你宣传宣传。”

我心头一热，越发不是滋味。

讲座结束后的第二天，三水哥给我打电话，说养生画里面装了一个小型负氧离子释放剂，确实能在小范围内让烟雾消失。但这不是净化空气，只是让烟雾沉淀而已。

小型负氧离子释放剂在网上卖几十块钱。至于其他的扬声器和风机也都不值钱。

根本没有所谓的高科技芯片，这件事情，就是个彻头彻尾的骗局。

我把这几天暗访到的资料，都发给了主编喵哥。喵哥说，他和其他地方电视台有过联系，得知万维科技公司的项目，远不止养生画一个。

他们还在全国各地建养生馆，劝老人买房养老。喵哥说让我把情况都摸透了再辞职。

喵哥下了命令，我也只能听从。

可是继续扮演“骗子”的角色，骗老人们的钱，让我有些煎熬。讲座那天，刘总跟石慧提过养生馆的事情。劝她把房子卖了，在海南的养生馆买个房子，将来需要人照顾了，随时都可以搬过去住。

刘总给石慧描述的画面很美好。养生馆二十四小时有专人照顾，有专业的医疗团队提供健康检查，住在里面的大都是高级知识分子，相处融洽，有共同话题。

我知道这家公司擅长画大饼，承诺的事情多半办不到。石慧孤苦伶仃，万一把房卖了，以后日子会很难过。

出于卧底安全性的考虑，喵哥不同意我把实情告诉石慧。可是我实在不忍心看她被骗，所以就故意疏远了她。

有好几次，她给我打电话，我都找理由敷衍了几句，就挂断了。

为了尽快拆穿公司的骗局，我与时间赛跑，争分夺秒地搜集公司违法的证据，陆续传给喵哥。

但没想到的是，某市电视台率先发出了新闻，质疑万维科技公司养生画项目是骗人的。一石激起千层浪，此后全国各地的媒体纷纷跟进。

万维科技对外发表声明，说记者拍到的养生画只是试验品，很快新一代养生画将研制出来。但这样的声明并没有平息舆论，很多之前宣称参与研制芯片的专家纷纷辟谣，说自己从来没有听过这家公司。

许多投资人对公司失去信心，要求退款。喵哥说既然我们没抢到第一手发布信息的机会，就继续跟进，重点报道新闻出了以后，这家公司怎么应对。

在舆论压力下，刘总答应返回投资款，还制订了返还计划。第一阶段的计划是投资十万元的每月返还一百元，一点一点还。如果想继续信任公司的，还是可以继续投钱，现在投一万元，等公司渡过难关，五倍返还。

这样的“还款计划”听起来像个笑话，很多老人再也瞒不住了，告诉了子女实情。大批投资者涌进了公司，要求立即退钱。

此时，公司大部分员工都已经联系不上了。原本豪华的写字楼里，只零星坐着几个人，安抚前来闹事的投资者，其中就有石慧。

我这才知道，刘总偷偷联系过石慧，并且成功说服她抵押了房产，把钱都投到了公司里。

但现在公司出现问题，石慧和其他投资者的态度却截然不同，她慷慨激昂地鼓励人们重拾信心，要和公司共克时艰之类的。

“老板拿钱跑路了。我们的钱都打水漂了。”有投资者痛哭流涕。

“别胡说八道，”石慧似乎毫不担心，“刘总在积极筹款。我们给他点时间。”

石慧的话没有起到丝毫效果，恐慌的情绪在人群中蔓延。石慧为了说服大家，还要继续投钱。

她准备回家取钱，我不忍心，私下里劝了她两句，但她已经不再信任我了。我只能向她表明了记者身份。没想到，石慧完全不领情，还说我诬陷，去电视台把我给告了。

“还款计划”没持续多久，公安局就对这家公司立案侦查了，并且很快，董事长刘世杰以涉嫌诈骗罪，被检察机关依法批准逮捕。

这样的结果，也算是大快人心。但石慧并不满意，她觉得自己被警察坑了。如果董事长不被抓进去，让他在外面筹钱，他会一点点地把钱还给大家的。现在把人抓进去坐牢了，钱就彻底有去无回了。

石慧三天两头闹事，严重干扰了正常的警务工作。这样下去，警方只能对她采取强制措施了。

石慧投的第一笔钱，是为了怕我挨骂。后面也是因为我没有及时跟她解释清楚，才给了刘总可乘之机。我每每想到这些，都觉得对她有愧疚。

我决定修复和石慧的关系。一大早，赶在她去公安局“坐班”前，我就拎着一大袋子蔬菜水果赶到了她家。

她见到我以后，脸快耷拉到地面了，语气颇为不耐：“你怎么来了，大记者？”

我没有理会她的嘲讽，耐着性子把事情从头到尾解释了一遍。

石慧脸色未见好转，她没有理我，转身回了屋子，我也顺势跟了进去。她有意忽略我，不跟我说话，只做自己的事情。我几次试图跟她搭话，都失败了。气氛有点尴尬。

我环顾了一圈，想找点话题，缓和气氛。我的视线落在贝蒂那张照片上，照片旁边是几张手绘的贺卡。

“I love my grandma.”我忍不住读出来。

“你懂英语？”石慧凑了过来，表情有些惊喜，“什么意思啊？”

“我爱外婆！”我翻译给她听，她乐开了花，话匣子又打开了。她喋喋不休地说贝蒂有多么可爱，大女儿一家如何如何孝顺。

“您想过搬到美国去生活吗？”我问。

石慧的房子已经抵押给了银行，随时都可能被收回。她年纪大了，我跟她交谈时，发现她有时会把刚说过的话，又说一遍，而且常常记不住重要的事情。据说，这是阿尔茨海默病的前兆。

谈到这个话题，石慧的眼神瞬间黯淡下来。

“我又听不懂外国话，出了国，身边连个能说话的人都没有。”石慧摇了摇头，神情有些落寞。

我再三追问，她才跟我说实话。女婿和外孙女都不会说汉语，而且外国女婿不同意石慧常住。石慧只能每天计算着时差，小心翼翼地和女儿通话。

我答应石慧，以后只要有时间，就会常来看她。她笑了笑，又摇了摇头：“年轻人都不喜欢和老年人待在一起。”

临走的时候，石慧问我：“小刘会被关几年？”

我摇了摇头。石慧叹了口气：“至少他还能跟我说说话。”

我心里五味杂陈。也许在一般人看来，石慧刻薄，难以接近，喜欢挑事。但是我明白，或许她只是在以这种方式引起别人的关注。她想要的，不过是有人陪她说说话。

我走出了单元楼，看到社区楼下布告栏贴的标语“老有所依，老有所养”，已经泛黄泛旧了。

14
乔雨薇事件

在一般人看来，记者时间自由，不用坐班，来去自由，好不惬意。但只有我们自己知道，不用坐班，意味着没有下班，需要二十四小时随时待命。套用一句话就是，你永远也不知道，明天和新闻，哪一个先来。

晚上十二点多，我正睡得香甜，梦里主编喵哥和颜悦色，说要发一万元奖金给我，我刚要接，就被一阵急促而尖锐的铃声吵醒了。我看了眼挂钟，这个时候给我打电话的人，要么是罗警官叫我去“撸串”，要么是喵哥派选题给我。不管是谁，害我没拿到奖金，我都有些不爽。

我循着声音，一阵摸索，才找到手机，电话那头传来喵哥熟悉的声音。

“命案。花溪路，欣欣美容院。”

我瞬间清醒过来，一骨碌翻身下床，刷牙

洗脸，一气呵成。不到十分钟，我就坐上了赶往案发现场的出租车。路上，我给三水哥发了微信，让他赶去和我会合。

我们赶到的时候，罗警官正在给报案人做笔录。报案人叫路鸣，穿着黑色夹克，满手都是鲜血。他明显被吓坏了，带着哭腔，断断续续地给警察讲述事情经过。

路鸣说，他今天本来约了王欣欣谈合作的事情，但是一进门，就看见王欣欣倒在血泊里，他立刻冲过去查看，发现王欣欣已经没有呼吸了。警方例行公事，询问王欣欣的社会关系－案发前有无异样等基础信息。路鸣一问三不知，说自己和王欣欣不是很熟，只是商业上的合作伙伴，不清楚她的情况。

他边说眼泪边往下掉，说话前言不搭后语，像被人夺了魂。不知道为什么，直觉告诉我，他和死者的关系，没有那么简单。我接触过很多报案人，一般人在面对凶杀案的时候，害怕、慌张，都是正常的情绪反应，自我保护机制的本能，会让他们远离案发现场，远离尸体。

但是路鸣身上都是血，证明他在警方赶来之前，接触过尸体。王欣欣死状非常可怖，双目圆睁，身中数刀，满身鲜血，连女警都躲了出去。但路鸣即使做笔录的时候，也一直往死者的方向看。纵然他极力克制，我也能察觉，他对王欣欣死亡的悲痛。

罗警官看他状态不好，只简单问了些基础情况。路鸣今天是从外地出差回来，开车来到案发现场的。但是目睹了这样的画面，路鸣又如此失魂落魄，罗警官考虑到他的安全，安排了一名警官先送他回家。

之后，警方封锁了案发现场。按照惯例，我们需要采访函，才能进一步采访，所以我和三水哥也先离开了。回去的路上，我问三水哥：“你有没有觉得路鸣有些奇怪？”

“有啊。”三水哥几乎想都没想，就脱口而出。

我们难得在一件事情上，这么快达成共识，我有点激动：“你是不是觉得，路鸣和王欣欣关系不一般？”

我这么说，不是空穴来风。花溪路上其他店铺晚上九点半左右，就都关门了。他们之间有什么重要的事情，非要夜里十二点多谈呢？孤男寡女，半夜私会，难免让人浮想联翩。

三水哥听我讲完，摇了摇头：“我没想到这么多，我只是觉得，他有点心虚。”

“心虚？”

三水哥拿出摄像机，回放了今天的采访录像。看到录像后，我立即明白了三水哥说的“心虚”是什么意思。

他的眼睛，一直在躲避镜头。

“路鸣一定在隐瞒什么。”三水哥笃定地说。

做媒体久了，每天接触形形色色的人，就会有远超常人的观察力和敏锐度。我相信三水哥的判断。

我心事重重地回了家，一晚上都没睡好。

第二天一大早，我就和三水哥赶到了欣欣美容院。

我原本的计划是要采访路鸣的，但是罗警官说要先请示上级，才能给我他的联系方式。所以我只能先来美容院，拍拍空镜，顺便碰碰运气，看能不能从邻居那里打听到路鸣的信息。

好事不出门，坏事传千里。一晚上的时间，欣欣美容院发生命案的消息，已经传得尽人皆知了。花溪路上的店主们都在议论这件事情，人心惶惶。

王欣欣在这条街上，开店四五年了，和邻居们相处融洽。对于她横死的事情，大家都很惋惜。

一般来说，凶杀案的动机无非三种，为情、为仇、为财。王欣欣身中数刀，刀刀致命，凶手要置她于死地的意图非常明显。从动机上讲，前两种的可能性比较大。

但是邻居们说，王欣欣长得漂亮，性格也好，平时谁家有个事，找她帮忙，她都很热心。她做生意这么多年，从没跟人红过脸，各种关系都处理得妥妥当当。

街上卖女装的大姐，信誓旦旦地跟我说："这么一个柔弱的小姑娘，不可能与人结仇的。"

我让三水哥调出了昨天的录像，跟他们打听路鸣的情况。出乎我的意料，周围的店主都表示，从来没有见过他。

我心里暗自嘀咕，难道昨天的判断错了，路鸣和王欣欣真的只是普通的合作伙伴？要解开这些疑问，最好能采访到路鸣本人，可是我该怎么联系他呢？

我对他知之甚少，似乎无从下手。但是昨天他是开车来的，那辆车的车牌号很吉利，不是6就是8，给我留下了深刻的印象。一般用这种车牌号的人，性格都比较招摇，他会不会在社交媒体上留下痕迹呢？

抱着试试看的心态，我让技术大神三水哥帮忙检索他，最后成功找到了他的微博和微信账号。三水哥还检索到一条旧闻，路鸣用的那个车牌号，是两年前花十万元买的。根据那个新闻报道，我知道了路鸣是个商人，小有成就。我又在企业信用信息网上查到，他名下有四五家公司。

我大致浏览了路鸣的微博，他发的内容要么是鸡汤文，要么就是一些琐碎的日常分享。我私信给他，提出了采访的要求。但是路鸣却迟迟没有回复。

下午，我带着采访函去了公安局。

值班的是“比目鱼”。他跟我说罗警官将路鸣带了回来，正在问询。一般情况下，警方给报案人做笔录，不会这么长时间。我瞬间反应过来：“你们怀疑路鸣？”

“比目鱼”点了点头：“现场除了被害人的指纹脚印，只有路鸣的。而且当天那个时间段，王欣欣本不应该在店里。她那天刚和朋友吃过饭，回店里不久就遇害了。知道她在店里的，只有路鸣。”

“那动机呢，商业纠纷？”

“比目鱼”摇了摇头：“王欣欣是路鸣的情人。”

感情纠葛！我暗吸一口凉气，忍不住吐槽：“这年头，谈恋爱真是太危险了。”

“我们联系上了王欣欣的妹妹，她说王欣欣和路鸣在一起两三年了。王欣欣想要个名分，路鸣又不同意离婚，最近两人经常为这件事情争执。”“比目鱼”说。

原来是地下恋情，怪不得路鸣没有主动承认。

“你好，我叫乔雨薇。”

我们正说着，一个女人走进来，她一米七左右，留着短发，穿着红色冲锋衣，看起来很朴素，但是眉眼却很清秀，身材也不错。

“我是路鸣的妻子，警官把他带走说做笔录，已经挺长时间了。我想问问发生了什么事？”

“比目鱼”小声叮嘱我：“先不要告诉她路鸣和王欣欣之间的事。”

我点了点头，“比目鱼”跟女子说，路鸣是一起命案的重要人证，他们只是想了解点情况。

女子问：“他什么时候出来？”“比目鱼”摇了摇头，让她先回去等信。乔雨薇面露难色，不愿意离开，说想等路鸣出来。

如果这件事情最终被证实，是因为情感纠葛引发的凶案，我们肯定要重点了解路鸣的婚姻状况。虽然我不能透露路鸣出轨的事情，但是我可以从乔雨薇口中，侧面了解情况。

我坐到乔雨薇身边，安慰她不用担心。“昨天晚上，路鸣没有跟你说吗？”我问。

乔雨薇摇头：“他昨天到家很晚，洗了个澡，就睡了，什么也不肯说。”乔雨薇说，她是今天早上看到新闻报道，才知道丈夫昨天晚上目睹了一起凶杀案。她还没来得及跟丈夫打听详细情况，他就被警方带走问话了。

“您认识死者吗？”我试探地问。

“我不认识，新闻上说她是我丈夫的商业伙伴。”

乔雨薇皱了皱眉："说来也奇怪，他本来应该今天晚上回来的，不知道为什么，昨天提前回来了。"我心里想，路鸣改变了行程，没有通知妻子，应该是准备和王欣欣私会的。难道是路鸣早有预谋，准备杀人灭口？

要想解开这些疑问，只能等警方的调查结果。我陪着乔雨薇等了两小时，路鸣还没有出来，我们只好各自离开。

这起案件在网上曝光后，迅速发酵。因为花溪路是本市的繁华路段，所以大家都格外关注。喵哥让我关注网上的舆情，以便及时跟进。

网上有个帖子非常火爆，一个自称是微表情专家的大V分析，路鸣的表情非常不自然，而且小动作特别多。文章写得很细致，把路鸣视频中的每个动作都做了截图，配上文字说明。最后的结论就是，路鸣很可能是贼喊捉贼，杀了人以后报的警。

那篇文章只有一千多字，上线两小时，阅读量就超过了十万次。这个话题被炒热后，网上又传出一些爆料。有网友扒出了王欣欣的社交账号，发现她喜欢在社交媒体上炫富，晒豪车名表名牌包。再之后，有人发现她穿的某奢侈品牌的衣服，路鸣也穿过同款。两人不仅互相关注，连网名的后缀都一模一样。

这些细节引起了网友的极大兴趣。更多的爆料层出不穷，甚至有"知情人"直接点明，王欣欣是小三，介入了路鸣的婚姻。我尝试联系这个"知情人"，但对方并未回复。

我决定再去采访乔雨薇。上次见面我特意留下了她的联系方式，简单的电话沟通后，她给我发了地址——金华小区。说实话，我有点意外，这个小区顶多算中低档小区，房子建了很多年，已经比较旧了。他们这种身家，就算不住别墅，至少也得是高档小区吧。不过住哪是人家的自由，我也不好多问，收到地址后，我叫上三水哥赶了过去。

再次见到乔雨薇，发现她憔悴了很多。她没有化妆，黑眼圈很重，她一见我，就泣不成声："路鸣不会杀人的。"

我安慰她，警方只是在调查阶段，并没有批准逮捕路鸣，如果路鸣是清白的，警方也不会冤枉好人。乔雨薇瘫坐在沙发上，神情悲戚。

"网上的新闻你看过了吧？"我单刀直入。

乔雨薇木然地点了点头，想了想，又摇了摇头："我和路鸣很恩爱，我相信他不会出轨。"

乔雨薇说，她和路鸣两个人，都是既没有学历，又没有背景。两个人白手起家，一路打拼才有了今天的一切。"我们住过澡堂、火车站、地下室，好不容易攒下点钱，第一次进货就被人骗了。

"最难的是冬天，住的地方没有暖气，我们一回家就缩在被子里，两个人靠在一起唱歌。

"我们结婚的时候，就在出租屋里，他说以后有钱了，给我补办个婚礼。"

乔雨薇自顾自地回忆她和路鸣的往事，表情颇为陶醉，我有点不忍心打断她。她絮絮叨叨地说了很久，我小心翼翼地问："他从外地出差回来，先去欣欣美容院，你一点也没有怀疑吗？"

乔雨薇愣了一下，突然紧紧抓住我的手："白记者，我相信路鸣不会杀人的。"

乔雨薇没有正面回答我的问题，虽然有些残忍，但我还是又问了一遍："路鸣回来后，先去欣欣美容院，你没有怀疑吗？"

乔雨薇开始小声地啜泣："就算……他……总之他是不会杀人的。"我再三追问，乔雨薇始终闭口不谈王欣欣，她只是恳求我帮忙证明路鸣的清白，平息网上的舆论。"路鸣是最爱面子的人，网上说得那么难听，他一定没法接受。"

我见问不出什么，只能暂停了采访。乔雨薇坚持留我们吃饭，我正好还有问题想问，所以就没有推辞。

三水哥去拍空镜的间隙，我扫视了一圈屋内。房间很整洁，井井有条，但不知道为什么，我却觉得有点奇怪。

乔雨薇招呼我们吃水果，我跟她东拉西扯，又聊起了路鸣。她这个时候状态比较放松，所以她此时说的话，往往更能体现她对路鸣的真实态度。

她应该真的很爱路鸣，谈到路鸣的时候神采奕奕，对他的兴趣爱好和生活习惯如数家珍。

他说路鸣三十好几的人了，行事作风还像个孩子，喜欢手办，喜欢打游戏，经常玩到深夜。

"那会吵到你吧。"

"他在他的房间，关上门，还好。"

乔雨薇脱口而出的这句话，瞬间让我明白了这间房子的奇怪之处。

房间里所有东西都是两份，而且摆放的位置也很有意思。客厅里突兀地放着一次性衣架，上面挂着的都是路鸣的衣服。一个电饭煲、一个茶杯、一个炒菜锅、一人份碗筷，都整齐地码放在厨房一角。再加上乔雨薇顺口说出的“他的房间”，这完全不像一对正常的夫妻，我问乔雨薇：“你们分房睡？”

乔雨薇下意识地连连否认，我严肃地盯着她：“你可以不回答我的问题，但我希望你不要对镜头撒谎。”

乔雨薇微不可察地叹了口气，眼眶红红的：“白记者，我说实话，但您一定要帮帮我，路鸣不会杀人。”

我郑重地点点头。乔雨薇才告诉我，后来事业越做越大，路鸣越来越忙。路鸣的各种应酬变多了，经常喝到凌晨两三点钟，后来干脆夜不归宿。乔雨薇想过各种方法，试图改善两人的关系，不仅于事无补，反而让路鸣更加反感。后来，路鸣索性搬到了客房睡，对乔雨薇冷漠得像对待陌生人。

“他都这样对你了，还不离婚？”三水哥忿忿地说。

“是他不肯离。他是最爱面子的人了。”乔雨薇皱了皱眉头，“而且离婚的话，还会涉及财产分割。他不愿意。”

谈到这些，乔雨薇情绪突然变得激动，毫无征兆地放声大哭，我和三水哥安抚了好一阵，她才冷静下来。乔雨薇从柜子里拿出了一盒安定，我知道那是抗抑郁的药。她低头跟我们道歉：“白记者，我最近状态不太好。我有点累了。”

我和三水哥知趣地点点头，起身准备走。乔雨薇突然拉住我们，紧张兮兮地说：“我刚刚是不是说错了话，会不会给路鸣造成不好的影响？我……”

我安慰她不用着急，只要说出实情，公道自在人心。乔雨薇点了点头，僵直地站在原地，眼神涣散。

回去的路上，三水哥有些忿忿：“这个路鸣还真是渣，真给男人丢脸。人家不离不弃地陪他这么久，他倒好，钱都花在小三身上了，让妻子住这种旧楼。他妻子对他是真好，到现在还护着他。”

三水哥平时沉默寡言的一个人，一口气说了这么多，看来真是气得不轻。我拍了拍三水哥手背：“如果路鸣真的这么渣的话，那这次也算是罪有应得。”

到家后，我把乔雨薇的采访整理好，发给了新媒体部门的同事。因为电视节目的制作周期较长，所以案件有了新进展，我们会及时在网络媒体上跟进。新媒体小编看了采访后，也气得不行，大骂路鸣是极品渣男。

公安机关问询嫌疑人，最长的留置时间是二十四小时，过了这个时间，要么放人，要么批准逮捕。

喵哥让我整理好这起案件所有的相关资料，一旦警方给出结论，我们可以第一时间将新闻发出来。

然而，令所有人没想到的是，距离留置期限还有半小时，警方发布公告，认定路鸣没有作案嫌疑。这份公告一经发出，立刻引起了轩然大波，很多人都对警方的结论提出了质疑。

民众已经认定路鸣是个“渣男”，他被证实无罪，很多人从情感上难以接受。再加上警方并未抓获真凶，大家更是难以信服。网上有一种论调甚嚣尘上，说路鸣是有钱人，花钱买通了警方高层，才被放出来的。

为了搞清楚真相，我和三水哥赶到了公安局。很多家媒体等在外面，想要采访。罗警官选了几家经常合作的媒体，将我们带到了会议室，举行了小型答疑会。

这样的举动引起了一些没得到采访机会的媒体的不满，但罗警官之所以这么做，也有他的考虑。

我们长期做法治新闻的记者，清楚报道尺度的拿捏。既要解释清楚事情的前因后果，又不能过多披露警方的办案细节，尤其是涉及某些刑侦手段，更是不能说。

“警方认定路鸣没有作案嫌疑的依据是什么？”江北市法治日报社的记者率先发问。

“路鸣当晚十一点半，路过加油站，加了油。我们做过很多次侦查实验，从加油站到欣欣美容院最快也要四十分钟，和路鸣的报案时间吻合。也就是说，他看到王欣欣死亡后，立即报了警，没有作案时间。”罗警官说。

“路鸣身上的血迹是蹭上去的，不是喷溅上去的。这也证明了他是案发后才到的现场。”“比目鱼”补充道。

“能跟大家说下案件进展吗？”我问。

“我们在现场发现了第三人的生物检材，应该很快就能锁定嫌疑人。”罗警官说。

大家争相提问，罗警官尽可能详细地解答了大家的疑问。采访结束后，各家媒体陆续将报道发了出来。但是，报道起到的作用很小，网上阴谋论盛行，很多人仍然认定路鸣是凶手。

真凶落网，或许能平息舆论。几天过去了，警方迟迟没有进展。就在这时，我收到了乔雨薇的电话，她说她家门口被人泼了红油漆，收到了快递刀片。路鸣的电话更是被各种恐吓电话打爆了。

乔雨薇想让路鸣接受采访，亲自把事情说清楚。我立刻叫上三水哥赶了过去。

很快，我们就赶到了金华小区。他家外墙上血红的大字“渣男不得好死”非常显眼，看来乔雨薇所言不虚，虽然法律上路鸣无罪，但愤怒的网友并没打算放过他。

我敲了敲门，乔雨薇打开了一个小缝，一把把我和三水哥拉了进去，小声说：“经常有人来这里砸门，我们都怕了。”

说着，乔雨薇走到路鸣身边，低声交谈了几句。路鸣似乎很抵触我们，有些不耐烦：“你们想问点什么？你们干脆杀了我算了！”乔雨薇低着头，小心翼翼地讨好着：“你别不高兴，我只是想跟大家解释清楚，那个女人不是你杀的。”

路鸣脸色阴沉，一言不发。乔雨薇唯唯诺诺地站在旁边，有些手足无措。三水哥有点看不下去了，没好气地说：“接不接受采访是你的自由，大家骂的是你，又不是我们求着要采访你的。”

路鸣脸色更加难看，我赶紧打圆场：“现在网上的言论，对您生活造成了这么大影响。事情到底是怎么样的？”

“我没什么好说的，我再混蛋，也不至于杀了自己的孩子吧。”路鸣气得大喊。

我赶紧追问，才弄明白。原来，王欣欣怀孕了，路鸣没有离婚，但是默认了孩子的存在。多年来，他一直膝下无子，所以对这个孩子，还是很期待的。

我感到不寒而栗，谁会用这么残忍的手段，去杀害一名孕妇呢？

路鸣心情很不好，我简单问了几个问题，就离开了。

此后，关于这件事情的讨论，又持续了一段时间。但不久后，人们的注意力就被新的热点事件吸引，我也忙于其他选题，渐渐淡忘了这件事情。

直到三个月后，罗警官给我打电话，说真凶落网了，叫刘康安。

我和三水哥赶到公安局，罗警官给我简单介绍了情况。刘康安是一个天然气厂的工人，三十二岁，没有犯罪前科。他被捕后，认罪态度很好，对自己的所作所为供认不讳。

“他为什么要杀王欣欣？”我问。

“你自己和他聊吧。”罗警官把我带到了审讯室。

在审讯室里，我见到了刘康安。他个头不高，瘦瘦小小的，罩着宽大的囚服，竟显得有些滑稽。

三水哥在一旁架摄像机，我在他对面坐下，刘康安有些局促，眼睛东瞟西瞟，不知道该看哪。

罗警官说他态度很好，而且他看起来确实很老实。我没有拐弯抹角，直接问他：“为什么杀王欣欣？”

“我只是想抢点钱。”刘康安边说边哭，“我不是故意的，我很后悔。”

刘康安说，这件事情是个意外。他本意只是想要钱，但是王欣欣不给，还要报警。刘康安怕事情闹大，索性一不做二不休，把她捅死了。

“她倒在血泊中，我很害怕，跑回了家。这段时间，我每天晚上都睡不着，一闭眼就是她来向我索命。”

“只要听到警铃的声音，我就出一身冷汗，觉得是来抓我的。”

“警察找到我的时候，我反而松了一口气。杀人偿命，我愿意接受法律的制裁。”

刘康安一口气说了很多。

这应该是我做过最顺利的采访了，他滔滔不绝，有问必答。

但我却觉得有些奇怪，也许是他的回答太顺了，就像背诵早就准备好的台词。

刘康安说他缺钱，但是案发前，他有一份还算体面的工作，月薪四五千元。他没有不良恶习，滴酒不沾，为什么会突然缺钱呢？刘康安没有给出具体的解释，只含混地说自己“贪心”。

采访完刘康安，我走出审讯室，发现罗警官一直等在外边。“你们聊得怎么样？”罗警官问。

“好像一切顺利，又好像隔着一层窗户纸。”我据实以告。罗警官没有说话，我反问：“你们结案了？”

“准备移交检察院了，案件证据链完整，按说没什么问题。”罗警官欲言又止，眉头紧锁。我没有说话，罗警官想了想，又继续说：

“有几点比较奇怪。一般谋财类案件，不会害命，但刘康安连捅被害人数刀。几乎没有留下痕迹，可见他做了精心的准备，似乎早有预谋。得手后，他只拿走了被害人的钱包和手机，却没有翻动店里其他东西。”

看来，案件被定性为抢劫杀人，警方也有怀疑。

著名的刑侦专家李昌钰博士说过：“我可以告诉你发生了什么事，它是如何发生的，以及它作为一个犯罪现场是什么时候发生的。但是我无法告诉你它为什么会发生。”而对于记者来说，找出新闻背后的原因，是我们的职责所在。

罗警官跟我说，刘康安还没有结婚，平时和父母住在一起。我要了他家的地址，带着三水哥赶了过去。

他们家住在紫园小区，三室一厅，房屋宽敞明亮，看起来经济条件还可以。刘爸爸身体一直不好，知道刘康安被捕的消息后，受不了打击，气得住院了。

我们到的时候，只有刘妈妈一个人在家。她是家庭主妇，没什么文化，发生了这么大的事情，早已六神无主，只知道哭。

她拉住我，不停地重复着：“康安不会杀人，康安是个好孩子。”似乎只要我相信了，刘康安就能被无罪释放似的。

我费了好大劲，才安抚住刘妈妈。

之后，我又去采访了刘康安的同事。同事们对他的评价大多是“踏实、肯干”“小伙子很实在”。在得知刘康安因为几千元钱，犯下抢劫杀人的恶行时，大家都表示难以置信。

刘康安的老板说，他工作很勤奋，下了班还开网约车挣外快，而且平时花钱也很节省。从哪个角度来看，他都不至于为了这么点钱，去铤而走险。

一圈采访下来，我更加迷惑了。

我越接触刘康安身边的人，越觉得他动机成谜。周围的人对他的评价，和他的所作所为之间，似乎很割裂。

喵哥常说，采访者最好的帮手，就是时间。

之后的日子，我一有时间，就去刘家拜访。刚开始，刘父对我有些抵触，但是伸手不打笑脸人。我时常去，慢慢地，他们也对我信任了很多。

在交往中，我觉得刘父刘母都是很好的人。他们很实在，很朴素，也很爱刘康安。在原生家庭方面，我也丝毫找不到刘康安犯罪的理由。

难道刘康安真是冲动犯罪？就在我几乎快要放弃寻找原因的时候，我和刘母的一次闲聊，让采访有了新的方向。

刘母谈到刘康安下班后还要开网约车挣钱，心疼得直掉泪。她无意中的一句话引起了我的注意。

刘母说："他那个女朋友，给了他很大的压力。"

我心里一惊，刘康安还有女朋友？之前，不管是警方的询问笔录还是刘康安同事的采访，都没有提过他有女朋友。

我向刘母打听女朋友的信息，刘母说，从来没见过那个女孩子，对方的姓名、职业、家庭住址一概不知。但是她知道，自从和那个女孩交往后，刘康安隔三岔五就管他们借钱。

也是从那个时候开始，刘康安开始打两份工。因为那个女孩嫌弃刘康安没本事，挣不到钱。

刘康安说缺钱，难道和那个女孩子有关吗？

我又去采访刘康安，他说自己没有女朋友。但是提到这个，他脸色变了，表情很戒备，态度也不像之前那样温和，语气变得很差，好像我有什么企图似的。

有女朋友又不是什么丢人的事情，刘康安为何要否认呢？

我决定再找罗警官聊聊。

建华路新开的火锅店天天爆满，等位一小时起，包间提前三星期都订不到。我托了好多朋友，才从别人手里要到一个订好的包间。

周六晚上，我约了罗警官去吃火锅。大周六的，他加班到八点多才到，一进门，就直呼饿死了，让我赶紧点菜。

毛肚、黄喉、鸭肠都是我俩每次的必点菜。我又点了肥羊卷、豆花、宽粉、土豆、虾滑……摆满了一桌子。他狼吞虎咽地吃了半小时，我才找到机会开口："那个……刘康安有女朋友吗？"

罗警官正在专注地夹一个虾滑，吓得差点没夹住："跟你说过多少次了，不要在我吃饭的时候，突然跟我聊案子。"我无辜地笑了笑，充分发挥记者打破砂锅问到底的精神："跟我说说呗。"

罗警官斜靠在椅背上，表情严肃起来："我们调查发现，他曾多次给一个网名叫莉莉安的人转账。"

"那个人是他女朋友？"

“还不确定，我们正在尝试复原他的聊天记录，确认那个人的身份。”

这顿饭没有解开我的疑惑，反而让我对那个神秘女友更好奇了。

回家后，我打电话给刘母，让她帮忙翻看刘康安的屋子，看能不能找到关于这个神秘女友的线索。

吃完火锅后的第三天，罗警官给我发微信，说他们已经确认了那个女子的身份，竟然是乔雨薇。

刘康安和乔雨薇有大量暧昧的短信和通话记录。刘康安经常给乔雨薇转钱，连他电脑的开机密码都是乔雨薇的生日。

真相呼之欲出，刘康安和乔雨薇关系不一般，而乔雨薇又恰好和死者是情敌。这样错综复杂的关系，很难让人相信是巧合。我闭上眼，脑子乱成一锅粥。

我打开电脑，回溯了这起案件所有的报道，越发觉得蹊跷。

这件事情，舆论似乎被引导过，几个意见领袖作为传播的关键节点，起了很大的作用。我大学的导师石教授，常年致力于舆情研究。我拜托他对这件事情做一个数据分析，他欣然同意。

数据分析报告出来后，证实了我的判断。

这起案件的传播，完全不符合一般热点事件传播的随机性、自发性的特点。几个意见领袖发布评论的时间段、发布平台甚至话术都如出一辙，显然是经过精心安排的。

谁在背后操纵这一切呢？

答案似乎显而易见，谁在这场舆论风波中受益，就是谁在操纵舆论。更何况，买通这些意见领袖的价格也不低。

两小时前，路鸣发布了通告，说自己犯了错误，伤害了妻子，以后要回归家庭，并变更公司法人代表为乔雨薇。几分钟后，乔雨薇发布通告，说自己原谅了丈夫，以后的日子风雨同舟，不离不弃。

舆论发酵至今，路鸣不仅饱受抨击，连带他的公司也受到了大批网友的抵制，造成的经济损失不可估量。他是不是真心悔过不得而知，但这种声明却是挽救公司最好的方法了。

回想起案发后，我去采访乔雨薇。她住在破旧的小区里，面容憔悴，声泪俱下，却间接证实了路鸣出轨的事情。之后她每次出现在镜头面前，都是楚楚可怜，忍辱负重的形象，更衬托出路鸣的无情无义。

对于观众来说，你知道什么，或许只是取决于媒体报道什么。可是对于媒体来说，他们知道什么，又何尝不是取决于采访者想让你知道什么。

如果这一切真的跟乔雨薇有关，她真的下了好大的一盘棋，媒体也好，警方也好，都不自觉地成了她的棋子。

我感觉背后有一股寒意。

我带着石教授的分析报告去了公安局，罗警官跟我说，他们经过调查，确定刘康安是独立作案。他是成年人，有完全刑事责任能力，而且不存在雇凶杀人等情况。所以在法律上，乔雨薇是无罪的。

我心有不甘：“刘康安跟王欣欣无冤无仇，怎么会杀她呢？他很可能受了乔雨薇的教唆。”

罗警官无奈地摇了摇头，表示无能为力。

我不死心，求罗警官再让我见一次刘康安：“我有把握能说服他说出真相。”

罗警官叹了口气：“小白，很多事情，不像你想的那样简单。”

我坚持要见刘康安，罗警官拗不过我，只好同意了。其实我并没有十足的把握，但我觉得值得一试。刘母给过我一本刘康安的日记，里面记述了他的一些心路历程。

在刘康安看来，薇薇安漂亮得体，谈吐不凡，而自己不管是工作还是样貌，都很普通。

刘康安觉得自己配不上薇薇安。

薇薇安不允许他公布两人的关系，刘康安也归咎于自己不够优秀，没资格光明正大地做她的男朋友。所以他努力挣钱，给薇薇安打钱，试图用金钱弥补自己外貌学识上的不足。

薇薇安常常向刘康安抱怨，丈夫家暴她，为了一点小事，就对她大打出手。薇薇安可怜的遭遇，让刘康安心疼不已，他想帮薇薇安摆脱苦海，却无能为力，这让他十分愧疚。

日记后边的内容被撕掉了，他写了什么，我不得而知。

也许真相只能他亲口告诉我了。

我再次进到审讯室，见到了刘康安。打过这么多次交道，刘康安很讨厌我。不管我怎么劝他，他都油盐不进，一副视死如归的表情。

他可能觉得自己是个英雄。

从他的日记里不难看出，他是个爱情至上的人，他可以为了爱人去杀人，当然也可以为了爱人，揽下一切责任。

我说："我相信这件事情跟乔雨薇无关。"

刘康安愣住了，他似乎觉得我又在耍什么把戏。

我分析道："如果是乔雨薇想杀人，她应该让你杀路鸣，而不是王欣欣。"

"她恨的人，应该是路鸣。"我又重复了一遍。

刘康安嘴唇动了几下，没有出声。我继续问："你杀害王欣欣的时候，知道她怀孕了吗？"

刘康安看向我身后的罗警官，不耐烦地叫嚷："我可以拒绝接受采访吗？"

我拿出刘母交给我的日记，刘康安情绪更加激动："你凭什么动我的东西，我什么都不会跟你说的。"

"你什么都不用说，听我说就行了。"我语气平静，"我只是想猜猜日记被撕掉的部分写了什么。"

"我猜，乔雨薇肯定说了很多王欣欣的坏话，说她勾引路鸣，破坏她的家庭。因为乔雨薇的抱怨，你也开始仇恨王欣欣。"

我叹了口气，故意惋惜地对他说："我觉得你太傻了。"

刘康安没懂我的意思，费解地看着我，我把乔雨薇原谅路鸣的那条新闻拿给他看。他看完后气得咬牙切齿："她一定是被路鸣逼的，路鸣那个混蛋，我当时应该……"

"应该什么？"我追问。

刘康安没有说话，我继续说："据我所知，乔雨薇把路鸣的父母从老家接了过来，还在积极地尝试做试管婴儿。”

刘康安愣住了，似乎不敢相信。

我有些激动：“你还不明白吗？乔雨薇所做的一切，都是在挽回这段婚姻，而不是逃离这段婚姻。”

罗警官说：“我们调查过，乔雨薇说路鸣家暴，根本是子虚乌有。路鸣多次提过离婚，甚至还起诉到了法院，愿意平分甚至少分财产。但乔雨薇一哭二闹三上吊，最终不了了之。”

“警察破案是讲证据的，诬陷路鸣的计划根本不可能成功。她也从来没想过舍弃路鸣和你在一起。”

刘康安闭上眼睛，面如死灰。罗警官痛斥他：“你这样做值吗？你想过你的父母吗？”

沉默半晌，刘康安开口：“我只是他报复王欣欣的工具吗？”

刘康安说，他是在警方发布案件通告后，才知道薇薇安真名叫乔雨薇。

他原本的计划是杀掉路鸣，但是乔雨薇说，杀了路鸣，警方一定会怀疑到她身上，所以乔雨薇劝刘康安杀掉王欣欣，然后诬陷到路鸣身上。刘康安精心选择了作案时间，按照计划，王欣欣被害，路鸣坐牢，他就可以和乔雨薇在一起了。

入狱之后，他也想过很多，也意识到乔雨薇可能骗了自己，只是不愿意相信罢了。

“我能见见乔雨薇吗？”刘康安恳求地看着我和罗警官。

“得等到法院判决后。”罗警官说。

“她愿意见我吗？”刘康安声音很低，似乎很没有信心。

“到时候问问吧。”罗警官说。

刘康安低着头不再说话，几分钟后，狱警把他带离审讯室。他回过头，似乎想要跟我们说些什么，却最终什么都没说。

回到电视台后，我把刘康安的采访整理好，拿给喵哥看。

喵哥说不着急播出，等警方最终的调查结论吧。

我又等了几天，罗警官那边迟迟没有动静。我催了几次，罗警官跟我说，刘康安所说的，无从考证。就算都是真的，乔雨薇也没有犯法，他们不能拿乔雨薇怎么样。

我感觉被泼了一桶冷水，我现在才明白，罗警官之前说的，“有些事情，不像我想的那样简单”。

我把情况汇报给喵哥，喵哥想了半天，最终决定不予报道。喵哥说，刘康安的言论只是一面之词，有可能是为了博同情，而随口胡诌的。

我据理力争：“他说的话，都有迹可循，而且从常理上说得通。更何况，媒体的作用，不就是展现不同的声音吗？我们可以把刘康安、乔雨薇和相关当事人的采访都放出来。是非曲直，让观众自己去判断。”

喵哥态度强硬，坚持不予报道，也不再跟我解释。这是他第一次以主编的权势，而不是以道理，来否定我的想法。

我有点伤心，我跟三水哥说了喵哥的态度，三水哥也跟我说：“有些事情，不像你想的那样简单。”

这句话让我异常烦躁。三水哥说：“喵哥比我考虑得更多。首先，刘康安的采访放出来，乔雨薇可能告我们诽谤，而且从舆论导向来说，这样的报道可能会被认定为同情杀人犯。这会给电视台惹很大的麻烦。”

“因为怕惹麻烦，我们就不报道吗？”

我有些愤怒，乔雨薇策划了这一切，借刀杀人，害死了一个孕妇，还毁了一个大好青年的一生。但现在她却得到了一切，不管是情感上还是经济上，她都是赢家，我有些气不过。

三水哥劝我：“不管出于什么原因，刘康安都不应该杀人。而乔雨薇并没有违法，就算报道出来，也拿她没办法。这没有意义。”

我气急：“报道真相不就是意义吗？”

三水哥没有说话。回到家后，我越想越气。

我必须把我知道的事情说出来，就算不能让她得到法律的制裁，至少也要受到舆论的谴责。

我决定以其人之道还治其人之身，我以“知情者”身份，匿名写了一篇文章，把我知道的情况都如实地记述了下来。文章中出现的人名，我都取了化名，但是这件事这么火，大家肯定能猜到我说的是谁。

我把文章发到了网上，果然引起了很大的关注。

喵哥看到网上的新闻后，给我打电话：“白鸥，那篇文章是不是你写的？”

我不置可否：“谁都能在互联网上发文章。”

喵哥气得大骂：“如果当事人追究，你就等着吃官司吧。”

不等我回答，喵哥就挂断了电话。看来喵哥这次是真生气了，但是我却问心无愧，至少我把我知道的都说出来了。

这篇文章热度很高，人人都在讨论。

但是没想到，乔雨薇竟然得到了网友一边倒的支持，我翻看了评论：“这是什么大女主爽剧，编剧都不敢这么写”“乔总真是太A了，一箭双雕”“现代女人的楷模”“小三和渣男就该这么对付”。

看完这些评论，我心里五味杂陈，不知道该说什么。

一年后，刘康安被判处死刑。

罗警官说乔雨薇拒绝见刘康安，她搬去了美国，据说做了试管婴儿，已经成功怀上了孩子。

15
命丧荒山

我们的节目是一档六十分钟的日播节目，每期都由不同的记者独立制作完成。节目题材很广，小到行人闯红灯，大到几百亿的金融诈骗，我们都可以做专题。

我本科学的是新闻，上学的时候还是个瓶盖都拧不开的软妹子，现在已经追得了热点资讯，做得了深度专题，文能提笔写稿子，武能扛着三脚架狂跑一公里了。

夏天，人心躁动，各种事情多发，我们经常在接到群众爆料后去跟进现场。

难得一个周六，早上醒来的时候，我感觉异常凉爽，从窗户吹进来的风都带着泥土的香气。我意识到，昨天晚上下雨了。

一连几天的闷热后，这样的天气正是赖床的好时机，但对法治记者来说，这样的愿望太奢侈了。果然，还没容我伸个懒腰，就收到了喵哥的电话。

“桥东村铁头山有人发现了一具男尸，你赶紧过去，我让摄像跟你会合。”

喵哥是我的主编，一般接到他的电话，不是催片就是布置新任务，总之没好事。我叹了口气，从床上坐起来，看了下时间，还不到七点钟。

我随便洗漱了一下，拿了一件薄外套就出门了。路上我简单化了妆，想着一会儿出镜看起来能精神一点。

赶到铁头山的时候，山脚下围满了附近的村民，警方已经封锁了上山的路。三水哥已经在等着我了，我们简单聊了几句，就开始采访。

在围观群众的指引下，我很快找到了报警人。报警的是一个六十多岁的大爷，穿了一件白色的猛男二道背心，头发花白，说话嗓门儿很大。

大爷说他家就住在附近，死者是他晨练的时候发现的。他平时不到五点钟就会上山跑步，因为昨天晚上刚下过雨，路面湿滑，今天他上山的速度比平时慢了很多。当他到达半山腰拐角处一个凉亭的时候，发现一名男子趴在石桌上，周围都是酒瓶。

大爷以为男子喝醉后睡着了，还上前提醒他，别在这睡，容易着凉。但是，一连喊了几次，男子都没有反应。大爷觉得很奇怪，便上前推他，结果发现男子全身冰凉，已经死了，吓得大爷立刻报了警。

大爷很肯定地说，这个人一定是喝酒喝死了。接着，他慷慨激昂地劝年轻人，喝酒伤身，千万别一个人喝闷酒，更不能一个人在山上来喝闷酒……说到激情处，人群中突然有一阵小骚动，我回头一看，几名警官从山上下来了。

走在前面的是刑事侦查大队队长罗青田。今天他戴着一副细框黑眼镜，显得脸庞瘦而白，看起来像个书生，不过他可不像看起来那么文弱。看他走过来，我跟他打了个招呼，罗警官打趣道："白记者，我们这现场勘查还没结束呢，你闻着血腥味就来了。"

我笑了，示意三水哥把镜头转向他，将话筒递了过去："罗警官，能跟我们说下现场勘查的初步情况吗？"

罗警官理了理衣领："案发地位于桥东村铁头山，报案人是一名晨跑的村民，报案时间是早上六点半，具体情况还在进一步勘查中。"

他给出了一个很官方的回答，没有透露任何关键信息。

我不甘心，继续追问："现在能确定死者身份吗？"

"死者身份暂时还没确定。"

正说着，一辆黑色轿车驶了过来。警方在前面设了拦截，不允许无关车辆靠近案发现场，我也是下了车步行过来的，所以这个时候能进来的车辆，除了警车，只可能是死者家属的车。

我赶紧问罗警官，不是说死者身份还没确定吗？罗警官冲我尴尬地笑了，转身走过去，和其他警察一起，指挥村民让出一条路。

三水哥机灵地将镜头对准了黑色轿车，不过车里贴着玻璃膜，无法看到车内的情况。黑色轿车开上了山，很快就消失在了人们的视线里。

罗警官转过身跟我说："死者信息暂时不方便透露，你先回去吧，有情况我们再通知你。"说完，他也上了山。

一般情况下，死者信息不是保密信息，那罗警官为何要隐瞒呢？

我特意记下了轿车的车牌号。号牌中的数字不是8就是6，我猜测用这么高调车牌的人，应该非富即贵。

抱着试试看的心态，我把车牌号发给了几个在大公司工作的朋友。没想到，很快就有人给我回复，那是他们老板娘的车。

他们老板是本市著名企业家李森海，老板娘叫黄萍。

凭借职业敏感度，我意识到死者很可能是黄萍的亲戚，甚至是企业家李森海本人。如果真的是这样的话，这肯定是个大新闻。

前一年，电视台表彰了本市十大纳税人，我采访过李森海和黄萍，还有他们的联系方式。但是，冒昧地联系黄萍，很可能引起她的反感。我决定再看看事态的发展。

然而，互联网时代，信息的传播速度远远超出了我的想象。中午，关于死者就是李森海的消息已经在网上传得沸沸扬扬，甚至还传出了一张疑似李森海的朋友圈截图。

这张截图显示，李森海昨天晚上九点多发了一条朋友圈，内容是"子欲养而亲不待"。网友猜测，李森海是因为自己的母亲去世，所以才去铁头山喝闷酒的，没想到发生了意外。

看到这条新闻，我犹豫了一下，还是联系了黄萍，委婉地向她求证。

电话里，黄萍沉默了几秒钟，说死者确实是李森海。

我有点意外，一般这个时候，死者家属接到记者的电话都会很激动，而黄萍却很平静。更让我没想到的是，黄萍竟然主动提出想和我当面聊聊。

我来不及多想，挂了电话，立刻联系三水哥出发。

按照黄萍在微信上发给我的地址，我们顺利地找到了她家。她住在本市一个别墅区里，我们赶到的时候，她家的保姆已经在门口等候多时了。我不禁佩服这个女人的周到，这个时候，还能注意到这些细节。

保姆把我们领进客厅，黄萍穿了一条黑色的长裙，斜靠在巨大的沙发上。我们走近的时候，黄萍站起来向我点头示意，她没有化妆，脸色非常苍白。

我放低了语调："黄女士，实在抱歉，这个时候打扰你。"

"没关系，正好我也想找个人说说话。"她的语气非常温柔。

保姆给我们端来了三杯茶，三水哥默默地支上架子，摆好机器。我和黄萍坐了下来，示意她可以开始了，她深呼了一口气，向我点了点头。

"我老公最近心情一直不好，因为我婆婆上个月去世了。昨天下午他给我打电话，说他想去散散心，让我不要等他吃饭。我说用不用陪他一起去，他说不用，他想自己静静。

"我一直等到九点，看他发了朋友圈，知道他心情不好。我有点担心，给他打电话，但是他没有接。之后我又等了大概一小时，他还是没有回来。

“我去他常去的地方都找过了，但是都没有找到。我担惊受怕了一晚上，早上四五点多报的警，六点多，警察让我去铁头山一趟，我就预感我老公可能出事了。”

说到这，黄萍已经泣不成声，我递给她一张纸巾，让她先平复一下情绪。

她用纸巾把眼泪擦干，再次深吸了一口气，接着说：“我到了以后，警察让我辨认人，我确定就是他，他已经没有呼吸了……我怎么叫，他都不理我。”

“警察有没有说到底发生了什么事情？”

“法医给的尸检报告说，我老公死于蛇毒，应该是喝醉酒的时候，被蛇咬伤。”黄萍低下头，捏着沙发靠垫，指尖发白，“我昨天要是坚持陪他，或许就不会发生这样的事了。”

我不好接话，只能安慰黄萍说：“请节哀。”

采访结束的时候，已经是下午六点多了。我从黄萍家出来的时候，回头看了她一眼。落日的余晖透过落地窗洒满了整个客厅，她在夕阳下的剪影安静得像一尊雕塑。

为了进一步了解案件进展，我约了罗警官吃夜宵。晚上八点，是这个城市最热闹的时候。街边的小吃摊人声鼎沸，到处是出来觅食的男男女女。

还是那家常去的王胖子烧烤。我一口气点了一百多串烧烤，要了两瓶啤酒。罗警官如约而来，瞟了我一眼：“小白，为了打探消息，你可真是下血本呀。”

“我从早上忙到现在，就指着这顿饭续命好吗。”我白了他一眼，“说说吧，李森海真的是被蛇咬死的吗？”

罗警官放下倒了一半的啤酒瓶，坐直了身子，满脸不可思议地问：“小白，你可以呀，这都被你打听出来了？”

“这么说是真的了？”

“基本上是吧，死者胳膊上有被蛇咬过的印迹，法医鉴定是死于蛇毒。而且山脚下的监控拍摄到当晚八点多，李森海独自一人背着包上山，此后就再也没人上去过，基本排除刑事案件的可能。”

罗警官还说，估计明后天警方会对外公布结论，到时候宣传科也会负责把通稿发给各个媒体。说话间，烧烤店的王哥端上了烤好的串，转身又去招呼新的客人。

我给自己倒了杯啤酒，一饮而尽，心想，等这个选题结束了，我要好好睡一觉。

第二天一早，我就去台里找喵哥。我把采访的内容和警方的结论简单跟他说了，喵哥说想把这个选题深入挖掘一下。

“昨天我让编辑整理了一些关于李森海的资料，他在商场上是一个杀伐果断的人。一个商场沉浮这么多年的人，因为母亲去世，一个人买醉，而且还是大老远跑山上去，这很不合理啊。我觉得你可以从这方面切入，做一个专题。”

我点点头，名人的死亡总能引起更多的关注，关于他的生前身后事也有很多人好奇。

“我要独家，还要首发，尽快把这个专题做出来，明白吗？”喵哥给我下了死任务。

我列了采访列表，可以采访的对象有李森海家的司机、保姆、下属、合作伙伴、竞争对手、亲戚、朋友。我一个个打电话联系，在别人的讲述中拼凑出了李森海的人生轨迹。

李森海出生于一个富足的中产家庭，母亲是老师，父亲是一家医院的主任医师。从小母亲对他要求很严格，他成绩一直非常优异。

后来他家庭发生了比较大的变故，父亲因车祸去世，而且是责任方，他家赔了对方一大笔钱。母亲身体不好，看病花费很大，他家的经济条件一落千丈。

尽管如此，他妈妈还是省吃俭用供他上学，他也很争气，考上了北京的一所重点院校。大学的时候他认识了黄萍，两人郎才女貌，人人都羡慕。后来李森海决定创业，放弃了保研，黄萍夫唱妇随，陪李森海白手起家。

那时候，他们每天四五点就起床，做倒卖家具的生意，赚了第一桶金。后来公司一点点做大，从两个人的皮包公司，到本市家具行业的龙头老大，再到现在市值十几亿元的大公司。

采访这些相关当事人我用了整整两天时间，最后一个采访的是李森海家的司机，采访完成后，他说把我和三水哥送回单位。我想着路上还可以再聊聊，就没有拒绝。

汽车安静地驶在宽阔的路上，我完成了主要的采访任务，倍感放松，便和司机闲聊了起来。

司机说：“刚才采访的时候我有点拘束，不太自在，镜头一对着我，我话都不会说了。”

我笑了笑：“没事儿，很多人对着镜头都会紧张。”

司机很健谈，我也配合他聊起来。

我感慨了下李森海和黄萍的感情，从校园恋情走到功成名就，身边的人一直没换过。司机表情有点别扭：“嗯……是吧，你太年轻了，也不是事情都有你想得那么好。”

我敏锐地感觉有什么不对，连连追问，司机却不愿意多说了，只说两人是很好的合作伙伴，至于感情的事，就不多提了。直到下车，他还在嘱咐我，别在节目中提起这个事。

在电梯口，碰上了喵哥，我闪身想走楼梯，却被他眼尖给看到了：“领报销的时候挺积极，怎么交片子的时候老往后撤呢？”

我撇撇嘴，没有说话。喵哥敲了一下我的头：“怎么警方的通告还没有发出来？”

我看了眼日历，这都第四天了，一个意外事件，这么久还没发通告，确实太奇怪了。

“我再跟罗警官落实一下吧。”我赶紧说。

“好，尽快落实。”

喵哥走了以后，我赶紧给罗警官发信息，问可不可以对外公布调查结果了。罗警官说，千万别急，陈局觉得事情很可能不是意外这么简单。

我追问原因，罗警官却不肯再多说了。

我想既然暂时不能发布片子，不如再去桥东村看看，便打了一辆出租车，和三水哥一起赶往桥东村。

在村口的一棵树下，有很多纳凉的村民，得知我是记者后，村民们你一言我一语地聊起来了。

一个戴着草帽的大妈跟我说，铁头山其实挺偏僻的，除了本村村民，外人很少来这。这几天，反倒成了热门景点了，很多人出于好奇，都想过来瞧瞧。

“不过，”一个大爷接过大妈的话，“这些人都扑了空，警察一直都把上山的路封着，谁也不让上去。”

“要我说啊，这事不是意外这么简单。”说这话的是一个中年男子，干瘦干瘦的，穿着一件不合身的灰色 T 恤。

大爷不服气，眼张得像铜铃一样大：“你又不是算命的，你咋知道？”

男子气鼓鼓地说：“那你说，一个意外，警察为啥把现场封这么久？”

“警察咋想的，你咋知道？死的是个名人，得保护名人死亡现场，你懂什么。”

周围的人哄堂大笑，男子涨红了脸：“你们懂什么，我有内幕消息。”说完，转身就走，一边走一边嘟囔。

我追上男子，问他有什么内幕消息。

男子故弄玄虚地说：“那能告诉你吗？那可是市局陈局长亲口跟我说的。”

听他这么说，我意识到他只是在吹牛，有点失望，转身准备走。男子一把拉住我说："你想不想去案发现场看看？"

我没有理他，跟三水哥往前走，刚刚村民们都说，上山的路已经被封了，他又怎么能带我去？男子有点着急了，又扯住我的衣袖："你这个记者怎么看不起人呢，我知道一条路也能上山，只是不好走而已，很多村民都不知道。"

我动了心，让男子带我们去看看，没想到，男子伸出了五个手指，"五百。"

我扭头就走。

"那你说多少？"

"五十。"我头也不回。

"成交。"男子叫住了我。

他带着我七拐八拐，来到了一条小路。男子往前一指说："现在你相信了吧，沿着这条路往前走，就能到案发现场。"

我爽快地掏了钱，继续往前走。没走多远，就遇到了罗警官。

罗警官看见我和三水哥，明显吃了一惊："白记者，怎么哪都有你啊？我都怀疑你是凶手了。"

我白了他一眼。

罗警官说，他们现场搜证发现了其他线索，刚找到这条小路。涉及未破案情，不允许我们拍照录像，让我们早点下山。

我和三水哥只好讪讪地离开了，五十元钱问路费白花了，还没法报销。

案发后的第七天，我收到了黄萍的电话，她提出想再接受一次采访。我有点意外，之前的采访她已经说得很详细了，似乎没有再说一次的必要。

她犹豫了一下，跟我说："这已经第七天了，按理说，我丈夫也应该入土为安了。但现在，尸体还在警方那儿。我实在不明白，这是要干吗，什么时候能把人还给我？"

我意识到，警方并没有把关于案件的怀疑告诉黄萍，黄萍仍然认为这是一场意外。她联系我的目的，是希望通过媒体的影响力，给警方施加压力，让警方尽快结案。

我能理解黄萍的心情，但是，我知道警方对案件的性质还没有最终确定，相关侦破工作仍在继续。这个时候如果先发布黄萍的采访视频，可能会引起舆论的不满，干扰案件侦破。

虽然我也想尽快结束这个选题，但是我也有我的职业操守，最终婉拒了她的要求。不过，我拒绝黄萍后没多久，就看到网上有传言说李森海意外被蛇咬死，警方迟迟不肯结案，甚至向死者家属索要天价停尸费。

我查了信息来源，都是一些自媒体发布的，信息时间人物都很模糊，非常像虚假新闻，但内容很有煽动性，有上万的转发量。

媒体的公信力就是这样被消耗的。我感到异常烦躁，关了电脑，准备再去跟罗警官聊聊。

公安局大门外已经围了很多记者，我不禁心疼罗警官一秒钟，在被案件搞得焦头烂额之际，还要应对记者。

我叹了口气，准备离开，却接到了罗警官的电话："小白，我这边有件事，想请你帮忙。"

听他说完，我答应了下来。随后，我拨通了黄萍的电话，提出想再次采访，她有些迟疑。

我接着说：“我刚刚采访完警方，他们保证今晚就会结案，但还是有一些小问题，需要采访您。”她犹豫了一下，才说：“行吧，我们还是在家里见吧。”

再次来到黄萍家，我觉得和第一次有些不一样。

我环顾了一圈客厅，之前摆放的两人的合影，已经被收了起来。我想，可能是怕触景生情吧。客厅东南角是卫生间，卫生间旁边是一间卧室，刚好被楼梯挡住视线。

我正四处打量，思考怎么开始的时候，黄萍却率先向我发问：“白记者，这次采访我，是希望我说些什么呢？”

“是这样，我看网上有一些传闻，说天价停尸费什么的，可否有这样的事情？”

“我从来没说过这样的话，我只希望我的丈夫能尽快入土为安。”

“我明白，警方的办事效率确实让人捉摸不透。”

正说着，保姆端上来三杯茶，我伸手去接，却没接住，杯子掉在地上，茶洒了一身。黄萍让我去卫生间冲洗，自己去给我拿烫伤膏。

我向卫生间的方向走了过去，转身进了旁边的卧室。我四处翻找了一下，在地上找到半截烟头，我将烟头放到物证袋里，转身回到客厅。

我来的时候特意穿了两层衣服，路上热得不行，但有衣服的遮挡，被烫得不是很严重。黄萍很抱歉地给了我烫伤膏，我继续之前的采访，谈了一个多小时才从她家离开。

出来后，我去了警局，把物证袋交给了罗警官。

案发后的第九天，罗警官给我打电话，说嫌疑人已经落网了，案件暂时告一段落。

我约了罗警官在陶庭公园见面详谈。

罗警官的状态比平时放松了很多，他一见到我，就热情地跟我打招呼："这次谢谢你了，改天请你吃饭。"

"吃饭是肯定的，但是你得先解答我一肚子的疑问。"我跟他并排坐在长椅上，迫不及待地追问，"这件事情怎么看都像是一次意外，为什么会往刑事案件方向去调查？"

"男人的直觉。"罗警官卖了个大关子。

我一拳捶在了他背上。

罗警官笑了一下："真的是这样，最初大家都觉得案子没什么问题，准备以意外事故结案。但是陈局觉得，这件事有点奇怪。

"一个身家上亿的大老板，喝闷酒的地方竟然选择在山里。说实话，他死在夜店、足疗店、酒店，都比死在山里合理。

"做警察的职责，就是要对每一条线索、每一个疑点进行核实。我们调查了李森海，他平时是个很严谨的人，做事都有规划。那么第二个问题就来了，他就算真想去山里喝闷酒，难道不提前看天气预报吗？

"雨天不是去山里的好时机，但却是作案的好时机。因为下雨，我们在现场几乎没有提取到任何有价值的痕迹物证。

"所以我们认为这很可能是一起刑事案件。如果是刑事案件，那当天一定是有人约他去山里喝酒的。"罗警官转头望向我，"小白，你觉得谁会约他去喝酒呢？”

我想了想，李森海当天的穿着非常随意，而且选在山里，肯定不是约了同事、商业伙伴之类的，来的应该是他的朋友。

我把自己的猜测告诉罗警官，他点了点头：“没错。如果这个猜测成立，他那个朋友一定会在他之前上山。我们排查了山脚的监控，在他之前上山的人，都跟他没有关系，而且在他上山前，那些人都已经离开铁头山了。”

“所以你们就想到，一定还有其他上山的路。”

“聪明。”罗警官打了个响指，“说到这儿，你是怎么知道那条上山的路的？”

“村民告诉我的，我还给了他五十元钱。”

罗警官闷声说：“我给了他一百。算了，可能附加了颜值税吧。”

“之后，我们就对李森海身边的朋友展开了秘密调查，巧合的是，外省警方查获了一个网络售卖蛇毒的团伙，那个团伙曾经把蛇毒卖到过我市，经查证，购买者叫江凯瑞，是李森海的牌友。”

“所以他的作案手法是？”

“我们认为，他在李森海酒醉后，用针头将蛇毒注射进李森海体内。又抓着网购的蛇，在李森海脖子上咬了一口，迷惑法医。进一步的尸检显示，李森海尸体上确实有针孔。”

“那动机呢？打牌发生冲突？这也不至于杀人吧。”我困惑不解。

“我们排查了他的手机通话记录，你猜猜，他最频繁的联系人是谁？”

“黄萍？”我脱口而出。

“没错。”罗警官点了点头。

“如果李森海是被杀的，那条朋友圈也一定是江凯瑞发的，用来迷惑警方。但是黄萍却跟警方说李森海因为母亲去世很伤心，合理化他上山的动机。”罗警官接着说。

“但到目前为止，这似乎都是警方的猜测，证据呢？”

“证据就是那个烟头。”罗警官拍了拍我的肩膀，“我们在上山的那条小路，找到了一个烟头，上面有江凯瑞的DNA，黄萍家你给我的那个烟头，也有江凯瑞的DNA。”

“等等，”我脑子有点转不过来了，“上山的小路上，应该不止一个烟头吧，你怎么知道哪个是江凯瑞的烟头。”

“一点生活常识都没有，江凯瑞也是个有钱人，他抽的烟和村民抽的烟肯定不一样啊。”

“好吧，就算这样，你怎么知道黄萍家那间卧室里有江凯瑞留下的烟头？”

“这里我们也赌了一把。其实我们也想过直接把江凯瑞抓回来验DNA，但他毕竟也是有头有脸的人物，万一抓错了，又被你们这些记者抓住把柄。”

罗警官说，李森海不抽烟，但江凯瑞是个老烟枪，一天至少三包烟。江凯瑞如果想躲过司机保姆，避开正门口的摄像头，进入黄萍家，最好的方式就是从窗户翻进那间卧室。

“保姆也向我们证实，黄萍从来不允许任何下人进入那间卧室，都是自己打扫。案发后除了自己进出，从来没开过那间卧室的门。而你电话中告诉她警方准备结案了，她很可能会放松警惕，不提防你。”

我捋了捋思路：“所以说，江凯瑞爱上了黄萍，因此杀了李森海，而黄萍也有意帮他隐瞒。”

“基本是这样，但有一点你一定想不到。”

“什么？”

“江凯瑞是先认识的黄萍，然后研究李森海的喜好，知道他喜欢打桥牌，故意接近他，和他若无其事地做了半年朋友，才策划了这起杀人案件。”

听到这儿，我感觉背脊有些发凉。

“其实吧，”罗警官叹了口气，“这半年，黄萍也多次跟李森海提过离婚，但李森海为了面子，不同意，硬要拉着黄萍在人前扮演模范夫妻。”

我突然想起，第一次去黄萍家采访时，黄萍在夕阳下的身影，那么安静，那么悲伤，她真的不爱李森海吗？而李森海坚持不离婚的原因，也只是因为面子吗？

这些问题我没有机会弄明白了。

黄萍和江凯瑞被捕后，拒绝了我的采访。片子播出后，引起了很大的反响，有人评论说，我们总是走了很远，才发现枕边人已成陌路人。我想，或许一些人会重新审视自己的婚姻吧。

案件审判阶段，江凯瑞在法庭上认下了全部的罪行，被判了死刑。黄萍虽然拒不认罪，但也被认定为包庇罪，判了三年有期徒刑。

16 疯狂劫匪

下午四点，距离节目播出时间还有不到三小时，喵哥咆哮声响彻整个机房：“白鸥，你到底是怎么回事？！”

喵哥的隐藏技能是“河东狮吼”。他要在节目播出前看完片子，确保所有片子都能顺利入库。

我的片子本应该在今天播出，但现在出了一点问题。

我躲在机房角落里，一遍一遍地拨打采访对象王皓月的电话，却始终没人接听。我抓狂了，把手机往桌上一扔，靠在椅背上。

“还没联系上吗？”喵哥不知道什么时候站在了我的身后。

我赶紧把椅子转过去，冲他嘿嘿一笑，企图蒙混过关。

他撇了撇嘴："再给你半小时，不行我就上备播了"。

我点头，再次拨打王皓月的电话，这次的提示音变成了"您拨打的用户正在通话中，请稍后再拨"，我意识到自己被他拉黑了。

王皓月是邻市的一名医生，今天早上他通过台里的热线电话联系上我，说自己的大哥王向阳路过本市的时候失踪了，想寻求媒体帮助。

我约他在台里见面，详细说下情况。

王皓月准时出现在电视台门口，他身材微胖，穿一件黑色夹克，不停地搓着手，向里面张望。

我把他带进台里，找了一个空房间进行采访。

他说大哥王向阳是昨天早上到的本市，当时两人还有联系，但晚上，王向阳的电话就一直处于关机状态。

王皓月一直等到今天早上，也没收到大哥消息，于是坐第一班火车赶到本市，去了王向阳落脚的小旅店。旅店老板说王向阳昨天下午离开旅店后，晚上一直没有回来。

"有没有报警？"我提醒他。

"报了，但警方说不是刑事案件的话，不能动用技侦手段，只能当作一般求助类案件处理。所以我想借助媒体的影响力，双管齐下，看能不能尽快找到大哥。"说完，他站起来向我鞠了一躬，"麻烦你们了。"

在采访过程中，王皓月给我的感觉非常儒雅，言谈举止都彬彬有礼。采访完我送他出去，他仍然不停地向我表示感谢。

为了尽快帮他把寻人信息发布出去，我写了一个简单的情况介绍，委托台里的编辑在节目官方微博上发了寻人启事，并预告晚上会播出采访正片。

中午，我没顾上吃午饭，马不停蹄地把片子剪了出来。事态紧急，我们又发了微博预告，一定要按时播出节目。

刚喵哥审完片后，提出谨慎起见，再联系一下王皓月，确认人有没有找到，可打了多次电话，不仅没人接，而且我还被拉黑了。

我又气又急，事主变卦失联的事情并不少见，但是主动来求助寻人，还没结束就把记者拉黑了，这到底是哪门子的奇葩？就算人找到了，告知我一声不就行了吗？早上还说得好好的，现在这态度真是令人叫绝。

无奈之下，我联系了相熟的罗警官简单说明了情况，拜托他让辖区派出所联系王皓月。

很快，罗警官就给我回了电话，告诉我警方也联系不上王皓月。

我一个头两个大，赶紧给喵哥汇报了情况。喵哥说报案人失联的情况很可疑，这件事情的真实性要打一个问号，片子暂时不能播出。而我因之前没有征得他的同意，就擅自发了节目预告，被狠狠地训了一顿。

我垂头丧气地回了家。

第二天一早，我接到了王皓月的电话，顿时黑了脸。昨天一言不发拉黑我，今天竟然还敢主动给我打电话，他脸皮真是够厚的。

更让我无力吐槽的是，他对昨天的事只字不提，只要求我删除昨天在官博上发布的寻人信息。

我没好气地问他王向阳人找到了吗？前天去哪了？

他支支吾吾地说：“找到了，前天晚上和人喝酒去了，昨天联系我了。”

我听出了他语气中的闪躲，提高了音量追问道：“既然人找到了，昨天为什么不告诉我？”

他没有正面回答我，只说了两声对不起。我提出让王向阳出面解释，也算事情有个结果，他立刻拒绝了我。

我怒火直冲脑门，我们是官方媒体，他这种不明不白的回应，势必会影响我们的公信力，这让我怎么跟喵哥交代？

于是，我故意诈他说：“那就是人没找到，官博不会删除的，今晚会播出昨天的采访。”

听我这么说，他明显有点急了：“我都说人找到了，你还想怎样？”

“王先生。”我飞快地在脑海里组织了一下语言，“您既然来寻求帮助，就是出于对我们的信任，现在也不应该对我们有所隐瞒。”

他不再说话，几秒钟后，他挂断了电话。

“啊！”我闷吼一声，把手机摔在了床上。

电话又响了，我立刻接过来：“你到底想怎样？”

“这大清早的，你吃炸药了啊？”原来是罗警官，他告诉我这个案子已经由刑侦接手了，媒体不能再对外发布信息。

我应下，脑子转得飞快，罗警官的话意味着王皓月的案子已经不是一般的求助类案件，很可能是刑事案件。

这一个月我一直都在拍一些鸡毛蒜皮的小事，喵哥上周刚找我谈过话，如果我片子的收视率再往下降，就提头来见，现在好不容易碰上刑事案件，我当然不能轻易放过。

我答应了罗警官不对外发布信息，但没说不继续采访，案子一破，我们就能抢先发布。想到这儿，我立刻赶去台里跟喵哥汇报了新的选题方向。

喵哥的想法和我不谋而合。他让编辑删除了官博的寻人内容，但是派我立即赶往邻市，采访王皓月的家人邻居，了解兄弟俩的情况。

我立刻约了三水哥赶往邻市。

之前采访王皓月的时候，我已经了解过他哥哥王向阳的地址和家庭情况。王向阳在邻市没有自己的房子，一直都和父母生活在一起。他们住在花园小区，那是当地一所重点高中的家属楼，王向阳的父母退休前都是那所高中的教师。

我和三水哥赶到了花园小区，楼下花园有很多大爷大妈在健身。我挑了一个看起来最慈眉善目的大爷，问他王向阳家是不是住这儿，我是王向阳的朋友，找他了解点事情。

大爷警觉地打量着我们："你是王向阳的朋友？"

"准确地说，我是他弟弟王皓月的朋友。"我慌忙改口。

"哦，我就说嘛。"大爷露出了笑容，"王向阳哪有什么朋友，整天闷葫芦一样，话也不说。”

“您跟王家很熟？”我试探着问。

“那是，王鹏他们家四个孩子，都是我看着长大的。现在就是老大王向阳和他们老夫妻住在这，不过老大有段时间没回来了。王鹏他们现在这个点也不在家，他们每天都去老年大学。”

我心想，正好还没想好怎么和王向阳的父母解释来意，不如先跟这大爷聊聊，从侧面了解这个家庭。

“这样啊，”我打开包，摆弄着摄像机，面露难色，“我是王皓月医院的外宣，要给王医生做宣传片，需要了解他的家庭情况。”

“皓月真有出息。”大爷很高兴，“他家的事我都知道，你问我就行。”

我和三水哥相视一笑。大爷知无不言，跟我们滔滔不绝说起了王家的事情。

刚采访完大爷，喵哥就来电话了。喵哥说他打听到王向阳被绑架了，让我赶紧回去。他跟陈局商量好了，一旦警方有进展，我们全程跟拍警方抓捕。

我不禁佩服喵哥的神通广大，竟然能说服陈局让我们跟拍，这可是绝对的独家第一手信息啊。

我正想着，一回头，发现三水哥已经收好架子走出老远了，我赶紧追上去。

回去的路上，三水哥问我：“你说谁会绑架王向阳呢？”

我也有同样的困惑，王家四个孩子，除了王向阳都很优秀，不是医生就是教师。唯独王向阳，没有正经工作，给人打零工为生，四十多岁了还靠父母接济。谁会去绑架一个穷光蛋呢？

“可能跟人结仇了吧？”我勉强想出一个理由。不过，按大爷的说法，王向阳是个闷葫芦，老实懦弱，被小孩子欺负了也不恼。这样的人怎么会跟人结仇呢？

“会不会是在云南打工的时候得罪了人？”三水哥又问。

三个月前，王向阳突然要去云南打工，虽然家人一致反对，但他像是吃了秤砣铁了心，执意要去。

不过，就算他真的在云南和人结了仇，为啥会在返程途中，路过本市的时候被绑架呢？而且，他被绑架后，绑匪也没有联系他的家人。王皓月肯定在接受我的采访后，才知道自己的大哥被绑架的。

整件事都非常蹊跷。

下了火车，我们马不停蹄地赶到警局。事情有了进展，警方准备出警。罗警官塞给三水哥一个手持小 DV（数码摄像机），嘱咐道：“一会儿用这个拍，别用你们的机器，抓捕第一，拍摄第二，明白吗？”

“明白，长官。”我们鸡啄米似的点头

院子里三辆便车已经准备就绪。罗警官拉开了第一辆车的车门，坐了上去。

“你们上最后一辆。”他摇下车窗说。

我们上了车。跟我们一辆车的是警队的“比目鱼”，路上他给我们简单介绍了情况。

原来，王向阳是前天晚上被绑架的，绑匪联系了王向阳的朋友刘强索要三万元赎金，刘强支付了钱，但绑匪并没放人，反而进一步提出了十万元赎金的要求。

昨天，对此事毫不知情的王皓月找到了媒体，发布了寻人启事。刘强看到寻人启事后，联系了王皓月，告知情况。王皓月担心绑匪拿到钱后，仍然不肯放人，便先故意拖延绑匪，说自己会请假从邻市赶过来，亲自处理这件事，接着就报了警。

“我们现在去哪？”我仍然有很多不解。

“绑匪和刘强谈判的时候，让他们来建华路交钱。我们排查了建华路，发现有两家足疗店从王向阳失踪那天起就关门了。”

“也就是说，绑匪可能是足疗店店主？”

“比目鱼”耸了耸肩：“这事肯定没这么简单，等找到王向阳就都知道了。”

说话间，车在巷子口停了下来。“比目鱼”给我指了指巷子里的一个关门的足疗店：“就是那家，我们不能离得太近。”

“比目鱼”说，罗队让足疗店房东以房屋漏水为由联系了店主，让店主回来送钥匙，到时候就可以趁机抓捕了。

“一个足疗店店主好好的生意不做，为什么去绑架人呢？这是家黑店吗？”我问。

“比目鱼”和三水哥对视了一眼，露出了意味深长的笑容，我一头雾水。

三水哥给我科普，这种偏僻的小巷子里的足疗店，一到晚上就会亮起彩色的广告牌……而王向阳，八成被“仙人跳”了。

我会意地点点头，原来是这样。之后我们都没有再说话，专心盯着巷子，等待着店主的出现。

四十分钟后，一个女子出现在足疗店门口，就在她掏出钥匙准备开门的时候，被罗队他们控制了。

女子说自己是足疗店的员工，只是负责送钥匙的，其他事情不清楚。店主叫李勇，微信名是“小李飞刀”。

经确认，这就是一直和刘强联系的人的微信名。

“他人现在在哪？”罗警官问。

女子支支吾吾地说不出来。

“你从哪拿的钥匙？”罗警官的声音高了八度。

“在土家苑小区，李勇在那租了一间房。”女子终于开了口。

罗警官让两名警官将女子带回看守所，其余的人赶往女子提到的小区，抓捕李勇。

当我们进入李勇的出租房时，里面只有一个眼部受伤的女子，名叫王燕。

王燕看到我们突然闯入，吓得一直抖，一句话也说不出来。罗警官拿出警官证向她表明了身份。

王燕突然一把抓住罗警官的胳膊，结结巴巴地说：“警官，我……我要报警。”

王燕说，她被人抢劫了，眼部的伤就是被抢劫的时候打伤的。

“抢劫你的人是谁？”罗警官一头雾水。

“王向阳。”女子斩钉截铁地说。

“他现在人呢？”

王燕摇了摇头：“李勇说把他送走了。”

李勇是在警方赶到前的半小时离开的，离开时，说要把王向阳送到车站，让他自己回家。这显然是一个谎言，但是对于李勇之后的去向，王燕并不清楚。

此时，在警方指导下，王皓月和李勇联系着。但是李勇反复无常，一会儿说一小时后见面，一会儿又说王向阳已经回家了。

目前唯一的方法，就是继续让王皓月和李勇保持联系，说服李勇当面交易。但接下来不可控因素太多，罗警官不允许我们继续跟拍，让我们跟“比目鱼”先回局里，拍摄王燕的审讯部分。

抓捕第一，拍摄第二，这是之前就定下的规矩，我们是想抢独家，但也不能影响警方破案，所以我和三水哥只好先回局里了。

“警官，我是被害人，你应该去抓嫌疑人啊。”从回来的路上到审讯室，王燕一直重复着这句话。

“老实点。”“比目鱼”敲了敲桌子，“你和那个王向阳发生关系没？”

“当然没有，他是来抢劫我的！”王燕大呼冤枉。

“行了，别演了。”“比目鱼”冷冷地盯着她，“你们那个店我们盯了很久了，你们干什么生意我还不知道吗？”

“比目鱼”是在诈她，不过这句话的效果很好，王燕顿时不作声了。

“那个送钥匙的女的跟你们什么关系？她要是先说了，我们连问都不问你了。”

王燕整个人一下子软了下来，她抿了抿嘴，往前探了探身子，小声说：“警官，我确实是做那个的，但王向阳真是来抢劫的。”

“他去足疗店抢劫？”“比目鱼”仍然很怀疑，“你详细说下过程。”

“那天下午，他来我们店里。我看他那穿着打扮，一开始也以为他是来那啥的。我跟他打招呼，他也不回话，径直就往里面走。我心想，这个人有点怪啊。”

王燕低着头：“我正琢磨着呢，他突然掏出电棍电我，我大声喊救命，他就拿起电棍狠狠朝我眼睛打了一下，血就流出来了，我什么都看不清。”

“那王向阳怎么反而被你们绑架了呢？”

“我们没绑架他……”

“我们两家足疗店，中间有个小门，是通着的。隔壁就是送钥匙那个女的和我们老板李勇，他们听见声音就过来了，然后就把王向阳制伏了。”

“之后呢，你们不报警？”

“之后我就去了医院，医生说我的眼睛可能要做手术，还有失明的危险。”

“别跟我扯这些没用的，我问你为啥不报警？”

“我们只是想管他要点医疗费，但我们可没绑架他啊！他自愿给我们医药费，后来我们都让他走了，他不走。”

如果王燕说的是真的，那持械抢劫是很严重的刑事犯罪。他们这伙人想利用王向阳抢劫的事情，反过来威胁他。这也很可能就是王皓月之前犹豫没报警的真正原因。

但王向阳为什么去抢劫足疗店呢？我还是想不明白。

“比目鱼”看了一眼时间，已经晚上九点多了。他让我们先回去，有进展再通知我们。

第二天上午，罗队给我打电话，说人昨天就抓到了，他们突击审讯了一晚上，情况基本明朗了。

王燕说的大部分是真的，王皓月也承认报警的时候隐瞒了部分情况。他们准备以涉嫌非法拘禁罪和敲诈勒索罪起诉李勇等人，以涉嫌抢劫罪起诉王向阳。

虽然罗警官亲口确认，但我仍然觉得整件事情过于离奇，王向阳，一个邻居口中的闷葫芦老实人，在路过本市的时候跑去足疗店抢劫，结果抢劫没成功，反被对方绑架？

“那我能见见王向阳吗？”我问罗警官。

“来吧，人已经羁押到看守所了。”

挂了电话，我立刻约了三水哥去看守所。

我们赶到的时候，王向阳已经被提了出来。他面庞圆润，身材健硕，但表情很怯弱，一直在回避我的眼神。

“他们是记者，问你几个问题，你有什么就说什么，听明白没？”罗警官简单介绍了我们。

“嗯嗯，明白，我什么都跟你们说，我真的不是坏人。”王向阳的声音里带着哭腔。

罗警官递给他一支烟，他摆摆手不敢接。我坐下来，示意他不要紧张，这不是审讯，只是和他聊聊。

他点了点头，没等我问，就自己说了起来："我没想伤人，我就是实在没钱了，想抢点钱。"

"那为什么选择足疗店作为目标？"

"我在那附近转，发现店里只有一个女的，我就进去了。我拿电棍想电晕她再拿钱，没承想那小电棍根本电不晕人，她拼命叫，我一害怕，就打了她，结果不知道从哪儿冒出来两个人，反过来把我制住打了一顿。"

不知道为什么，听他这么说，我竟然有点想笑。看来王向阳真是第一次做这种事，带着个电不晕人的小电棍去抢劫，还不知道隔壁有人。

"她也不是什么好人，我抢她的钱也算是替天行道。"说到这儿，王向阳倒是挺直了腰板。

"不是好人？"

王向阳咬牙切齿地说："她是出来卖的，当然不是好人，她的钱不干净！"他瞪着眼，表情有些狰狞，和刚刚带着哭腔的他判若两人。

这并不奇怪，很多嫌疑人在面对媒体的时候，都会给自己的行为找看似合理的借口，来获得别人的理解。王向阳可能真把自己当道德卫士了。

我顿了顿，没有继续这个话题："我听说你跟着父母住，没有什么大的开销，为什么会缺钱呢？"

我说完这句话，他的表情起了些微妙的变化，身子向后倾，像是在逃避这个问题，他没有正面回答我，只是含混地说："我没本事，挣得少，挣得少就缺钱。"

"听说你前段时间去了云南？"

听到这个地名，王向阳把头深深地埋了下去，不再说话。我没有继续发问，耐心地等着他的回复。

过了好一会儿，他才紧抓着裤腿说："我在云南被人骗了……我打工认识的一个朋友，说带我去云南做生意，我给了他五万元钱，都被他给骗了。"说着，王向阳又红了眼圈。

"如果这样的话，你从云南回来，马上都要到家了，为啥还去抢劫？而且你被李勇控制了以后，为什么不联系自己的家人，而是找朋友呢？"我连连发问，王向阳变了脸色，胸膛一起一伏的，就是不说话。

采访陷入了僵持阶段，他不再配合，我只好提前结束了采访。

罗警官把我和三水哥送出去，在看守所大门，我们碰到了王皓月。

因为案件仍在侦破阶段，按规定，家属是不能和嫌疑人见面的。罗警官拒绝了王皓月的探视请求，很严厉地说："你是个医生，也是个高级知识分子，这点法律意识都没有吗？你报警的时候，隐瞒王向阳抢劫的事情，我们还没找你呢。"

王皓月鞠躬道歉："实在对不起，给你们添麻烦了。"说完，转身失魂落魄地走了。

我追上去："王先生，我们能聊聊吗？"

他犹豫了一下，还是点了点头："不要录像。"

"可以。"我答应了他。

我们去了陶庭公园，很长一段时间，我们都没有说话，只是沉默地在公园里走着。

公园里有一处空地被单独圈起来，里面有很多游乐设施。王皓月走到这儿停了下来，看着跑来跑去的孩子们，有些走神。

根据经验，我觉得这个时候是最好的采访时机，我准备先从他们兄弟俩的关系聊起。

"王向阳被绑架以后，最先联系的不是你？"我问。

"他不会主动联系我的。"王皓月苦笑了一下。

"为什么，你明明很关心他。"

王皓月说，大哥和父母生活在一起，虽然生活不愁，但过得很压抑，这些年来，大哥越来越抗拒和其他兄弟姐妹接触。每次他去母亲家的时候，大哥就躲在屋里不出来。而父母在聊天中，也总是含沙射影地讽刺大哥没出息，丝毫不顾及大哥在屋里听到会是什么感觉。

"一个家庭的四个孩子，境遇却大不相同，确实会心里不平衡。"我感慨了一句。

他突然说："你知道吗？我小时候从来没去过游乐场。"

"嗯？"

王皓月说，他其实能理解大哥的心情。他父母对他们四个孩子要求非常严格，不允许任何娱乐。

他小时候写作业，只要出现一个错别字，或者写得不好看的字，整页都要撕掉重写。最极端的一次，整个作业本被母亲撕掉了半本。

“那你现在对母亲的感情是？”

“我不知道，但现在只要给她打电话，我的手心就会出很多汗。”

我不知道怎么安慰他，只是安静地听他讲。

他说母亲对大哥王向阳寄予了最多的期待，但是王向阳中考考得一塌糊涂，高中都没上。

“我知道为什么。”他低着头说，“因为母亲。”

“我的父母都是教育系统的，从小学到初中，都有他们认识的人。他们拜托老师在学校里盯着我们的一举一动，我们每天晚上都要站在墙角，回忆今天做错了什么事情，说错了哪句话。大哥不想继续念书了，因为父母是高中老师，到高中那种监视只会变本加厉。”

王皓月一口气说了很多：“这次的云南之行也许是大哥预谋已久的一次出逃吧。”

天色渐晚，我和王皓月聊完后就走了，肚子咕噜咕噜一直叫，我才想起来还没吃饭呢。我给罗警官发了条信息：“老铁，出来‘撸串’啊，王胖子烧烤，不见不散！”

半小时后，我和罗警官聚在街边烧烤摊。我们一坐下，王胖子就拿出两瓶啤酒放在桌上：“送的，今天心情好。”

我朝他竖了个大拇指：“王哥优秀！”

按照惯例还是我点菜，我点了一堆羊肉串、扇贝、生蚝之类的，然后给了罗警官一个眼神。一般这个时候，他都会回我一个眼神，以示对我这资深吃货点菜水平的肯定，但是今天他没回我，冲摊子吼："再加三串羊腰子！"

"罗警官最近吃得很补啊……"

"那是，最近真是累得我腰疼。"罗警官故作深沉地回了一句。我没理他，他话锋一转："你知道王向阳隐瞒了什么细节吗？"

"什么？"我一头雾水。

"他有病。"罗警官故意只说半句话。

我瞪了他一眼："别卖关子了。"

"他是无精症。"

我惊讶地张大了嘴。

罗警官接着说："王向阳结过一次婚，他妈嫌人家女孩子没文化，瞧不上人家，再加上两人结婚后一直没孩子，他妈就去人家女孩子家闹，去他们工作的地方闹，最后一检查，是王向阳的问题。他妈倒是消停了，人家女孩子不乐意了，最后离婚了。"

我消化了一下这个信息，突然想明白了一些关窍："所以说，他仇恨王燕是因为他的病？"

"我又不是心理医生，我怎么知道。"罗警官摇摇头。

"我明天要再采一次王向阳。"

"好。"

说话间，王胖子已经把串都端了上来，罗警官狼吞虎咽地吃了起来，我却没了食欲。我在想，王向阳的一生究竟应该怎么描述呢？严苛的童年、失败的婚姻、荒唐的抢劫，这些事情是否有关联呢？

最重要的是，明天和他见面，我该如何进行采访。

心里有事，手里的串突然不香了，我匆匆地结束了夜宵，回家写采访提纲。

第二天我再次见到王向阳的时候，他的神情比上次放松了许多。罗警官递了一支烟给他，他接了过去。

他深吸了一口烟："李勇他们判了几年？"

"这个你不用管，你就说清楚自己的事就行。"罗警官没接话。

"其实吧，"他露出讨好的表情，"他后来也说让我走了，我自己没走。"

"你为啥不走？"

"我怕他们报警啊。"

"他们利用你这种心理，一边说放你走，一边恐吓你，一边管你家人要钱，这就是犯罪了，知道吗？"

王向阳抿了抿嘴唇，一副欲言又止的样子。罗警官问他："他们拘禁你，你怎么反过来帮他们求情？"

王向阳嗫嚅地说："我怕将来关在一起，他们揍我。"

一般同案犯是不会分在一个监房的，而且现在很正规，不会出现犯人打犯人的情况。但是这些话，解释给他他也不信，还不如直接给他吃颗定心丸。

罗警官很严肃地说："那你今天好好说，到了监狱里我罩着你。"

听了这话，他喜笑颜开，点头如捣蒜："我什么都说。"

罗警官出去后，我开始了采访，先从轻松的话题入手："你的弟弟那天来了，他很关心你。"

"是啊，他是个很好的人。"王向阳露出了一点笑容。

"他本来想见你，但现在还不行，等法院宣判了以后，你才能见家人。"

他叹了口气："见不见的，干吗呀？"

"你不想见他们？"

"一个抢劫犯有什么好见的。"王向阳苦笑了一下，"又不是大明星。"

说完这句，他盯着我身后的摄像机发愣，似乎想到了些什么："你们这个能不能给我打马赛克，别说我是谁。"我还没来得及回答，他竟呜呜地哭了起来，含混地念叨着，"我太丢人了，我太丢人了……我去云南做生意，本想着挣点钱，让别人看得起我。没承想钱没挣到，反而被骗了。我快到家了，不敢回家，我不想被人一辈子看不起，我就想抢点钱带回去……"

我没有说话，一直等到他情绪平静下来，才小心地问："你说怕被别人看不起，这个别人，是你的母亲吗？"

他猛地抬起了头。

"昨天你弟弟跟我说，和母亲的相处中，他感到很大的压力。你是不是也有这种压力？"

“他这么说？”王向阳很怀疑地看着我，“他不一直都是我们家的骄傲吗？”

我没有回答他。过了一会儿，他喃喃地说：“如果我不被要求做优秀的人，可能我能做快乐的普通人。”

我看着他，突然想起喵哥常说的一句话，我们寻找原因，不是为了指责，而是为了释怀。但王向阳能否真的释怀，我不知道。

采访完了王向阳，我整理出这几天的采访素材，给喵哥交了片，他对我这次的拍摄非常满意。

一年后，我托罗警官打听王向阳的情况。他告诉我，王向阳的母亲一直没来看过他，但是托王皓月带给他一封信，叮嘱他“好好改造”。

王向阳在监狱里表现不错，还胖了五公斤。

17
一个少女的死亡真相

我是范丽梅见的第十三个记者，这也意味着，她已经被拒绝了十二次。

她穿着不合身的橘色雪纺衫上衣，黑色筒裤，运动鞋，拘谨地站在我旁边，絮絮叨叨地说着她女儿的事。

她女儿叫安贝贝，三年前来到江北市读书，现在上高一。

女儿在来往信件中，经常会提起江北的繁华。范丽梅也无数次在网上搜索过江北市的新闻，熟悉这里的每条街道。但这是她第一次来到江北市，在女儿跳楼身亡后的第五天。

她住在距离江北市两千公里的偏远山村，那里交通不便，生活窘困。

那个村只有一个学校，不同年龄段的孩子在一个班，老师身兼数职，勉强维持。直到三年前，城里来了一个“大老板”，改变了那里很多孩子的命运。

“那个老板姓金，说可以带贝贝去城里上学。”范丽梅说。

对于祖祖辈辈生活在乡村里人来说，城里意味着优质的教育、幸福的生活。范丽梅做梦都想让女儿去城里过更好的生活。她因为身体原因，只生了这么一个女儿。这在重男轻女、多子多福观念根深蒂固的农村来说，简直不可想象。

所以范丽梅希望女儿去城里，好好学习，出人头地。

“争口气，让那些瞧不起我们的人看看。”范丽梅咬牙切齿地说。

范丽梅是全村第一个同意把孩子送出去的家长。那个时候，在她眼里，金老板是个大善人，为人和善，谈吐不俗。

金老板在村里待了一个月，给他们修了路，送了钱，还带走了一批孩子去城里上学。安贝贝刚进城的一段时间，范丽梅还有些担心，但是很快她的顾虑就彻底消失了。

安贝贝寄回家的信中，满是喜悦，说城里的道路笔直，高楼林立，老师都说普通话，校园里还有大操场。范丽梅为女儿高兴，并叮嘱她好好学习，将来报答金老板。

安贝贝在江北市读书的四年，只回家了两次。

“我日思夜想盼着女儿回来，没想到，却盼来了她的尸体。”说到这，范丽梅已经泣不成声。她从帆布包里，小心翼翼地掏出一张照片递给我。

照片里的女孩子笑靥如花，眼神纯净。这个女孩就是安贝贝。

“你希望我帮你做什么呢？”我问。

“求你帮我女儿讨回公道。”

范丽梅不相信女儿是自杀的。

“我曾经梦到过贝贝哭着跟我说，舍不得妈妈，不想走，是坏人害死她的。

“我去学校收拾贝贝遗物的那天，下了很大的雨，我发誓要帮她讨回公道，雨才变小了。”

范丽梅一本正经，我却越听越烦躁，这些充满迷信色彩的疯言疯语，显然不足以认定安贝贝跳楼非自杀。

但或许是范丽梅的悲伤太过真切，或许是照片里女孩的笑容打动了我，我还是耐着性子，听她说完，并帮她梳理出了几个勉强算得上疑点的地方。

首先，安贝贝跳楼的日子是周四，她当时本应该在学校，可她死亡的地点却是在一栋别墅。

其次，范丽梅是在女儿死亡后的第四天才收到通知，当时金老板的助理告诉她，安贝贝还在抢救，事实上，安贝贝坠楼后，就已经死亡。

范丽梅哀求我：“白记者，你一定要帮帮我。”

我不忍心拒绝一个失独的母亲，便接下了这个选题。

范丽梅说的金老板，全名叫金致远，五十二岁，是本地有名的房产大亨。我上网查了一下他，发现他风评并不好，网上关于他风流韵事的新闻一大堆，而且他们公司还曾经涉嫌非法集资、拖欠员工工资等。

不过，他似乎对公益很热心，在全国各地兴建学校，推行致远助学项目。安贝贝应该就是得益于这个项目。可惜金致远名声太差，所以即便他做公益，也有不少人质疑他是借慈善洗白自己。

网上也查到了女孩在金家别墅跳楼的新闻，警方已经定性为自杀。

这个新闻未引起任何波澜，本市每天都有人死去，没人关心一个少女的死亡。

我在网上查到了金致远公司的电话，直接致电过去，说要采访金致远。接电话的工作人员显然经过专业训练，登记了我的姓名电话、供职媒体和采访事由，说要请示上级。

挂断电话后，没几分钟，金致远的律师联系了我。律师简单给我介绍了事发当日的情况，并回答了我的两个问题。

安贝贝当日之所以在别墅，是因为她身体不舒服，金致远请了家庭医生帮她看病。没有及时通知范丽梅安贝贝死亡的事情，也是为了照顾她的情绪，怕事发突然，她接受不了。

关于安贝贝跳楼的具体原因，他们也不知道，只说“小孩比较内向，什么心事都憋在心里”“或许是学业压力大，城市生活不适应”。

金家的律师同样训练有素，说话滴水不漏，他提醒我：“希望媒体如实报道，不要给金氏企业带来负面影响。”

这实际上是一种暗戳戳的警告，让我不要乱说话。

虽然我仍然觉得孩子死亡后，没有及时通知家长的行为不妥。但这不算什么大问题，他们的解释也情有可原。

我明白之前的记者为什么拒绝范丽梅。

金致远是本市举足轻重的大人物，甚至是很多媒体的广告商，据我所知，他每年光在我们电视台投放的广告就有上千万元，而且他的律师团队也不是吃素的，没有实锤的话，没人愿意得罪这种人。

我打电话给范丽梅，转告了律师的回复。范丽梅情绪激动："他们在撒谎，贝贝活泼开朗，不可能自杀的。"

无论我如何劝解，范丽梅坚持认为其中有猫腻。她哭着求我不要放手不管。

长期和公检法打交道，我充分信任警方的调查结论。金致远权势再大，也不可能买通警局，一手遮天。

但我没有明确地拒绝她，因为我能感觉到她已经在崩溃的边缘了，而我是她最后一棵救命稻草。

安贝贝的生命定格在她一跃而下的那一天，却把困惑和伤痛留给了最爱她的人。范丽梅之所以不能接受安贝贝的死亡，是因为她缺少一个解释。

或许我能找到这个解释，或许我调查的过程中能治愈她。我想试一试。

我首先要采访安贝贝的同学。他们和安贝贝朝夕相处，应该是这四年最了解她的人。

安贝贝在育才中学上学，是个民办私立学校。

如果走正规的采访渠道，金致远一定不会同意，而且也未必能问出孩子们的真心话。我决定迂回一下。

育才中学门口有家炒冰店，很受学生们欢迎。一到饭点，人山人海。

我赶在学生们放学前，在炒冰店占好了位置。在等待的间隙，我跟店老板闲聊，得知这家私立学校的收费不便宜，有很多富二代。致远班的学生都是金致远从乡村带来的贫困生，同学们之间贫富差距比较大。

“听说前几天有女生跳楼了？”我问。

“现在的孩子，心理承受能力太差。”老板有些痛心疾首。

“您知道因为什么吗？”

“还能因为什么？”老板用下巴指了指停在学校门口的豪车，“你同学有司机保姆、豪车别墅，你连吃饭都发愁，换作你是不是也得抑郁？”老板不以为意。

说话间，学生们蜂拥走进炒冰店。

“姐姐，你旁边有人吗？”一个戴着眼镜的男生问我。

我把包拿开，给他腾出了位置，男生在我旁边坐了下来。男生很自来熟，说自己叫鲁浩然，主动跟我搭话，问我是做什么的。

我跟他说我想找一个致远班的学生。

鲁浩然摆了摆手，跟我说：“致远班的同学不会到外面吃饭，都是吃食堂。”

“那你认不认识致远班的学生，约出来，我请吃炒冰。”我说。

“不认识，我们普通班的学生几乎不跟致远班的同学来往。”鲁浩然说。

致远班的学生吃住都在学校，很少外出，我怎么才能接触到他们呢？我有点发愁。

正在我思考对策的时候，我接到了范丽梅的电话。电话中，她语气焦急，说自己住的地方，进了贼，被砸得乱七八糟。反正我一时半会也进不去学校，我决定先去范丽梅那里。

范丽梅租住在一个小旅馆。她今天外出去金氏公司理论，回来的时候就发现屋子被砸了，她的东西被扔了一地。

范丽梅瘫坐在地上，不知是恐惧还是愤怒，她的身体不受控制地抖动不停。旅馆老板已经报了警，但是店里的监控摄像头也被他们砸坏了，所以警方可能一时半会儿也找不到嫌疑人。

范丽梅清点了衣物，没有丢失，看来这伙人不是为财。“你是不是得罪了什么人？”我问。

范丽梅如梦方醒，嘴里念叨着：“一定是金致远，一定是金致远。”

范丽梅说，金致远让她抓紧时间把贝贝的尸体火化，她不愿意，所以金致远就以这样的手段来逼她就范。

范丽梅是个初来乍到的农村妇女，似乎没理由惹上什么人。难道真是金致远做的，他这样做的目的是什么？又想掩盖什么呢？事情或许没有我一开始想得那样简单。我安抚住范丽梅，并且说了很多好话，老板才同意她继续住在这里。

要想解开这些疑问，我必须见到安贝贝的同学。可是学校又进不去，关键时刻还是三水哥给我支了一招。

他的方法简单粗暴：翻墙。

虽然这种获取新闻线索的方式不太合适，但是事出从权，我也想不到更好的方法了。

我们躲开保安，找到学校不引人注意的角落，三水哥给我当人肉阶梯，把我送了进去。我不敢在学校里乱晃，进去以后，躲到了厕所的隔间里，直到午饭的时候我才出来赶去食堂。

我不知道哪个是致远班的学生，但是我注意到一个女生校服都洗得发白了，她没有点菜，只要了一份米饭，打了一勺食堂免费的汤。我主动坐到女孩旁边，跟她搭话，但女孩似乎对陌生人非常抵触，我刚一坐下，她端起盘子就要走。

我叫住她："同学，我们可以聊聊吗？"女孩一脸错愕，似乎努力在大脑中检索我的信息。

我开门见山："你认识安贝贝吗？"

女孩听到这个名字像触电一样甩开我的手，表情非常惊恐。我还没来得及再问些什么，女孩就转身逃走了。之后我又连着问了几个同学，很多人的反应都像这个女孩。

屋漏偏逢连阴雨。

我的动作幅度有点大，食堂保安注意到了我，他大喝一声："你在干吗？"怒气冲冲地向我走来。

在大爷向我走来的时候，我飞快地在脑海里编好了几个理由，但是大爷根本不听我解释，直接把我扭送公安局。

迫于无奈，我只好交代了自己的身份，并给他看了我的工作证。

在公安局做好笔录以后，我被放了回来。

我还没到家，喵哥的电话就打了过来："白鸥，你是不是想害死我？"

"这个选题不要继续了。还翻墙进学校，你是不是疯了？"

我解释："我觉得安贝贝的死，确实不简单。今天我……"

"够了。"喵哥打断了我，"我跟你说过多少次了，不要让同情心影响你的判断。"

打完电话后，我认真思索了喵哥的话。我是因为同情范丽梅才坚持调查这件事的吗？很快，我就有了答案，或许一开始是这样的。

但是我在食堂看到那个女生的反应，之后的判断都是基于我的专业素养。如果这背后没有隐情的话，范丽梅的租住地为什么被砸？同班级的同学又为什么讳莫如深？

回到家以后，我仔细梳理了这起案件。

如果能找到安贝贝跳楼那天在场的人就好了。金致远的律师说，当天有家庭医生给她看病。但是我怎么弄清楚这个医生到底是谁呢？

我想到了查监控，但是金家别墅门口的监控肯定不可能让我查看。

我让三水哥开着车带着我到别墅附近绕了一圈，发现距离别墅一公里处，有一个商店。

去金家别墅都要经过这个商店，如果能调出事发当天的监控，或许能从中得到一些信息。

店主很好说话，我跟他说我家猫在附近走丢了，他爽快地同意了我查看监控。

我把视频回调了几天，找到了事发当日安贝贝进入金家别墅的监控。她走得很慢，低着头，经过了商店门口。我把视频暂停放大，注意到了一个细节，她的手紧紧抓着衣角，似乎很紧张。

我把视频继续往前回调，竟发现隔几天就会有穿着育才中学校服的女孩子，去往金家别墅，其中就有我在食堂见到的那个女孩。她们在金家别墅短则待几小时，长则过夜。有的女孩子，进去和出来穿的衣服不是同一身。

这些女孩在别墅里究竟遭遇了什么？

要想知道答案，我必须见到当事人。我决定再翻一次墙。

学生们一般十一点五十分开始吃饭，这个时候会有保安大爷在食堂里进行巡视。

所以我最好等到十二点二十分左右，学生们吃完饭从食堂里走出来的时候，接近他们。

我让三水哥把车停在距离学校不远处的树荫里。我掐着表等时间，竟发现一个女孩子翻墙跳了出来，她跳出来以后飞快地脱下校服，塞进了书包里。

我认出她就是我在食堂里见过的那个女孩。我叫了她几声，她没有听见，招停了一辆出租车离开。我让三水哥赶紧跟上她。

我们开了大概二十分钟，出租车七拐八拐地进了小胡同，停了下来。女孩下了车，急匆匆地走进了一个屋子，我也跟了下去。这才发现女孩竟然进的是一个小诊所，外面贴的都是妇产、人流的小广告。

一个青春期的少女，进这种地方意味着什么，不言而喻。我顾不上多想，冲进去，把女孩拉了出来。

女孩有些不高兴，阴沉着脸质问我："你是谁？为什么管我的事？"

女孩并不知道我是记者，眼下想阻止她，我必须给自己编造另一个身份。

我说："我是你们学校新调来的老师，你来这里干什么？"

女孩没有回答，但明显紧张起来。我更加严肃："快点告诉我，不然我就通知你的家长。"

听到告诉家长，女孩情绪突然崩溃，哭着求我帮她保守秘密。

我未置可否，女孩接下来的话，着实把我吓得不轻。她说："我怀孕了。"

女孩叫陆雨潇，她今天从学校里偷跑出来，是来做流产手术的。关于孩子父亲的话题，陆雨潇都闭口不谈，但是当我提到金家别墅的时候，她表情明显变了。

我不可能放任陆雨潇在这种没有资质的小诊所做手术。我费了不少唇舌，才说服她周末去三甲医院做检查。

我们聊完后，三水哥把陆雨潇送回了学校，而我则去台里找了喵哥。我拿出别墅外的监控视频和陆雨潇的采访给喵哥看。喵哥气得直叹气："跟，这个选题必须跟进。"

有了喵哥的支持，我接下来的调查也算是名正言顺了。但问题是，我没有直接证据证明金致远和这件事情有关。

陆雨潇的采访是我偷录的，而且她有所隐瞒。

我必须采访到更多人。我列了名单，包含致远班的其他同学、老师、金家的家庭医生、司机、保姆都在名单上。就在我按照名单，挨个联系他们的时候，金致远主动给我打电话，说要和我见一面。

见面的地点约在了金家别墅，时间是下午四点半。

为了表示尊重，我和三水哥提前半小时赶到了见面地点。保姆给我开的门，当时金致远还没有回来，家里面只有他的儿子金灿阳。

金灿阳长得白白净净的，又瘦又高，一表人才。与他父亲暴发户的气质截然不同，金灿阳学生气很重，他很有礼貌地给我们拿来了茶水和果盘，谈吐举止落落大方。

我试探性地问："周四那天安贝贝为什么会在别墅啊？"

金灿阳说："听说她肚子疼。"

我问："那天你不在家吗？"

金灿阳说："我在上学啊。"

金灿阳也在育才中学上学，读高三。我装作漫不经心地又提了几个人名，都是曾来过别墅的学生。金灿阳都一一摇头，表示从来没见过。

我心里暗想，金致远把学生叫到家里，却避开了儿子，到底要干什么呢？陆雨潇的怀孕真的跟他有关吗？

我跟金灿阳闲聊了一会儿，金致远回来了。金致远看到儿子，脸色铁青：“你今天不应该上奥数课吗？”

金灿阳唯唯诺诺地解释：“今天我有点不舒服，跟老师请了病假。”

金致远没等他说完，一巴掌扇在他的脑袋上：“滚上楼去，谁让你下来的。”金灿阳不敢反驳，捂着脑袋，低着头就上楼了。

金致远面对我们的时候，立刻换了一副面孔，赔着笑脸说：“白记者，你们辛苦了，还让您特地跑一趟。”

我让三水哥把摄像机打开，准备采访：“那些学生来别墅做什么？”

金致远没有正面回答我的问题，他起身用手挡住摄像机镜头，示意三水哥关机。我一头雾水，金致远拉扯着我和三水哥进了饭厅：“先吃饭，吃完饭再谈工作。”

我知道这顿饭多半醉翁之意不在酒，但为了采访能顺利进行，我们还是坐了下来。

饭桌上，金致远一杯一杯地给我和三水哥敬酒，三水哥为了帮我挡酒，喝得晕头转向的。吃完饭，金致远掏出一张银行卡，硬要往我包里塞。我吓了一激灵，酒也醒了一大半。

我厉声问道：“你这是什么意思？”

金致远笑而不语，我立刻明白过来，他想贿赂我，不让我继续报道安贝贝的事情。我惊出一身冷汗，如果我没注意到，或者因为喝醉了稀里糊涂把银行卡带走，那他反手举报我敲诈勒索，我就百口莫辩了。到时候不光这个选题无法再跟进，我还得坐几年牢。

我把银行卡还了回去，金致远仍不死心：“嫌少的话，你随便说个数，我都给得起。”

我冷笑：“你若问心无愧的话，这么怕媒体报道吗？”

金致远脸涨得通红，突然起身破口大骂：“我给你面子，你别不识好歹。”说着，就要动手打人。金致远举起桌上的酒瓶，场面剑拔弩张，三水哥挡在我面前。关键时刻，还是金灿阳冲了出来，他一边哭着抱住金致远，求他不要冲动，一边示意我们赶紧离开。

我和三水哥拿好摄像机，走了出去。

我没能采访到金致远，但是他的行为似乎说明了一切，让我几乎能肯定其中有猫腻。

我不顾金致远的警告，继续跟进这件事情。金致远多次找中间人调停，都被我拒绝了。他又找台里的领导，试图给我施加压力，但是喵哥暗中支持我，帮我顶住了压力。

就在我调查时，陆雨潇出事了。

自从我上次阻止她在小诊所做堕胎手术后，我就联系不上她了。没想到，她终究还是没听我的劝告，自己偷偷买了堕胎药吃，结果导致大出血，差点没了命。

我知道这个消息的时候，她已经在医院了。喵哥为了扩大影响，分散风险，将消息透露给了其他媒体。

大批媒体蜂拥而至。陆雨潇身子非常虚弱，仍然拒绝说出怀孕的原因。

但是，贫困女生、助学项目、怀孕、流产，这个事件的所有要素都牵动着公众的神经。一经报道，就引发了轩然大波。

趁着热度，我陆续放出了之前搜集到的证据，并关联了安贝贝跳楼事件。

在舆论的压力下，警方决定重新启动案件调查。

事情比预想中还要顺利，金致远认罪了。

在警方决定重启调查后不久，金致远承认了自己在别墅里和女孩们发生了性关系。安贝贝也是因为这个跳楼的，他为了掩盖真相，安排手下屡次骚扰安贝贝的母亲。

舆论哗然。大家此刻才意识到，所谓的致远助学项目其实是一个陷阱。这些女孩远离家人，害羞寡言，受到侵犯后也无处发声。金致远竟披着慈善的外衣，做着如此禽兽的行为。

大家纷纷要求严惩金致远。

范丽梅送了锦旗给我，她跪倒在我面前，说我是青天大老爷，帮她女儿伸张了正义，说得我都有些不好意思了。

她还从老家带过来好多土鸡蛋，硬要塞给我。我没有收，但是心里还是有一点小得意的。对于我来说，这一刻就是最能体会到记者职业荣誉感的时刻。

喵哥找到我，让我继续跟进这件事情。抓嫌疑人是警察的工作，而媒体的意义更多在社会层面，喵哥让我关注被害人的安抚工作。

性侵案不同于一般的刑事犯罪，对被害人的影响，可能要持续十年、二十年。之前台湾作家房思琪，幼年的时候遭遇性侵。

她后来结婚，拥有了幸福的家庭后，仍然摆脱不了童年的阴影，最终选择了自杀。

我帮忙联系了心理医生辛晴，对致远班的同学进行心理辅导。心理治疗断断续续地进行了一个月，效果还不错。除此之外，喵哥还邀请了江北大学的教授对孩子们进行性教育，这一课来得有点迟，但总归是补上了。

似乎一切都在往好的方向发展。

我把后续的跟进采访剪辑成片，交给喵哥审看，我的任务就完成了。但是我有一个习惯，做完片子以后，会完整看一遍素材，以防误删掉重要的东西。

我又看了一遍商店门口的监控，安贝贝自杀的那天，表情凝重，心事重重。我心想，如果当时有人注意到她的异常就好了，可惜世界上没有如果。监控继续往前倒，我看到了一个熟悉的身影，金灿阳！

我上次看监控，只注意了路过的女生，所以忽略了金灿阳。他在安贝贝之前半小时，出现在监控里。可他明明跟我说当时没有在家，他为什么要撒谎？金致远性侵安贝贝的那天，金灿阳也在，这也太不符合常理了吧？

我继续回调，发现有几个女生经过监控的前后，也出现了金灿阳的身影。

或许事情还有另一种可能，我突然觉得不寒而栗。

我向金灿阳的老师、同学侧面打听了一下他。大家对他的反馈都是很正向的。他长相帅气，为人随和，跟班里的同学也都相处得不错。他确实经常请假，但那是因为他有严重的哮喘病，老师看他身体不适，就会让他回家休息。即便这样，他在年级的成绩也是名列前茅。

这样一个“完美”的人，而且刚刚成年，涉世未深，应该是我想多了吧。

我没有跟任何人说我的猜测。但是之后，我更关注陆雨潇等人的心理治疗了。每隔几天，我就会和心理医生通个电话。

有一天，辛医生跟我说，陆雨潇的治疗有反复性，“前一阵觉得确实有效果，但这几天我却感觉她的精神状况更差了”。

“怎么会这样。”

“不清楚，或许我并没有真正打开她的心结。或许她之前只是……”医生停顿了一下，似乎在谨慎地选择措辞，“或许她只是伪装成治疗有效果。”

辛医生说，随着治疗的深入，她能明显感觉到陆雨潇对她的抵触。如果患者不能真正信任心理医生的话，治疗很难推进。

“那其他同学的治疗怎么样？”我问。

“都不太理想。只是陆雨潇受侵害时间比较长，反应更强烈。”辛医生说。

我脑子一热，还是大胆说出了我的猜测：“有没有可能，侵害他们的人另有其人？”

辛医生被我的语出惊人吓了一大跳：“金致远都认罪了，你另有怀疑的对象？”

我说：“他的儿子，金灿阳。”

我把我的分析说了出来，辛医生沉默了几分钟，郑重地说：“我知道该怎么做了。”

挂断电话后，我辗转反侧，难以静下心。我的猜测并非毫无根据，但也毕竟只是猜测。我不知道这种猜测，会不会又伤害到一个无辜的人。我有点后悔贸然跟心理医生说那番话，或许我应该先找金灿阳聊一聊。

第二天正好是周日，我一大早就赶到了金家别墅。

其实我内心是有一点忐忑的，金致远罪有应得，但是他毕竟是金灿阳的父亲。我不知道，金灿阳会不会因此怨恨我。

我按响了门铃，保姆把我领到了大厅，金灿阳从楼上走下来，他看到我，愣了一下，但还是很礼貌地跟我打招呼。

我一时语塞，脱口而出的第一句话竟是：“对不起。”

金灿阳摇了摇头：“这不是你的错。”

这孩子如此通情达理，我有些意外。我跟他寒暄了几句，问他父亲被捕，他的生活有没有受到影响，需不需要帮助。他说自己已经申请了国外的大学，准备出国读书。

我点了点头，尽量让自己神色如常：“安贝贝跳楼的那天，我在别墅附近的监控里看到你了。可你说你当时没在家。”

“可能记错了吧。”金灿阳若无其事地说。

“记错了？”我的声音有些颤抖，“安贝贝跳楼那天，你在家里做什么？”

金灿阳一脸无辜：“我在房间里看书。”

“安贝贝被性侵，她没有求救吗？你没有听到她的呼叫吗？”

金灿阳挠了挠头，有些不耐烦："我说了我在看书。"

他边说边用指节"嗒嗒"地敲击着桌面，逐客的意图非常明显。我不想浪费时间跟他绕圈子，直截了当地问："你跟安贝贝什么关系？"

金灿阳冲我挑了挑眉："什么关系？你觉得我会和她什么关系？你觉得我会看得上一个乡下来的土丫头？"

金灿阳对安贝贝颇为轻蔑。

但其实，关于他的动机，我一直也没想明白。金灿阳那么优秀，学校里追他的女生一抓一大把。他如果想正经谈恋爱的话，应该不愁对象。他为什么要那样做呢？

金灿阳挑衅地看着我，在等我的回答。

我只能试图给出猜测："或许你对性很好奇？或许你觉得操纵别人，伤害人很刺激？"

金灿阳目光黯淡了下去，似乎对我的答案很失望。我知道我猜错了。他转身上了楼，只留下一句："如果你觉得我有问题，就让警察来抓我吧。"

我感觉有些挫败，狼狈地离开了金家别墅。

几天后，辛医生给我打电话说，陆雨潇的治疗有了重大的进展。

她承认了，真正跟她发生关系的人，是金灿阳。

"你为什么撒谎。"我不解。

"是金叔叔求我们。"陆雨潇小声地说。

"是金灿阳强迫你的吗？"我问。

陆雨潇低着头，没有说话。

辛医生把我拉到了一边，给我看了一部分陆雨潇和金灿阳的聊天记录。陆雨潇管金灿阳叫少爷，金灿阳说陆雨潇是寄生虫。这份聊天记录，简直震碎了我的三观。我无法想象一个外表看起来温文儒雅的男孩子，竟然有这样的一面。

金灿阳：你应该在身上刻上“穷鬼”，或者刻上“丑八怪”也行，时刻提醒你注意自己的身份。

陆雨潇：我不敢刻，我怕疼。

金灿阳：你吃我家的，喝我家的，让你做点事就推三阻四的。

陆雨潇：不是这样的。

金灿阳：你要是听话，可以奖励你不用刻。可以先用碳素笔写在身上，看你表现。

陆雨潇：嗯嗯，好的，你对我真好。

金灿阳：你可以去公证处弄个亲子关系断绝书，和你亲生父母断绝关系。他们又没有养你，是我爸爸在养你。你跟他们断绝关系，咱们才是一家人。

金灿阳：打你也是为了你好。你要想配得上我，好多地方还需要努力。可是你总是不太上心。我脾气急，但你总是惹我生气。

陆雨潇：你这样让我害怕。

金灿阳：你如果不惹我，我会打你吗？

辛医生跟我说，金灿阳不仅经常侮辱、打骂陆雨潇。还曾经要求陆雨潇逃课去给他买早餐，不跟其他同学说话，甚至和亲生父母断绝关系。

“金灿阳这么可怕，陆雨潇为什么不远离他？她有尝试求救吗？”我问。

“我觉得她是遭遇了PUA，简单来说，就是一种精神控制。”

辛医生说，金灿阳和陆雨潇看似是在谈恋爱，但其实在这段关系中，金灿阳用各种手段，打压、贬低陆雨潇，使她产生严重的自我怀疑，不得不顺从他，甚至完全依附于他。

这些被金灿阳精神控制的女孩，心理有一些共通性。首先，她们接受金致远的帮助，既感激又愧疚，所以有一种报恩心理。其次，她们本身也比较自卑、胆小，尤其在面对各方面条件都比她们好太多的金灿阳，这种心理就被放大了。

我鼓励陆雨潇把实情告诉警察，但是陆雨潇不愿意，她一方面害怕“金叔叔伤心”，另一方面担心“说出来也没人会相信”。

我只能试图联系这些女孩的家长，希望他们能帮忙做孩子的疏导工作。但是大部分家长对我的话半信半疑，甚至有家长直接质疑我是收了金致远的钱，准备帮他脱罪。

在所有人眼中，金灿阳是品学兼优的“五好少年”，没有人相信他会做这种事。更何况，如果事情是PUA而不是性侵的话，可能金灿阳都无法得到法律的惩罚。

金致远认罪，受害人家属、公众都满意。这个时候，真相还重要吗？

我有些困惑。

就在我有些退缩的时候，辛医生站了出来。

她公开发表言论，认为致远班的女生不是遭遇性侵，而是被PUA了，侵害他们的人也不是金致远，而是金灿阳。

不出意外，这种言论招致骂声一片。有人嘲笑辛医生是“砖家”，有人说她被收买了。没有人相信，这样的言论完全是站在客观的角度，出于公心做出的判断。

辛医生被骂惨了。尽管她不停地向网友解释，自己做出这样的判断是有依据的，但一人难敌万口。辛医生成了舆论攻击的靶子。

喵哥提醒我，不要在这种风口浪尖上发表任何言论。

我知道喵哥是为我好，但是不管怎么说，当初是我拉辛医生给陆雨潇她们做心理治疗的。现在出了事，我却躲在后面，让辛医生一个人承受网络暴力，于情于理都说不通。更何况，辛医生说的是真的。

我不顾喵哥的劝告，发文委婉地支持了辛医生。其实我的用词已经尽可能平和、客观了，但同样遭到了攻击，愤怒的网民听不进任何不同的观点。

范丽梅打电话痛骂我，说她信错了人。她说她已经知道金灿阳要去国外读书的事情了，到时候，金灿阳远走他乡，金致远再被放出来，她女儿就白死了。

范丽梅越说越激动，最后泣不成声。

我百口莫辩。

范丽梅挂断了电话，并拉黑了我。她说她会不惜一切代价，跟我，跟金致远斗到底。

我苦笑。上一次我们见面，她还说我是青天大老爷。那时，我还是不畏强权，仗义执言的楷模，现在却成了过街老鼠，这是为什么？因为真相不让人满意，所以坚持报道真相也没有意义吗？

事情越发难以控制。

台里的热线电话快被打爆了。很多人举报我收黑钱，为强奸犯辩护。为了平息舆论，维持节目的正常运转，我被停职调查了。

就在我走投无路的时候，金灿阳主动给我打电话，说要和我见一面。

我明知可能是鸿门宴，但还是准备去会会他。毕竟，我还有很关键的问题没搞清楚。

见面的地点还是在金家别墅。

我如约而至，金灿阳还是很礼貌地招待我，像之前一样。他笑着跟我说："现在只有我知道，你是个好记者。"

这句话意味深长。

我神色如常："你绞尽脑汁，不顾一切地去和你父亲作对，但最终惹了祸，还是要靠你父亲的庇佑。"

金灿阳目光变得冰冷。

我继续说："你叫我来目的是什么呢？证明你比你父亲，比我们所有人都聪明？其实，你才是真正的寄生虫。"

金灿阳不知道，这段时间以来，我一直都在暗中调查他。我知道金灿阳最近贱卖了很多红木家具、文玩手串，这些东西都是金致远最喜欢的。

我打听到他们父子关系一直不好，金致远风流成性，导致原配妻子郁郁而终。

他曾经跟同学吐槽过，父亲虚伪、狡诈、不顾家庭，害死了自己的母亲。

知道这些，再去看金灿阳的行为。

一切昭然若揭。

他厌恶金致远，讨厌关于他父亲的一切。所以金致远精心推广的助学项目，他要毁掉。他伤害那些女孩子，借以伤害父亲。

我想起我来金家别墅的那天，他本不应该出现。但是他偏偏在，他看着我们被蒙在鼓里，看着父亲气急败坏，心里应该很得意吧。

我冷冷地看着他："可惜你设计了这一切，最后还是因为你父亲帮你，你才能全身而退。"

金灿阳歇斯底里："谁稀罕他帮我，他配帮我吗？"

他五官扭曲在一起，疯狂地把身边的东西扔到地上，破口大骂。我摇了摇头，离开了金家别墅。

后来，在辛医生和我，以及相关部门的鼓励下，陆雨潇等人公布了和金灿阳的聊天记录，并勇敢讲述了事情经过。舆论逆转，曾经骂过我们的人，又转头去骂金灿阳了。

但我更想知道的是，金灿阳才刚刚成年，他为什么会接触到PUA，并真能操纵这么多女孩呢？我总觉得，最近发生了这么多事情，在金灿阳背后，在乔雨薇背后，似乎另有一双无形的手在操纵这一切。

或许我们需要面对的，还有更多。

我问自己，这次侥幸能为自己正名，如果下次再遇到真相和公众期待不相符的情况，我是否还能如今天这般勇敢呢？

我想起金灿阳那句嘲讽的话："只有我知道，你是个好记者。"

我感到全身冰凉，那是一种一个人对抗全世界的孤独。

我把金灿阳的话转述给了喵哥，他摸着胡子，笑得一脸猥琐："他错了，任何时候，都有一个人知道你是个好记者。"

我以为喵哥要说那个人就是他，感动得鼻涕都要下来了。

喵哥说："那个人就是你自己。"

我愣了一下，随即释然。

是啊，坚持自己认为对的事。

不管前路多难，都会毅然前行，不就是我吗？

我想，我已经知道下一次会怎么做了。